黄 山

—著—

消失在城市里的灯火

团结出版社
UNITY PRESS

图书在版编目（CIP）数据

消失在城市里的灯火／黄山著. -- 北京：团结出
版社，2024.6
ISBN 978-7-5234-0914-5

Ⅰ．①消… Ⅱ．①黄… Ⅲ．①中篇小说-小说集-中
国-当代②短篇小说-小说集-中国-当代 Ⅳ.
①I247.7

中国国家版本馆 CIP 数据核字（2024）第 073680 号

出 版：	团结出版社
	（北京市东城区东皇城根南街 84 号　邮编：100006）
电 话：	（010）65228880　65244790
网 址：	www. tjpress. com
E - mail：	65244790@ 163. com
出版策划：	书香力扬
经 销：	全国新华书店
印 刷：	四川科德彩色数码科技有限公司
开 本：	145mm×210mm　1/32
印 张：	9. 25
字 数：	201 千字
版 次：	2024 年 6 月第 1 版
印 次：	2024 年 6 月第 1 次印刷
书 号：	ISBN 978-7-5234-0914-5
定 价：	58. 00 元

自　序

　　一年前，许多朋友希望我能出一册书，说我这几年写的小说比较耐看，让它们有个归宿吧。于是就有了这本小说集。

　　写小说是近五年的事。过去的写作全放在全国的报纸副刊上，内容不外乎一些百姓故事、家庭伦理、旅游散记等等，偶尔写些简短的微型小说。直到 2017 年四月中旬，到市文联开了个会，与《贺州文学》主编聊了有关创作的一些想法才改变我的写作导向。

　　我的作品源于现实生活，在我的阅历中，沉淀于脑海里的人和事如陈年老酒，一旦开了坛，他们便活跃于我的笔下。收集的十八篇小说就是这五年来的写作成果。

　　收录的这十多篇小说一般都有它的原型，比如《金盆的手》，讲的是改革开放初期本地某矿场发生的一件事；《心刺》讲的是农村留守人的无奈与辛酸；《哭丧》是现实农村白事现象的缩影；《阳光交付的黄昏》是农村老人梅开二度遇到最现实的难解之结，叫人唏嘘；《遗忘的情诗》《心病》是我生活阅历中遇到的既甜涩又糟糕的往事记忆；《哭泣的石头》是一个奇石爱好者对我讲的一个刑事案件；《郿山行》《桃花怨》《消失在城市里的灯火》等等都有现实生活的影子。这些碰到的、听来的，所遇、所见、所闻，在我的笔下让它们重现曾经的过往，我不得不绞尽脑汁去想象、去塑造、去丰满那一个个独特的场景，与文中人同呼吸共患难，自己完全成了文中人。

"独坐思往昔，愁绝泪盈襟""问世间情为何物，直教人生死相许""愿我如星君如月，夜夜流光相皎洁""多少红颜悴，多少相思碎，唯留血染墨香哭乱冢"……

这五年，对写作的主旨导向我从没给自己定位，我所写的并不强迫它是否能在纯文学期刊上发表，我的本意是：能否反映现实的人和事，包括场景质朴的本质，能如实还原现实状况，就已足够。

有人评论我的小说是阅历成就了故事，故事重现了现实社会的许多矛盾，给人一些思考。我并不否认自己意气用事，在我的意象中，许多人和事都是我的朋友、知己，甚至是我的爱人，我要为他们发声，为他们倾吐心中的爱与恨，高兴的、难过的、感激的、抱怨的，甚至是绝望的，想以此为他们分担一些什么。回顾自己的生活阅历，我自嘲是个命运多舛的教书匠：两岁时母亲去世，与父亲相依为命；七岁时患上心肌炎，差些失去生命；出来工作后，因为喜欢写作，给某纸刊写社会大视角，为获取第一手素材深入赌博场所，被派出所罚款并受处理，虽然县里出面给予解决，但那伤疤始终印在心坎上……

在这本小说集里，有两篇小说尝试用不同手法进行写作，这是我对写作的一种探索。《阳光交付的黄昏》的场景变换，可以让事件更紧凑，省去许多不必要的繁缛情节；《戒赌》全文采用对话、心理活动、倾吐心声等形式完成整个故事的叙述，给人一种新鲜的阅读感受。

因为要结集出这本书，我花费了不少时间去整理这些稿件。由于留存的底稿改了删、删了改，可能与已发表在纸刊上的有些出入，便不足为怪了。

爱一本书如同爱一个人。我在竭尽全力为喜欢我作品的读者朋友去努力创作，也期望读者朋友爱上（喜欢）这本书。

是为序。

2023 年 6 月 6 日于广西钟山

目 录
CONTENTS

心 刺

一

天刚蒙蒙亮，龙山就来田燕的杂货店闹门了。睡眼惺忪的田燕对龙山这么早就来吵醒她极为不满，她趿着拖鞋从卧室走出来，一边拉开杂货店的卷帘门，一边埋怨龙山不会体恤人。

龙山挑着一担箩筐站在杂货店门前，像往日一样戴着那顶耷拉着帽檐的旧草帽。他并不理会田燕对她的抱怨，心里只想着趁着早晨的凉爽，把昨晚他和田燕灌装大半夜药水儿的塑料瓶挑到果园去。

田燕用双手把遮在脸部的长发扬到身后去，讨厌地瞥了龙山一眼，然后转身回屋里洗漱去了。

龙山愣愣地看着田燕走进里间，这时，他似乎才第一次发现田燕那欲睡还醒的姿态是那么迷人。这让龙山有一种欲望，这种欲望在他的脑海里扑闪扑闪的，直到他挑着一担瓶儿走出杂货店向果园走去才渐渐消失。

吃了早饭，田燕把杂货店交给婆婆看管。她要到果园帮忙挂药瓶子。

出了村口，田燕放眼就能望见双乳山下的果园。那条奔涌而

来的富江在那两座圆实如少女坚挺乳房的山包前拐了个弯后逶迤而去，这条蜿蜒的富江刚好把她的果园围得严严实实。

来到富江边，田燕径直走过那条咿呀作响的木桥进入果园。大黄和大黑听到脚步声狂吠着冲了过来，见是田燕便讨好地摇着尾巴撒着欢。近来田燕心情不好，特讨厌大黑往她身上蹭，抬起脚就往大黑身上踢去。大黑这几天吃过她的亏，早已机警起来，一闪，箭也似的跑到里面去了。

看你逃！田燕边叫道边向大黑追去。大黄幸灾乐祸地一蹦一跳跟着。

龙山正在护林房里吃着饭，见田燕气喘吁吁跑了来，说：你总与大黑过不去，有啥意思？田燕用手护住跑得生痛的腹部喘着粗气，正想着回他一句"不关你的事"，见龙山还戴着那顶鸡枞盖似的旧草帽吃着饭就想笑。她说：你就摘了草帽再吃饭也不迟吧，像叫花子似的忙着吃。龙山头也不抬：惯了。说着顺手抓起一瓶浑红的水儿咕咚咕咚喝了起来。田燕一眼认出这瓶水正是昨晚灌装的驱虫药水儿，慌忙冲过去，一把夺了瓶子，叫道：你不要命了，这药水也当饮料喝！

龙山见田燕大惊小怪，呵呵地笑道：都是红糖白醋配成的水儿哪儿来的毒呢？刚才挑来的路上口渴了我还喝了两瓶呢。

田燕哭笑不得，心里道：这家伙真是笨头笨脑，这些瓶子谁知道以前装过什么。她看了看抢过来的瓶子是矿泉水瓶儿，也就嘘了一口气，嘴里说：你呀，啥都吃。

田燕与龙山开始给果树挂药瓶子了。田燕在前面用绳子捆住瓶颈后绑到果树上，龙山则在后面拿着一条磨得尖利的小钢筋给吊在树上的瓶儿打洞洞。田燕挂得快，便折回来帮忙。

田燕是个闲不住嘴的女人，一边工作一边天南地北地说个不停。后来她扯到孩子没父母管教出事的问题上，她说像程家庄三个孩子溺水身亡啦，西岭屯一男学生骑摩托车出车祸撞死啦，说父母为了挣钱外出打工却忽视了孩子的教育以至顾此失彼叫人心疼。她说她儿子龙威威刚上初一，下学期必须转到县里私立学校去，说私立学校最少比公立学校管得严些。她希望儿子最少像他父亲龙斌一样把个大学专科念完……

龙山默默地听着，偶尔"嗯""哦"地应一声。田燕觉得没趣，便顿了四五分钟。突然想起李月英，便问他和李月英发展怎么样了。

李月英是邻村一个被拐卖到河北解救回家的姑娘。这姑娘初中毕业后跑广东揾工作时被一个四十多岁的女人骗到河北一个偏僻的山寨，卖给了一个五十多岁的男人做老婆。两个月前那男人死了，李月英带着七岁的儿子回了家。田燕知道后，便想撮合他们。

龙山擦了擦脸上的汗水说：有怎样，人家这么年轻，我都三十七八了，她还看得上我？田燕数落他还没谈过就先灭自己的志气，她将了将额前的头发鼓动他放大胆些，别错过了机会，说过了这村就没这店了。

两人正说着，大黄和大黑狂吠了起来，箭一般冲向桥头，田燕和龙山站了起来往桥头看去。只见一个戴着遮阳帽的姑娘正在那里扬舞着双手不知所措。田燕一眼就认出那姑娘正是李月英，赶忙叫龙山过去把她引到这边来。

这狗真疯，谁还敢进果园干坏事？李月英心有余悸地说。

田燕呵呵地笑了笑，说：你也是的，来时又不打个电话先招呼一声。她见李月英打扮这么漂亮。上身穿着一件鲜亮的白衬衣，衣襟扎进石磨蓝牛仔裤里，把那丰满的胸脯显得更丰满起

来。田燕"哟哟哟"地叫道，问她打扮得这么漂亮是不是约龙山
去玩。

李月英慌忙解释说：斌嫂你别笑话我啦！我是顺路过来看看
你们的。看你们满头大汗的，是否需要帮忙，我闲着没事，如果
需要，别嫌弃我笨手笨脚的。说着，她向龙山瞟了一眼。

站在一旁的龙山对李月英的到来有些局促不安，他玩弄着手
上的小钢筋扭扭捏捏地站在那里。

田燕听了李月英的话，巴不得多一个帮手呢，于是顺水推舟
说：正想着叫你过来帮忙呢？你来得正好，帮我戳瓶子去。说
着，把手上的小钢筋交给李月英。见窘着的龙山，她用手撸了一
下他，提醒他要放大胆些，叫他好好教李月英戳瓶子，便先到前
面果树挂瓶子去了。

李月英跟着龙山学戳瓶子，龙山非常紧张。他让李月英看他
如何戳瓶子，嘴里喃喃道：这样，就这样。李月英学着龙山的样
子，一手握着装了药水儿的塑料瓶，另一手在没有药水儿的地方
用劲把小钢筋扎进去再拔出来。可她忘了打开瓶盖儿，在打第二
个洞时，由于用力过猛，瓶子里的药水儿便从打好的洞里如水枪
一样喷射出来，直泻到她洁白的衬衣上，那洁白的衬衣顿时染成
一朵红红的大花。龙山见状，赶忙用他那粗糙的手给她清理污
渍，却是越弄越脏，嘴里还嘟囔着：我说这样，你就要那样。李
月英狼狈地愣在那儿不知所措，惹得田燕在另一棵树下笑痛了
肚子。

田燕笑过后，走过去帮李月英扯了扯弄脏的衣服，埋怨地对
龙山说：你就知道说这样这样，为什么不教她先拧了瓶盖再打洞
洞呢。龙山有些委屈，他比画着争辩道：我说了这样，再这样，
她偏偏要这样。田燕差些又笑出了声，李月英忙打圆场，说龙山

已经教了，是自己不注意才弄成这样的。

田燕对李月英说：以后你多来果园帮工，什么都是熟能生巧嘛。不过你放心，这药水儿都是红糖白醋兑成的水剂，对身体没什么危害。

李月英微微点头。她已经不在意衣服被药水儿弄得污污脏脏，干脆把这身衣服当作工作服，继续干起戳瓶子的事来。她悄悄告诉田燕，龙山这人还真老实，他给她清理污渍时连眼都不敢瞅她一下。田燕又想笑，不过她忍住了，顿了顿说：我们做女人的就该找这样老实的男人，不像有些男人，跑外打工就丢了老婆不管了。

傍晚，田燕从果园收工回到杂货店，听说龙标带了个贵州妹回来要与标嫂闹离婚。她有些不敢相信自己的耳朵，这个连说话都细声细气的男人竟然干出这么大胆的事来。

上午，龙标从广东带着贵州妹回到岭脚村，全村像炸开了锅。看热闹的娃崽好奇地簇拥在他家门口，只见标嫂哭丧着脸从家里跑了出来想寻短见，标嫂的公公婆婆追住了标嫂把她劝回屋里，说他们只认标嫂是儿媳妇，那个贵州妹叫她走人，大不了连儿子也不要了。傍晚时分，龙标带着那贵州妹搭上最后一趟班车走了。

田燕掏出手机给龙斌打了电话，电话那头传来车间里的嘈杂声和龙斌边督促员工边接听电话的声音：喂，是田燕吗，现在厂里要赶货，我在车间督查着呢……这群人就知道撬我，加班给加班费还说我剥夺他们的自由……田燕挂了电话，轻轻地嘘了一口气。

二

接下来几天，李月英每天都来果园帮忙，她手脚灵活，干起工作麻利干净。她有意靠近龙山说些笑话，她肚子里的笑话还真多，龙山听了常常抿着嘴笑。再后来，田燕见龙山和李月英有说有笑了，便把挂瓶子的事交给了他们，安心守着杂货店。

杂货店里，凤嫂芳嫂她们几个女人在打牌。田燕婆婆没事干，就与几个女人看电视剧。

标嫂这几天回了娘家不见她来店里嘻嘻哈哈打牌的影子，田燕便觉得好像少了什么。她非常同情标嫂的境遇，为标嫂愤愤不平，心里暗暗骂男人都是孬种，吃着碗里瞧着锅里的，一点不考虑女人的感受。她坐在柜台里胡乱翻看那本黄佩华的长篇《杀牛坪》。不久，她的心思就被书里的牛蛋、韦一刀、黄永平、哑巴、香桃的情感纠葛勾了进去，以至于有几个下了课后的小孩跑来买零食都忘了照顾。

下午，田燕把杂货店交给婆婆就往龙山家跑去。春天的时候，田燕叫龙山把老房子拆了，建起了两层半水泥楼，现在正在搞装修。田燕已几天没过去看看了，不知道现在装修了怎样。

田燕走进龙山家的时候，几个师傅正在外墙做最后的扫尾工作。他们按照田燕的设计，外墙用红蓝白相间的瓷片工字型相砌，看上去如格子一样非常醒目漂亮，每层对称的窗口上方凸出的半圆形月眉则用浅绿色瓷片贴上，把半圆中那幅松鹤朝阳浮雕圈得恰到好处。

龙山母亲正坐在园子里眯着眼欣赏着，见田燕到来便指着那窗上的浮雕说：斌嫂你真是见多识广有文化哪，这几个窗口上多了这几幅画片就把我家外墙弄得生动起来。田燕呵呵笑道：伯母你抬高我了。我只是指手画脚让你家多花些钱进去。龙山母亲也呵呵地笑着说：多亏你为我们家操这心哪，要不是你照顾着龙山，说不准还住着老房子呢。现在又给龙山介绍了个姑娘，把我家里的事全操了。你一个女人操两家的心，在岭脚村就你对我家这么好，我和龙山做牛做马都难以回报你的恩典啊。说着说着，激动的泪水便润湿她的眼睑。田燕赶忙安慰她，说都是相互照顾，要不是龙山给她婆婆治好瘫痪症，说不定婆婆现在不知还在不在呢。

田燕和龙山婆婆你一言我一语聊得很投机。

傍晚，田燕回了家，婆婆正做着饭，见儿媳回来，告诉她凤嫂的男人在广东死了，死在租房里，几天后才被房东发现，叫她有空到凤嫂家安慰安慰一下凤嫂。田燕一听，先是吃了一惊，而后渐渐平静下来。她听凤嫂悄悄对她说过，她男人在外放荡惯了染上了艾滋病，这七八年都不敢回家就怕传染给她。田燕猜测凤嫂男人肯定是因艾滋病死的。可怜凤嫂上午还在杂货店嘻嘻哈哈地打牌，下午听到这个消息不知会变成怎样。

吃了晚饭，田燕到凤嫂家。凤嫂的公公婆婆坐在客厅里满脸愁云地呆坐着，才读小学的儿子正在餐桌边做着作业，他和读初中的姐姐一样还不知道家里发生了不幸的事。田燕过去安慰了几句凤嫂的公公婆婆便走进凤嫂的卧室。

凤嫂正呆坐在床边，见田燕到来，说不到几句话就伏在她肩膀上痛哭起来，无论田燕怎么安慰，都停不下来。于是凤嫂哭，田燕也跟着掉眼泪。凤嫂哭了一阵后，把头抬了起来，抹了抹脸上的泪水，自言自语地说：这是他自作自受。可怜公公婆婆年纪大了，孩子在读书，这叫我怎么办呀？田燕轻轻拍了拍她肩膀，

说车到山前必有路，没有跨不过的坎的，叫她保重身体，别想太
多，一切都会好起来的……田燕陪着凤嫂说到夜里十一点多钟才
离开她的家。

三

婆婆担心儿子龙斌在广东是不是有事儿，吃饭时她埋怨似的
说龙斌这孽子两年都没回趟家了，叫田燕到广东去看看。

这几天村里接二连三发生这么多事，田燕早想跑广东看看自
己的男人了。她安慰婆婆说，龙斌电话里都说了，做了成衣车间
主管实在忙得无法脱身。并说城里要的那套商品房要装修，龙斌
得忙着挣钱。她说到星期六等儿子龙威威回来，就跑广东一趟。

星期六一早，田燕坐上了开往县城的班车。到了县城，她转
坐高铁到广州再坐一个多小时的班车就到达龙斌打工的工业区。
田燕看看天上西斜的日头，阳光还很热烈地照着大地，虽然已是
初秋，这天工业园区那条通往制衣厂的水泥路还泛着酷热的气
浪。路旁那两排法国梧桐树肃然地挺立在两边，像等待着田燕检
阅。田燕信步走在水泥路上，这熟悉而又陌生的道路让她有一种
相逢老朋友的感觉。

门卫室里，一个脸上拉碴着花白胡子的老头正在打盹儿。田
燕一眼就认出是老胡。老胡也认出了田燕，他开玩笑地对田燕
说：你这厂花早就该回来了。制衣厂少了你就像孔雀少了展开的
屏呢。老员工都笑龙斌把孔雀屏掐了当蒲扇使，却收在家里不给
人看。田燕呵呵笑着，说老胡你别取笑我了，我都老妈妈了还
笑。老胡说：你比过去更靓了呢，龙斌这家伙还真有福分，就是
不知道珍惜……老胡发现说漏了嘴，顿了顿忙转移了话题，笑着

说：你再进厂也容易呢，龙斌当了主管，报个到就得了。田燕问龙斌办公室在哪里？老胡指了指左侧那幢楼：在三楼，门口有牌儿的，一看就知道了。田燕谢过，便径直往里面走去。

这是一幢老式写字楼，一共五层，墙上的马赛克有些已经脱落，看上去斑斑驳驳的像脸上的麻子坑坑洼洼很不中看。

田燕上了三楼，来到了挂着"成衣主管室"牌子的门前。发现那门紧紧闭着。走廊边有个窗口，里面挂着半遮半挡的花色窗帘，便凑过脸去往里瞧。只见室内放着一张办公桌，上面搁着一台电脑和一堆杂乱的报纸。墙角处有个饮水器，办公桌对面是一个长方形档案立柜，几乎把墙面遮去了一大半。透过玻璃柜门，可见里面整整齐齐摆满一行行员工档案袋。

田燕左顾右瞧不见龙斌的影子，正猜测他是否去了车间。这时，突然听到里面隐隐约约传出接打电话的声音：你怎么搞的，我刚出差回来就烦人。给你当带长就是让你管理好处理好你带的班。告诉财会，裁烂的衣服从工资扣得了。挂了电话，嘴里还嘟嘟囔囔像是埋怨一句什么。

是龙斌的声音！田燕听得真切。原来这办公室还有个套间，那套间的门就开在档案立柜一侧，门上贴了一幅装饰画，若不注意看还真看不出来。

田燕正想叫门，里面又传出一个女孩撒娇般的声音：斌哥，你还是去车间看看嘛，那个员工是我表姐，你去帮帮她呀。田燕一听，肺都气炸了，龙斌果真屋里藏娇。只听见龙斌应着：你怎么不早说呢？好，我去，我去。那扇门便打开来，龙斌边穿上西装边走出外间，然后匆匆打开办公室门往车间奔去。

他并没有发现站在窗边的田燕。

田燕正想冲过去骂他个狗头喷血，猛发现办公室的门微微敞开着。她一激灵收住了脚步，一个念头闪现在脑海：我何不来个瓮中捉鳖呢，免得他抵赖。于是蹑身溜进办公室躲到办公桌底下。

套间里的女孩似乎是口渴了，她打开那扇门径直往饮水器走去。装了一杯水呷了一口，眼睛依然不离手上的手机。

田燕从缝隙里看得真切。这是个穿着嫩黄色连衣裙的高挑女孩，约二十多岁，披散着长发。白皙的鹅蛋脸上微蹙着一对一字眉，小小的嘴唇擦了唇膏红艳夺目。她踮着一双草绿色的高跟鞋，走起路来有些飘飘悠悠病恹恹的样子。田燕想起了《红楼梦》中的林黛玉，在心里骂道：这人倒真有几分姿色，却损了林黛玉的形象。

女孩喝了口水缓步向办公桌走来，把水杯搁在桌上，然后边玩着手机边哼起了《天在下雨我在想你》的歌曲。办公桌在她的吟唱下微微颤抖着。

大约一刻钟的工夫，龙斌从车间匆匆转了来。他一进办公室就迫不及待抱起女孩往套间奔去。女孩撒着娇，任由龙斌摆布。她嗲声嗲气地说：斌哥你就坏，我是你秘书还怕我飞了。龙斌也不应一句，猴猴急急进了套间，用脚把门带上。

田燕从桌下蹦了出来，气得满脸铁青，见桌上有一把裁纸刀，顺手抓在了手上。她发疯似的直奔装饰画那门。也不知道哪来的一股劲，她顺势用身子撞向那扇门。那门也许真是装饰用的，只听"嘭"的一声，门打开了，田燕像一只失去翅膀的鸟儿摔了进去。

龙斌和女孩被这突如其来的不速之客吓得不知所措。女孩本能地扯过一张沙发罩子遮着身子；龙斌先是一惊，见慢慢爬起来的不速之客是自己的妻子更让他吓了一跳，慌忙抓过衣服胡乱往身上穿起来。

田燕摔了个四仰八叉全身生痛。她忍痛爬了起来，看见沙发上赤身裸体的龙斌和女孩气得火冒三丈，她一边爬起来，一边扬着裁纸刀冲过去，指着龙斌大骂他欺骗她，又骂那女孩迷惑她男人，叫道：吃我一刀！便向女孩扑了过去。

龙斌看见妻子飞舞着刀子扑向"林黛玉"，也顾不得把衣服穿好了，慌慌张张挡着田燕的去路。他用右手一挡，那裁纸刀便在他的手臂划了一道长长的口子，顿时鲜血直流。田燕愣了一下，龙斌顺势夺过裁纸刀，忍着疼痛用双手死死抱住田燕，嘴里喃喃道：原谅我，原谅我，别犯傻事。他示意女孩快些逃。

田燕被龙斌抱在怀里，她拼命地挣扎着，大声地嚎骂着。她拳打脚踢着龙斌，龙斌却死死不放。她一急张开小嘴就往龙斌的肩上狠狠咬了一口。龙斌终于松开双手，跌坐在那张沙发上。

龙斌的鲜血在田燕的后背浸染了一大片……

田燕不知道自己是怎样走出那间办公室的，她像丢了魂似的拖着双脚走出了制衣厂。老胡从她呆滞的眼神中已猜出几分，怜惜地摇了摇头。

大街上华灯初上，来来往往的行人与田燕擦身而过似乎谁也没注意她。夜风吹乱了她的长发，衣服背后那浸染的鲜血已被风吹干，像一幅抽象画一样洇在那里。她漫无目的地走着，脑海里一片空白。她绝望地拖着双脚漫无目的地行走着。

后来她走累了，就坐在广场的草坪上，呆愣愣地仰望着朗朗星空。星空里的银河这晚显得特别深邃高远，牛郎织女星闪烁着茫茫光辉。她想着牛郎织女隔河相互守望着，等待一年一度的七夕相会。而自己与龙斌的守望却是龙斌背叛了她……

龙斌来了十多次电话，田燕也不接听。她已心灰意冷，任由手机闹爆。也不知什么时候，龙斌气喘吁吁地来到她身边，站在她面前。他那只受伤的手臂已缠上了纱布，看上去白亮瘆人。他满脸愧疚地望着田燕，突然双膝跪地，把田燕抱在怀里。田燕正想骂他几句，龙斌已用他宽厚的嘴唇热烈地堵住了她的小嘴，把她的话捆在了里面，一串眼泪便从田燕的眼里冒了出来。

四

田燕拖着疲惫的身心回到岭脚村。婆婆问了龙斌在制衣厂的情况，见田燕脸色苍白，以为是晕车造成的，忙煮了碗蛋汤给她补补身体。

田燕看着婆婆忙来忙去的身影，心中波澜起伏。她知道婆婆很疼爱她。自从她嫁给龙斌，婆婆就把她当女儿待，处处疼爱着她迁就着她。田燕记得生产龙威威的时候，是婆婆一直守护在她身边，坐月子时常常变着花样给她弄好吃的补身子。她和龙斌闹矛盾，即使是田燕不对也站在她这边叫儿子想想女人的不易。承包双乳山下那片荒田时，她把积攒下来的五万多块养老钱掏出来支持田燕。田燕一想起婆婆一直这样呵护自己就特别感动。

在杂货店里，田燕经常听到女人们悄悄议论一些男人在外打工的风流事儿。说男人就像猫一样离不了荤腥。特别是在外久不回家了，偷些吃就不足为怪了。她们嘴里虽无遮拦，却对一回家的男人就盘加追问。凤嫂的丈夫染上艾滋病不敢回家，最后客死他乡；芳嫂的男人在厂里结识了一个四川女人在外租房住，她们约定互不干预对方的家庭，像对夫妻一样生活却不怕别人说三道四；标嫂丈夫与贵州妹租房住久生了情，回家要与标嫂闹离婚。标嫂的公公婆婆大骂儿子背信弃义，逼着儿子与那贵州妹散了，否则就别回来。现在标嫂丈夫回了厂就不再回家。标嫂看着渐渐长大的孩子和公婆对自己的好就留在了岭脚村，过着与丈夫名存实亡的生活。田燕担心自己是否步标嫂的后尘，与龙斌成了名存实亡的夫妻呢。

这世道真是有点乱常理了，人们为了过上好日子，选择背井离乡去打工挣钱，犯些错却又在情理之中。田燕怎么也想不通。

唉，管它呢，到哪个山头再唱哪首歌了。田燕这样想着。

果园里，还有一小半果树没有挂药瓶子。田燕叫龙山开上果园那辆三马仔再到镇上采购。她叫龙山把货料运到果园护林房去，免得他像上次一样到杂货店搬来搬去。

晚上月光如雪，把大地照得银亮。夜风徐徐地吹着，叫人觉得凉爽舒服。田燕穿着单薄的衣服穿行在通往果园的路上。她要到果园去和龙山灌装瓶子。

走过木桥，大黄和大黑欢蹦乱跳地跑过来迎接。田燕没有再踢大黑，让它们在前面带路径直往护林房奔去。

龙山正在一个塑料大桶里用木棍搅拌均匀红糖白醋儿，浓重的醋味弥漫在空气里直呛人的鼻子。他赤裸着上身，豆大的汗珠在他的身上冒出来，吱溜溜的滑到裤头浸湿了一大片。月光下，龙山的肌肤油亮得闪着光，那凸起的肱肌和胸肌强健饱满，全然展示着男人的健壮和刚劲。他如一尊梵蒂冈的雕塑，尽显岁月磨砺的坚韧与不屈。田燕在心里叫道：龙山原来也这么帅！

龙山见田燕到来，招呼田燕坐等一会儿，继续做着搅拌工作。田燕找来凳子坐下来，继续欣赏着：那紧握木棍的双臂刚劲有力随着木棍一摇一摆的身躯暴发着雄性的魅力。他喘着粗气，任由额上脸上的汗珠滴答滴答地掉进大桶里，不知不觉中也掉进了田燕的心坎上。田燕顿感龙山的呼吸如一股强大的气流袭击着她的身心，这股气流如魔鬼一般钻进她的血流里横冲直撞，让她浑身燥热起来。

接下来的灌装瓶子工作田燕一直与这魔鬼搏斗。它并没有惧怕她，而是变本加厉地折磨着她、蹂躏着她。田燕无法击败它、扼杀它，她不得不举起了双手……

护林房里，田燕偎在四仰八叉躺着的龙山臂下，心满意足地抚着他宽大的胸脯。窗外，皎洁的月光钻了进来，撒在床前白亮亮一片。

龙山说：龙斌知道了会打死我的。

田燕说：别想这么多，没事的。

田燕的脸上掠过一丝冷笑。

第二天，田燕来到果园的时候已近中午时分。昨夜她离开果园回到家整晚都睡不着，她后悔自己一时冲动酿成本不该发生的事情。现在见到来果园帮工的李月英，顿感愧疚，于是借说身体不舒服便离开了果园。

两天后，县里通知田燕去开表彰会。田燕借此把工作交给了龙山和李月英。她到了县城，顺便给儿子联系一所私立学校，又去那套商品房转了一圈，找到了一家装修公司拟订装修事宜。她决定年底就搬到城里住，好逃离那个不愿再待的岭脚村。

田燕从县里回来走进果园的时候，龙山和李月英正坐在一棵树下笑闹着相互喂着手中的砂糖橘。他们一瓣一瓣地送到对方的嘴中，见田燕到来，两人羞窘地站起来。田燕显得很随意的样子，把两千元奖励金递给李月英，说是这十多天她对果园付出的酬劳。李月英推辞不愿接，两人推来推去，最后李月英拗不过田燕，接了过来。她把钱交给龙山，说家里装修的钱还没付足给人家，别等人家追上门来讨债。龙山有些不好意思，憨憨地看了看田燕，又看了看李月英。田燕瞋了龙山一眼，转身走了。

她回到家，给龙斌打了电话，要求他辞去制衣厂工作回家创业。她说如果还执迷不悟别怪她卷铺盖走人了。

自从田燕大闹办公室后，龙斌的风流事已在制衣厂传得沸沸扬扬，那个"林黛玉"辞工换了厂。厂领导正考虑把龙斌换下来，正在他不知进退的时候，田燕来了电话，他顺水推舟辞了工。

五

砂糖橘即将下树的时候，龙山和李月英举行了婚礼。

这一天，岭脚村沸腾了，都说田燕是个了不起的女人，硬是把憨头憨脑的龙山扶持成人。田燕面对人们的夸赞却怎么也高兴不起来，她的心里有一种说不出的味道，酸酸涩涩的而又似甜甜苦苦的。她看着龙山和李月英穿着盛装满面春风地携着七岁的儿子在门口迎接着来贺喜的人们，心中油然生起一种恍惚的失落感。就在昨天，她去了医院检查，发现自己怀孕了。她掐指算来，大惊，他怀上了龙山的孩子！现在，她看着龙山和李月英携手迎客，心中还真有些醋味儿涌上来。

田燕被这道不清言不明的失落感弄得一整天都恍恍惚惚的。龙斌以为她身体不适便想叫她回家休息，田燕却不干。她要以主持人的身份站好这最后一班岗才心安理得。她的脑海里像放电影一样闪动着与龙山相处的方方面面，这个让她死心塌地要扶植起来的家伙，从同情到觉得可爱以至现在的依恋，她怀疑自己是不是真的喜欢上了龙山。

当晚，田燕喝醉了。龙山和李月英在答谢宴上为了感谢田燕

这几年来的帮助，他们双膝跪地，庄严地给田燕三鞠躬，然后李
月英捧上一杯酒，深情地说：斌嫂，这杯酒敬你一直以来对我和
龙山的帮助，没有你的帮助就没有我和龙山这一天，请你喝下这
杯酒。说完把杯子恭恭敬敬地递了过来。田燕看了看他们，想说
些什么。一群凑热闹的人推波助澜地说这酒一定得喝。田燕心里
正烦着呢，也不再说什么，接过酒杯一饮而尽。那火辣辣的白
酒，呛得她干咳了两声。坐在一旁的龙斌怜惜地看着妻子。这
时，李月英又高举一杯酒，有些激动地说：斌嫂，这杯酒敬你为
我和龙山操了这么多心才有这场婚礼。没有你的操劳就没有我和
龙山这天，这杯酒请你喝下。推波助澜的人又说这杯酒不得不
喝。田燕看了看提着酒瓶子的龙山，心中不觉涌起一股酸楚。她
接过酒杯一饮而尽，吓得龙斌正想说着什么，那酒已吱溜溜地滑
进了田燕的肚里，烧得她满脸通红。李月英又举过一杯酒，正准
备说第三杯的理由。这时龙斌忙站起来阻止李月英。田燕一把把
丈夫扯过一边，对龙山和李月英说：我知道你们还有一大堆话要
说，好，我全领了。说着，伸手夺过龙山手中的酒瓶子，咕咚咕
咚喝了起来，把龙山和李月英吓得目瞪口呆。龙斌回过神来把酒
瓶子夺了下来，那酒已被她喝了大半瓶儿。田燕醉醺醺地指着龙
山和李月英，叫道：把酒拿来，我……我不怕……敬……酒。看
热闹的知道田燕醉了不敢再闹，散了。龙斌和龙山李月英赶紧扶
着她离开宴席送回了家。

　　田燕整整昏睡了两天两夜，当她醒来的时候，看见龙斌正守
在身边怜惜地看着她。龙斌见妻子醒来长吁了一口气。他不敢埋
怨田燕不会喝酒也这么逞能，而是关爱地抚摸着她的前额和头
发：以后别喝这么多酒了，对身体不好。田燕默默地看着龙斌，
一股眼泪溢上了眼眶。

婆婆端来一碗红糖水给田燕解酒。田燕头重脚轻地在龙斌的搀扶下坐了起来。这时，龙山和李月英看她来了。李月英进门就检讨自己不该这样敬酒，她数落龙山明知道田燕不会喝酒也不挡一挡。龙山站在一旁像知错的孩子一样垂着头。田燕满肚子心酸、怨恚和无奈。她看了看垂着头的龙山，心中翻腾着五味杂陈，一股又爱又恨又怜又疼的气流在撞击着她的心魂，并化作一股难以下咽的苦酒在她的胃里闹腾着。她忙侧身把头仰出床外。可是，无论她怎么使劲，吐出来的却是那带着糖味的苦水。

砂糖橘全部下树，龙山和李月英拿到了二十多万的红利干得更起劲了。他们每天都忙着给果树施冬肥，修剪残枝，给树根漆石灰……

六

龙斌在城里盘了个中型快餐店，这几天为了装修忙着没有回家，田燕和他盘算着搬到城里便以快餐店作为主产业去奋斗。田燕觉得自己留在岭脚村越来越痛苦，虽然憨头憨脑的龙山守口如瓶没有透露他俩的秘密，虽然李月英每天依然一如既往地对她尊敬和有说有笑。但田燕脑海里抹也抹不掉她和龙山那激动心魂的一幕，并在知道自己怀上他孩子后变得越来越清晰，叫她说不清道不明这是对龙山的爱还是恨抑或依恋。

杂货店里，凤嫂芳嫂标嫂她们几个女人还在打牌。凤嫂似乎走出了失去男人的痛苦了，嘻嘻哈哈地与女人们有说有笑；芳嫂成了个随和的女人，她已把男人在外的事当作"眼不见为净"放宽了心；标嫂更是把自己男人当作死去了似的，静心去照顾公婆和孩子。

　　田燕守着杂货店却怎么也静不下心来，这几天为是否打胎弄
得她焦头烂额。

　　她想：我该怎么办呢?

　　她抚着日渐突兀的肚子，不禁流下了两行清凌凌的泪水。

哭 丧

刘三妮决定跟师傅莫璐去挣死人钱。

太阳还是老半天高,莫璐就来了电话,叫她到滨江路一桥旁的那棵大榕树下集合。

她有些想打退堂鼓,心里一想起那直挺挺的死人浑身就发毛。

这是我要挣的钱吗?为什么我要去挣这死人钱呢?她挂了电话,愣在那儿问自己。她可是听到猫头鹰夜叫都怕得全身筛糠的女人——那次家里不知从哪逃来的一只老鼠躲在衣柜里,她打开推拉门准备挑换衣服时,那家伙呼噜噜窜了出来,跳过她的脚背,吓得她差些没晕过去。

她看了看躺在沙发上陪着儿子丁丁睡觉的丈夫牛世豪,有种恨铁不成钢的幽怨涌上心头。她心里骂丈夫孬种,没一点做丈夫的担当,害得她不得不跟师傅莫璐去学唱挣死人钱。

现在文工团不景气,想过好日子得想些挣钱的门路。这两年,县城的酒吧咖啡馆娱乐场所几乎不再请驻唱,作为文工团主唱的刘三妮和丈夫少了外快顿感生活的压力——每月的房贷、孩子的教育投资已压得他们喘不过气来,再加上生活在农村的父母，三两个月寄些生活费以示孝敬更让他们入不敷出。她骂牛世豪是木头，每天都还想着他的歌星梦，一早还咿呀咿呀地吊嗓子，完全不把家里的窘境放在心里。上个周末，她专门跑去莫璐家去诉苦，想叫她做做丈夫的思想工作。刘三妮想，丈夫虽然不听我的，总该听师傅的吧。她轻车熟路来到莫璐家，发现大门紧锁着，就打电话给她，才知道半个月前师傅已搬到富江畔的滨江明郡小区住了。滨江明郡可是县城最豪华最高档的小区，莫老师退下来才两三年，想不到她像吹气球般富裕了起来。刘三妮来到莫璐家，问起师傅的捞金窍门。莫璐呵呵笑着说，有啥窍门？现在农村人做白事特别爱花钱，没有不请鼓乐队去闹一两天的，我就随鼓乐队去唱唱歌找些花销而已。刘三妮与师傅唠嗑了半天才知道，原来挣死人钱，只要你放得下面子，只要家属满意，大把的钞票往你身上砸。她动心了，离开时，刘三妮对莫璐说，师傅，如果可以，带我走走这条乡村捞金路吧，也好让我家摆脱现在生活的困窘。

她得挑起家庭的重担，不让别人笑话自己无能。丈夫做着明星梦，出门都怕皮肤晒黑。想起大学三年、文工团两年的马拉松恋爱，牛世豪在她心中的地位已根深蒂固。她心有芥蒂，不能把自己曾经与梁芾的秘密告诉他，让它烂在肚子里。她宁愿自己多吃些苦也不能吐露半个字儿。所以在这个家里，她啥事都迁就牛世豪。牛世豪倒也爽快，不吸烟不喝酒的他把工资卡丢给刘三妮图个省心。结婚六年，有了丁丁后就养成了不理事的习惯。他每天送好丁丁到幼儿园，就赶去文工团上班，在排练大厅里咿呀咿呀认真学曲目，完全没像其他人身在曹营心在汉想着怎样赚外快。前几年，他们靠夜里跑跑馆子生活还算过得去；现在小县城不兴这个了，日子就紧巴起来，刘三妮才知道做家主的不容易。

她本想搞个什么兴趣班赚些零用钱的，可别人比你头脑活络早已抢占地盘，再加上钱包紧张，牛世豪不管事，就了不了之。总不能这样吊着过日子吧？刘三妮脑袋都想炸了，像被捉住的画眉到处乱撞。上个星期，当听了莫璐的捞金路，她像找到禁锢笼子的出口，虽然有些心理障碍，但她还是向老师提出了请求。现在莫璐答应双休日带她去挣死人钱，并且就要动身，她惊慌失措起来。不过很快，她就硬起了心肠。她咬咬牙，扬了扬头，像甩开什么似的。做了一下深呼吸，抛开杂念，大步流星地冲出了家门。

　　大街上路人匆匆，逃也似的躲着明晃晃的太阳往阴处窜。刘三妮骑着她那辆白色女式摩托，头戴头盔，身披防晒服，把自己包装得严严实实。从南路到滨江路不过四百多米，刘三妮像翻越万水千山般一路心潮起伏。她恨不得大街上站满密密麻麻的行人，好让自己的车开得慢些。可是，在毒辣辣的阳光下，只有她和零星的小车在街上穿梭。

　　刘三妮来到一桥的大榕树时，莫璐已驾着一辆黑色轿车在那里等着了。她戴着墨镜，身上穿一条印着蓝色牵牛花的白色连衣裙，从驾驶室探出头来招呼刘三妮，叫她把摩托寄存好，一起坐轿车去。刘三妮寄存好车子，打了电话告诉丈夫车子的寄存位置就钻进师傅的车子里。莫璐一踩油门，小车就往一桥方向蹦去。

　　车里开着空调，凉爽爽的。刘三妮坐在副驾驶座，目光有些呆滞地看着前方的路。眼前晃过一幢幢高楼大厦，心里也一阵阵堵得慌。稍会儿功夫，车子就到了郊区。这时，莫璐告诉她，她们要去的是一个叫栗冲的偏僻村子。刘三妮身子不由一颤，怎么偏偏是去栗冲呢？栗冲离县城有三十多公里，刘三妮曾去过十多次。那里盛产板栗，漫山遍岭都是栗树，刘三妮就是在栗树下被一起读高中的梁苇要去自己的第一次的。她一想起那段往事，心中无比伤感。青涩的高中生活，甜甜涩涩叫她挥之不去。伯母现在可好？梁苇这家伙对她孝顺吗？她坐在车子里这样想着，连莫璐叫她看一下歌单都忘了回答。

莫璐说，你怎么啦？我叫你看看歌单，那全是老歌，不是现在的流行歌曲，你得好好温习一下。

刘三妮回过神来，接过莫璐递过来的本子，嘴里应着，然后一页一页地翻看着。她问莫璐，师傅，为什么总唱那些老歌呢？现在的流行歌曲不乏怀念父母的啊。

莫璐笑了笑，说，可以的，你就搜集上来下一次再唱吧。等一下与鼓乐队他们碰头，看看键盘手老周他们的意见。都是六十多岁的老头了，又住乡下，几乎每天都接单，不知他们能否接受。

车子开到一个加油站，老周他们已在那里等着了。音响乐器布棚装了微型汽车小半车。刘三妮数了数人数，和她们一起不过五个人。她认真审视了一下老周，像是在哪里见过。这是个高挑清瘦的老头，头发染得黑亮亮的，一件白衬衫工工整整穿在身上，下摆扎进那件黑色的西裤裤头里，要不是额上脸上那抹不掉的一溜溜皱纹，你以为他只有四十多岁呢。他满脸堆着笑，一见莫璐就打着哈哈说，你躲了我一个星期了，电话也不接，这次黄瓜打你你才来，差些把我们财路断了。我看你中意黄瓜不中意我。莫璐虎他一眼说，别贫嘴好不好，也不知害臊。你看我带个徒弟来了，以后一起发财。老周这时从车窗晃着头，眼勾勾想往车里瞅瞅刘三妮，莫璐一踩油门，叫一声出发，也不理老周他们，把车晃进岔入栗冲的乡级公路，往山里开去。

还是水泥路，一路上开得平平稳稳。莫璐似乎对刚才老周的调侃怕刘三妮有些想法，便一路做了解释。刘三妮抿着嘴笑着，最后说，老师你多心了，乡下人就这素质，别挂在心上。莫璐说，你不知道，这周扒皮就是这德行！老伴前年死了，总想打我主意，我可不是随便之人。上星期我停了他们邀请，就因为烦他们口无遮拦，现在见面还是狗吃粽子——不（解）改。嗨，管他呢，我是老山猪不怕海螺角，就怕你听不惯。

刘三妮说，不理他们得啦，虽然树大招风，可是只有大风吹树没有树吹风的。老师你说是吧。

莫璐有些听不懂她的话，不过也不多问。不知怎么的，她一边专心开着车，一边说起了老周老婆死时做法事那天的事情。

那是冬天的一天，莫璐接到黄瓜电话，说老周老婆死了，鼓乐队去给老周家免费唱一天。她与黄瓜他们来到老周家，做法事的道公还没有来。他们按照以往的做法，先放那首哀乐，然后去看一下老周，安慰一下。哀乐声刚响起，老周就跑出来接见他们了。见了莫璐，他脸上就莫名涌起笑容，说，璐璐来了我就放心了。好像莫璐不来他老婆就不安心上黄泉路似的。莫璐说，你节哀顺变吧。老周说，我想得开的，落叶归根人死是常理，没有什么悲伤。黄瓜调侃老周说，老婆去了，你一定骂夜真长，呵呵。老周擂了一拳黄瓜胸口，笑着说，你这黄瓜，明天我腌酸吃掉你。正说着，见两儿子拿着香烟来敬黄瓜他们，就转身回房里去了。

莫璐按老规矩，去世是男的就唱《父亲》《老父亲》《我的爸爸》《怀念我的老父亲》等等曲目；是女的就唱《母亲》《老母亲》《妈妈的吻》等等老歌；有时候也混搭，把歌词里的父亲母亲改唱就行了。不过对老周老婆的死，莫璐唱起那些歌来总觉得拗口。为什么呢？因为她以前总叫她大嫂子，现在唱起母亲来就有点那个了。因此，在灵堂那个子夜做堂斋的哭唱里，她一时把母亲改成了嫂子演唱，竟然感动了自己，陪了许多眼泪出来。老周的两个儿子也颇为感动，硬要塞给她五百元钱哭唱费。后来她要把钱退给老周，老周说，儿子孝敬你的，你就不要推辞。再说，你那次唱得连我都想落泪了。我还说了孩子几句，说给你的太少了。给后妈用反正肥水不流外人田，是吧。老周补了最后那句，气得莫璐横起脸来，叫道，你这周扒皮，老婆尸骨未寒就野起心来了，当心雷公劈了你。说完，把那五百元钱砸到他身上，气呼呼地走了。老周忙叫住她说，璐璐你不要把话当真好不，都是老伙计了，说说笑也发脾气啊。他捡好钞票追了过去，规规矩矩把钞票塞回给她。

莫璐对刘三妮说，周扒皮就这德性，那张臭嘴毫无遮拦，叫人厌烦。

不觉间已过了乡政府，进入了通往栗冲的山路。山路虽也铺过水泥，可比刚才的道路窄了很多，如果遇上大卡车，还真难错开。刘三妮扭头看了看车后，透过后视窗，发现老周他们那辆微型汽车紧紧咬住她们的车尾巴。黄瓜他们像在说着什么笑话，脸上笑得像熟透了开着口的苦瓜。她有些惶惶然，想起等一下就要面对那哭天喊地的场面，不由得有些紧张。她把身子坐正，检查了一下安全带，想闭目养神一会儿。可是无论如何总静不下心来，毕竟这是她第一次去挣死人钱。

刘三妮闭着眼，不觉想起她九十三岁的曾祖母去世时的情景。那时她刚与牛世豪结婚不出一年，挺着孕肚子赶回娘家时已是傍晚。鼓乐队的帐篷就搭在门外，见他们到来就吹起唢呐《哭皇天》的曲子来，那恓恓惶惶的唢呐调子，还真把人的泪点激发起来。她跪拜了躺在厅屋里用白布盖着的直挺挺的曾祖母后，赶紧逃出，拉着牛世豪看鼓乐队吹拉弹唱。因为是曾孙辈，又有身孕，她倒没有被长辈约束在灵堂里随着法事跪跪拜拜。刘三妮想起了那个鼓乐队就是老周这个鼓乐队，只是唱曲的不是莫璐而是另外一个女人。那时老周弹奏电子琴娴熟的手法绝不亚于文工团的键盘手，特别是他随着音乐跳荡所呈现的表情，完全融在乐曲中。刘三妮看他弹奏那首《老母亲》，觉得自己就是老周那跳动的手指，电子琴就是曾祖母宽大的胸怀。她蹦跳在曾祖母的怀抱里，那时的懵懂无知竟然在眼前老周跳跃的指间闪现，让她涌起对曾祖母的怀念。她哭了，哭得眼泪鼻涕一起流。她发现老周也哭了，那两行清泪顺着脸颊流下来，重重地砸在键盘上。她拉起牛世豪的手，快步走回灵堂，一心一意给曾祖母守灵……

轿车一个急刹车，差些把刘三妮吓丢了魂。原来前方一头小黄牛呼噜噜冲上公路，从车子前方半米处横穿跑过。莫璐眼疾手快来了个急刹车，把刘三妮从回忆中硬拽回来。刘三妮一脸的惊恐，吓得胸口怦怦直跳，右手压着前胸，嘴里哎呦哎呦地叫着，吓死我啦！吓死我啦！莫璐紧紧倚在驾驶座上，双掌压着前额，来了一句粗话，这死牛瘟，想垫车轮子了。想害我赔几千大洋，呸。

刚才，莫璐的车子只撞了小黄牛屁股一下，那小黄牛像疯了似的蹦跳了起来，一边奔跑一边哞哞地叫着。一个养牛的老人牵着呼唤孩子的老母牛从荒田里上了公路，骂骂咧咧小黄牛不听话。他侧头看了看莫璐的轿车，顿在那里，想说些什么。这时，后面的老周停了微型汽车快步跑了过来，问出现什么情况。莫璐下了车只顾检查车子，没有回答他。车子的前方挡板印上一团稀泥花，像一个变质的苹果，车子并无大碍。莫璐从车后厢找来个空机油瓶，叫老周到田里装水来擦干净。老人牵着牛走了过来，对莫璐说，这牛每天都这样疯，你的车子没坏吧？我这把老骨头没法赔你喔。莫璐本以为自己撞了小黄牛，老人来索赔的，没想到老人还担心她的车子。她有些感动，赶忙说，老哥，我车没事，你的小牛不知怎样？老人说，那畜生没事，活蹦乱跳的，等大些卖了好，免得犯祸。说完，牵着老牛追小牛仔去了。莫璐看着老人的背影对清理车子的老周说，你看到了吗？这样的人值得打赏，快送五十块钱过去！老周说，你钱咬口袋了是吗？不叫你赔也给钱？莫璐有些不高兴，骂老周真是周扒皮。她命令似的对他说，快送过去！老周还真怕她闹罢工，想了一会儿又打起哈哈来，洗了手掏了五十块钱，又想对莫璐说些俏皮话，见莫璐瞪起杏眼，只好忍住了。

老人牵着母牛已走出五十多步开外了，老周快步追上他，也不说什么，塞钱给了老人。老人愣在那儿，回头看向他们。莫璐洗干净那个变质苹果，又开起车子，小心地往山里驾去。经过老人身边时，她探出头来对老人打招呼，老哥，注意身体啊，有空我去拜访你。她又对刘三妮说，像这样的老人难找了。有一次去高头村唱歌，有一个老女人把一笼鸡放在公路上跑去小解。我发现后急忙刹了车，没想到笼里的鸡逃出了一只，跑进村子里去了，抓也抓不着。上完厕所的老女人跑回来见鸡不见了，抓着我硬讹我三百块。像刚才这位老人，如果到他仙逝那一天，我就是给他唱三天三夜也不收一分钱。

刘三妮点着头算是回答师傅的话，但不敢再闭目养神。她一边看着车外的风景一边再追忆曾祖母去世时做堂斋那个唱歌的女人是怎么做的，以便好借鉴一下。

噢，对了，她也像自己的父母一样披上了白布巾，在棺材前声泪俱下地唱《我的老母亲》。她把《我的老父亲》改了词，没有伴奏，只有她那掏心掏肺的哭唱（权当这样说吧）。唱到动情处，她声泪俱下，整个灵堂回响着她揪人心魂的叹唱声。族亲们肃立在她身后，感动得悄悄抹泪，刘三妮也悄悄地抹着泪。

……

上坡，下坡，七弯八拐，过桥，栗冲慢慢出现在刘三妮的眼前。车子不知不觉已跑了一个多小时，终于看见了要去的目的地。刘三妮有些急促不安，目光扫向那炊烟袅袅的山村。她找寻着曾经的记忆，然而十多年不见，现在已是斗转星移、物是人非了。村前，一栋栋水泥楼把过去低矮的泥砖房像饺子包馅样包裹在村中央，她再也看不到梁蒂那间破旧的泥砖房了。她又往山上看去，庆幸的是，山上还是一爿爿栗树林，不过她发现这些栗树矮了很多，一定是砍了老树栽上的新良种。被梁蒂偷食禁果的地方在哪儿呢？刘三妮想着。她把头探出车窗往印象中的方向望去，想找寻印在脑子里的那棵大栗树和守林棚。但给她的只有茫茫一片浓绿，那棵大栗树和守林棚已不知去向了。她晃了晃头，把身子收回车里。莫璐对她说，没有来过是吧？看你满眼都是新鲜，明天就让你玩个够再回去好吧。刘三妮说，这山旮旯我十多年前来过，现在变了，认都认不出来啦。莫璐呵呵笑着说，就像你啊，越变越漂亮了，这里当然也会变嘛。刘三妮指了指对面的山头说，这些山，以前也是满山的栗树。山上这些新种的栗树像同胞胎似的长得一样大小，一定是人为的作用才有这样子的。莫璐又笑了，说，你呀，以后还得常到乡下去看看，多与他们交流交流。现在的农村人比鬼还精呢，凭着自己有几亩田地就往那里掏黄金，他们比我们县城人还要富裕，所以在丧事方面都是不吝啬的。

　　说话间已近村口，莫璐看见村口出现了一些披麻戴孝的男女，他们来去匆匆出入一家装修豪华的楼房里，赶紧停下车。刘三妮往那楼房看去，只见那楼房可为气派，有着中式欧式结合的风格。看那房顶，檐角交错，动感丰富，竖起的方形烟囱上盖了个方锥形的顶儿，一溜的黄色琉璃瓦在太阳下泛着耀眼的光芒。房前是一个八百多平方米的院子，因为有高高的围墙挡住，只看到一个浓绿的榕树树冠探着头。

　　莫璐对刘三妮说，来早了，他们可能正在给老人装洗入殓。刘三妮听了，倒抽一口气，身上顿时起了一层鸡皮疙瘩。莫璐见她这样，装着不高兴的样子说，这有什么可怕的！殡仪馆里还有美女葬仪师（入殓师）呢，你该培养培养胆量才行。所以，今晚做堂斋时由你哭唱，明天的路头斋也由你完成，好吧？刘三妮哭丧着脸说，老师，我……我……还是跟着你学着做吧，你带着我，我陪唱，这样才是师傅嘛。她撒起娇来。莫璐用食指点了一下刘三妮的鼻子，笑着说，你就知道我心软，这鬼灵精！好吧，为师不为难你。你出丑也是出我丑啊，我怎么一下就放心让你上场了呢。刘三妮高兴地给莫璐一个拥抱，谢谢师傅。说完，怕老周他们看见她刚才的举动，又回头透过后视窗瞅了他们一眼。老周黄瓜他们似乎累了，都倒歪在座位上闭目养神起来。刘三妮心情似乎好了许多。

　　不知什么时候，有一个披麻戴孝的中年男子走了过来，叫他们开车进村了。老周他们也被叫醒过来，一起往那栋豪宅开过去。

　　刘三妮虽然有些心慌，但还是被这座宅子揪住了心眼。到了

那敞开的院子门口，就能看见里面人头攒动黑压压一片。他们有
说有笑，有条不紊地做着自己该做的事情。要不是他们有的头披
白布巾，有的手臂上扎着小白布片，你可能还以为里面是办喜事
的。其实现在的农村，只要逝者寿高，都把白事当喜事一样办
了。你看偌大的一个院子，煮吃的、整理桌凳的、清洗蔬菜的、
切肉的、或聊天抽烟的，一百多人没有一个不有说有笑。更有十
几个孩子跑来躲去，穿梭在大人之间做着捉迷藏游戏，把那哀愁
的场景变得欢乐起来。那棵榕树下，堆码着一箱箱酒水。一旁那
个造型如梅花的游泳池边上几只休闲凳坐着几位老者，正围着一
张圆桌看一个戴着老花镜的中年人挥毫写挽联。泳池里池水泛着
粼粼日光，似乎把这家本来伤心的失母之痛消融在里面了。

老周黄瓜他们把音响乐器搬了下来，在那贴着"乐声凄凄悼
懿德　歌音怅怅叹母恩"的地方架起了篷子。莫璐和刘三妮待在
车上，等他们接通电源，放起了哀乐才下了车，一起进大厅向逝
者默哀跪拜。

大厅门口贴上了挽联，门头上写着"当大事"的横批，两边
门联是"西地驾鹤归王母　南国辉空仰婺星"。刘三妮瞅了一眼
门联随莫璐师傅跨进厅里，只见大厅右边一个长方形冰棺安安静
静地挨着墙壁搁在那里，透过那玻璃棺盖可以看见里面躺着的逝
者。一堆孝男孝女手握哀杖跪在冰棺前，有的垂着头跪着默哀，
有的泪流满面在那里轻泣，更是有一女的号啕叹唱："妈妈呀，
你劳累一生没享一天福就去了，丢下女儿你忍心啊……"把个大
厅闹得嗡嗡响。刘三妮走进这氛围里，眼泪也跟着流了下来。跪
拜好，她见老周莫璐几个过去把孝男孝女一一挽起，也学着走过
去拉起几个孩子。这时，她忽然与一双向他投来的目光相碰，差
些叫出声来，梁芾?！梁芾也吃了一惊，不过那目光只在她脸上

停留了几秒钟就移开了。她赶忙随着莫璐他们走出大厅，来到放乐器的地方。梁苆走了过来，一边给老周他们递烟一边说着辛苦了的话。到了刘三妮身边，他笑了笑才说，三妮，辛苦你了。刘三妮怯怯地说，我不知道是伯母过世，请节哀。梁苆苦笑了一下说，我妈是幸福的，像是有某种感应，能有你到来为她送行，她一定走得轻松。谢谢你，给我这么大的面子。说话间，有孩子递水过来，叫阿姨喝杯水。梁苆忙说，这是我孩子，读三年级了。刘三妮抚了抚小孩的头说，真乖。小孩高兴地走了。梁苆也忙告辞，赶紧回大厅里去忙他的事。莫璐悄悄问她，你认识家主？刘三妮点了点头。莫璐呵呵笑了，说，这下好了，今晚的哭唱肯定钵满盘丰！刘三妮苦笑了一下，说，老师，哭唱我是一分钱也不收的。为什么呢？莫璐问。刘三妮没有回答她的话，而是说，我到外面走走。说完，就转身向外快步走去。

刘三妮出了院门，径直跑到对面山上。她心烦意乱，像有千万只蚂蚁在啃咬着自己的心。她问自己，我为什么要跟师傅挣死人钱呢？为什么偏偏第一站就是梁苆家呢？为什么死的是伯母呢？她心里杂乱极了，来到一棵栗树下，盘腿坐了下来。梳理着曾经来栗冲的过去。

刘三妮记得第一次和几个女同学到梁苆家摘板栗的时候，看到梁苆家虽然破旧，却是窗明几净，一尘不染。梁苆的母亲为人和善，见她们的到来高兴得合不拢嘴，赶忙杀鸡待客。后来，刘三妮才知道，梁苆家就三口人，母亲带着梁苆和妹妹三人相依为命，生活虽然辛苦，日子却过得踏实。晚上由于梁苆妹妹的床太窄，几个女同学挤不下来，刘三妮就和梁苆母亲搭铺。梁苆母亲对刘三妮说，闺女啊，我家就这穷样，如果不嫌弃就和苆苆常来往啊。她告诉刘三妮，她家有十几亩栗树林，板栗的收入可以支撑梁苫读书了。家里还养了一头母猪,每年买猪仔的钱除了供妹妹读书外还有剩余呢。刘三妮想,一个羸弱妇女既要耕田种地,又要养猪护林,竟然把家里弄得井井有条,可见她是多么勤惠啊!她终于知道梁苫为什么每到双休日都要赶回家了。也不知怎么的,后来,当梁苫邀她到栗冲玩时,她不假思索就满口答应下来。于是,她时不时随梁苫在双休日到栗冲来帮着伯母做事情。晚上就与伯母搭铺,听她说栗冲的山山水水,人情世故。这一来二去后,她和梁苫母亲建立了感情。后来,她与梁苫由同学结拜成了干兄妹,见面都哥哥妹妹地呼唤。每逢过节遇庙会,刘三妮都到家来与伯母一起做糍粑,一起接待亲戚朋友。她见了村里人也跟着梁苫向他们打招呼。有人笑起了梁苫,说你那同学还没过门就这么懂礼数了,好福气啊。梁苫说,别乱讲,我们是兄妹呢!那些人逗他说,什么兄妹啊?我看是假兄妹吧!哈哈哈。刘三妮被他们笑得垂下了头,怪不好意思的。梁苫丢下一句:"不和你们讲!"拉着刘三妮的手就往家里跑去。

要不是梁苫非礼她,她也许有空就会跑到栗冲来,与伯母见见面聊聊天或帮她理理家务。她清清楚楚地记得,那是她上高二第二学期时的那个梅雨时节。那天,她和梁苫跑到山上踏青,累了,就钻到搭在一棵大栗树下一个废弃的守林棚里休息。棚里铺满了茅草,已被养牛人坐得柔柔软软了。他们钻了进去,嘻嘻哈哈闹了一会儿后不知不觉就睡着了。待刘三妮醒来时,发现梁苫挨着她躺在身边,用手支起身子目光烈烈地看着她。这时,刘三妮的目光与他目光一碰,身子不由得颤抖了一下。她赶忙回避那火辣辣的目光,刚想闭上眼睛,梁苫就把头伸了过来,把嘴印在了她的小唇上。刘三妮想推开他,伸出的手却不由自主地挽住了梁苫的脖子。她被梁苫热烈深情的吻俘虏了,心里的那团火烧得

她气喘吁吁。她已变得软绵绵的，任由梁芾左右。当那一阵裂痛
过后，刘三妮突然醒悟过来，赶忙把他推开，大骂梁芾欺负她，
并抽抽噎噎哭泣起来。梁芾想安慰她，抚着她一头蓬乱的秀发
说，都是我的错，你打我吧。刘三妮甩开他的手，冲出了守林
棚，哭哭啼啼地往山下的公路跑去。刘三妮拦住班车，任由梁芾
怎么劝，头也不回地上车赶回学校了。刘三妮想起当时的情景，
脸上不由得抽动了一下，眼睑悄然泛起泪来。都是天真无邪惹的
祸啊！如果当时不走进守林棚，如果当时不睡着，如果不给梁芾
吻，如果不……她苦笑一下，摇了摇头，心里说，世上没有这么
多的如果啊，一切都是上天安排的吧。

　　不过，她特别同情梁芾母亲。她喜欢梁芾母亲，甚至爱上梁
芾母亲。想起梁芾的母亲把她当亲闺女待，以至她喜欢上了栗
冲，以至于随梁芾一次次到栗冲来。就因为她无时无刻让刘三妮
沉浸在快乐与幸福之中，那份幸福快乐依然萦绕在她心头。

　　梁芾母亲文化少，闹出的笑话让她有时忍俊不禁。有一次她
随梁芾来栗冲，邻居家的家庭电话丁零零响个不停。梁芾母亲干
活回来刚好从邻居家经过。她停下脚步，听着里面的电话铃声，
不由得叫道，不要响了不要响了，三婶还在地里干活呢，等下才
回来啊。见电话铃停了，以为对方听清楚了她的劝告，才乐颠颠
地回家。正好她的一举一动被刘三妮看见了，笑得她上气不接下
气。晚上，两人躺在床上唠嗑。梁芾母亲问她，闺女啊，我就不
明白了，那输压线从这山横过那山，有的从山脚攀到山顶，那电
不累啊？刘三妮听后，笑得差点卡住了气……想着这些往事，刘
三妮不再笑了出来，心头却隐隐作痛。要不是梁芾对她非礼，她
一定时常回到她身边听她或看她闹笑话。她开始怨恨起梁芾来，
怨恨梁芾不该对她有非分之想。她想，到现在，也许伯母还不知

道她与梁苇之间有过肌肤之亲，不知道她为什么不告而别吧。

自从那次遭非礼后，她再也没有走进栗冲。高三一年的冲刺，她顺利考进步城音乐学院。而梁苇不是特长生，又家校兼顾，所以落榜了。梁苇没有复读，而是选择回家帮母亲操起了家活。刘三妮大二那年，被牛世豪追上，工作后结婚生子。而叫刘三妮耿耿于怀的就是没有对梁苇母亲说过一声告别的话语就玩消失了，因此，她似乎有着深深的内疚感。面对伯母的去世，脑海油然涌起过去伯母对自己的好来。

道公来了，里面鼓声点点，唱经声不绝于耳。太阳不知何时已悄然挂在西山，把天空的火烧云越烧越浓。刘三妮站了起来，长叹一声，拍了拍屁股，沿着原路回到鼓乐队去。

老周见刘三妮从外面回来，目光在刘三妮身上扫来荡去的。莫璐击了一拳他大腿，说道，别鬼眼贼精盯着人家，小心挖出你心肝丢给狗吃。老周口齿不清地笑着说，我看看（干干）你也有意见，是不是管得太宽了。莫璐正想说什么，里面道场结束，见黄瓜和另一人抓起唢呐吹起了"大佛调"曲子，赶紧抓起羊皮鼓伴奏点，用目光腕了他一眼，不再理周扒皮。

开饭了，鼓乐队几个人围在临泳池的一张桌子吃饭。刘三妮躲开老周坐在莫璐身边，正埋头吃饭时，梁苇不知何时带着老婆来到身后。他们手持哀杖，头披长长的白布巾，跪在刘三妮背后，梁苇在我娘呀我娘啊地哭叹着。刘三妮吃了一惊，赶紧丢下碗筷站了起来。她想起曾祖母去世时，自己的父母和爷爷奶奶也是这样对客人跪叹的，就学那些客人把梁苇和他老婆搀扶起来。梁苇站起来后，对她说，妹妹你吃饱饭，和我们守灵可以吗？刘三妮从栗树林回来就有这个打算，又怕莫璐他们忙不过来，所以她用眼神看着师傅。莫璐说，你去吧，我们能应付过来。待梁苇

和他老婆走后，她问刘三妮，为什么梁苇叫你妹妹？刘三妮一五
一十地告诉师傅，只是没有讲守林棚那事。最后，她悄悄对莫璐
说，做堂斋时，我来哭唱吧，好让我对伯母做最后倾诉。

一切都按当地风俗进行着。刘三妮披上白布巾，手拿哀杖，
与梁苇家人以及七大姑八大姨在灵堂里做道场接客送客。客人来
了又走，来了又送，忙忙乎乎里里外外这样走来走去。做道场休
息的时间，是鼓乐队最忙的时候。她有时也出去帮忙，给客人唱
几首歌颂母亲的曲子。刘三妮发现，今天那个养牛老人也来了，
猜想一定是梁苇的什么亲戚。他正在和师傅聊着什么呢，看老人
笑得合不拢嘴，想必莫璐一定逗他挺开心的。这时，有客人专门
考刘三妮嗓子的，叫她唱《青藏高原》。刘三妮也不推辞，提起
嗓子就唱了起来，到了高音部分，有意顿了顿，学小沈阳说，起
高了，然后装模作样把最后一句唱完。客人们笑着自是报以赞许
的话语。待客人最后进灵堂叩拜回家时，一曲刘三姐的《只有山
歌敬亲人》欢送他们离开才告一段落。

晚上十点半以后，大部分客人已坐车回家，留下的只有村里
做事的男女。每当这个时候，族亲们就忙着做好祭奠的准备。等
道场又告一段落，他们就要做堂斋了。做堂斋时，他们先邀请唱
曲的哭唱一段歌颂亡者生平事迹后再唱斋。如果哭唱得越感人，
打赏的红包就越大，也因此农村人很看重这个过程，说是族亲们
对亡者入土前最后的孝敬。

刘三妮早就想好对伯母的哭唱了。她要把伯母生前对她的好
一样样唱出来。因为不用伴奏，这给她选择曲子有了更大的空
间。毕竟自己是学音乐的，在做法事期间，她就默想着，自己作
了曲和词，等着哭唱的到来。

在上几场法事休息的时候，刘三妮断断续续从梁苇的亲戚和

他妻子那里了解到她离开栗冲后梁茁家里的变化。梁茁高中毕业后，凭着自己吃苦耐劳和过人的胆识，承包了外出打工家庭荒废下来的栗树林。他大胆砍去老栗树，种上粒大饱满的良种栗树苗。并且开办果园养鸡场，还招商引资开办工厂进行深加工，让这个偏远的栗冲吸引来了许多客商和城里爱乡村游的客人，成了富甲一方的大人物。刘三妮听了，心里有些失落落的，不过她很快平静下来，梁茁能有今天，那是他的福气。

想起伯母，刘三妮觉得伯母算是熬出头了。相信这几年伯母一定过得很幸福，只是享福才几年啊，就匆匆走了。从梁茁妻子那里了解到，伯母患阴道癌住院期间经常叨念着她，说，我那干闺女怎么不来看我啊，她生活过得好吗？还多次督促梁茁去找她。梁茁其实几次来到她所住的小区，最后还是没有去惊扰她，怕因此影响她的家庭。伯母弥留之际对梁茁说，你要好好找到妹妹，如果她生活困难，你要多照应她……

伯母啊伯母，我该怎样向你倾诉我此刻的心情？刘三妮早已哭成泪人。在做堂斋时，执事者高声呼叫，肃静，擂鼓，鸣金，奏乐……当执事者呼唤忆母颂唱时，刘三妮泪水涟涟，早已跪在冰棺前，凄凄切切地唱了起来：

> 跪在棺前颂母恩，母亲为人情最真。
> 劳碌一生凡尘事，让我一一唱沧桑。
> 怀胎十月茶饭少，裙带不敢紧系身。
> 孩儿呱声心落地，娘从阴间才转魂。
> 为儿娘把心操碎，寒热冷暖记心间。
> 干处半边孩儿睡，湿处半边娘容身。
> 入了学校娘挂心，怕儿浅学少诗文。

寒衣针针慈母织，学费分分母血挣。

……

刘三妮哭唱起来不休不停，唱得族亲们悄悄抹泪。

……

一叹娘来为儿女，忙前忙后把身伤。

再叹娘来稳持家，勤俭节约操碎心。

三叹娘来好睦邻，和和气气过一生。

再叹娘来恩如山，倾尽一生为儿郎。

……

最后，刘三妮把自己对伯母的感情也哭唱出来了。

……

伯母啊，苦日子过完你老了，好日子到了你却走了。

伯母啊，你健在时我却远游，我一回来时你却走了。

万千行眼泪难诉伯母恩，万千声呼唤难叫醒你啊。

万千言语唱不尽伯母德，女儿长跪叹不尽你的恩。

刘三妮唱完，依然跪在那里嘤嘤哭泣着，任人们怎么拉也不起来。莫璐走过去，悄声对她说，节哀吧，孩子。快起来，让他们做好后面的仪式。刘三妮见是师傅，忽然醒悟过来，站起身，随莫璐走出灵堂。

莫璐说，你刚才的哭唱感动在场的每一个人，连我都给唱哭了。了不起啊你。

刘三妮好像还沉浸在悲痛之中，抽噎着说，伯母对我这么好，我却没有一次孝敬过她。我心里有愧啊，只有用歌送送她了。

没事，孩子，伯母一定听到你的倾诉的，她在天之灵一定保佑你。莫璐动容地说。

太阳刚爬上东山的时候，刘三妮已悄然离开了梁苇家。她一路往县城赶去，想以此放松一下自己哀伤的心情。她下定决心从此不再走进栗冲，不再与梁苇有任何联系。她要对牛世豪好，虽然过得清苦，只要两人心心相印，一切都会挺过去的。他想起自己的父母，对，要好好孝敬他们，别让自己落下遗憾……

一辆辆班车从身边擦身而过，刘三妮始终没有叫停。她要一步步丈量着栗冲到县城的距离，丈量着她与栗冲的距离，丈量着她要留给梁苇的距离。

到了乡政府所在地，在路边一个小摊点吃了碗河粉。莫璐打来电话，问她跑哪里了。她告诉师傅，她先回去了，叫师傅别担心。莫璐还要说什么，她挂了电话，又开始丈量着回县城的路。

十点钟一过，大地就像一个烤箱，把人烤得滋滋冒出汗来。通往县城的水泥路在太阳的炙烤下，白晃晃的，像烤熟的腊肠冒着烟，她走在腊肠上做着她想做的事。她问自己，三妮啊三妮，你为什么这么傻呢？男女授受不亲为什么还不提防梁苇对自己别有用心呢？什么干兄妹？他野着呢！我为什么当时就被迷惑了啊？

走累了，她在公路的树荫下休息一会儿；口渴了，她买瓶矿泉水咕嘟咕嘟喝下；许多次，看见开往县城的班车想扬手叫停，咬咬牙又放弃了。她死心塌地要完成自己的心里任务，后来莫璐问她为什么要这么折磨自己呢，她也回答不上来，就像她对师父说的"树大招风，只有大风吹树没有树吹风的"一样只可意会不可言传。

下午两点左右，刘三妮终于徒步走回到县城。虽然劳累，她倒轻松愉快起来。在走过一桥的时候，她脱下身上的防晒服。来到桥栏边，随手一丢，防晒服像一只白色的蝴蝶，张开翅膀飞向桥外。只一会儿，蝴蝶折了翅膀，倏地摔落到滔滔的富江水中。它在水面漂流了一会儿后，一个水转儿打过来，哧溜一下卷入漩涡里不见了。

丢了防晒服后，刘三妮像卸了千斤重担似的嘘了一口气。她只穿着背心，白嫩嫩的臂膀在白晃晃的阳光下扎着路人的眼。她像小学生一样高兴地摇晃着手臂，完全不顾路人目光的贪婪。他一蹦一跳地往家赶，嘴里哼起了小曲儿。

是的，她终于解脱心里的桎梏，要好好地生活，为家人，为自己。

走到南路路口，一辆黑色的轿车戛然停在刘三妮面前。一个戴着墨镜的女人从车窗探出头来叫道，你好无聊啊三妮，硬要自己走路回来是吧？要是有什么差错我可不好向牛世豪交代啊。刘三妮知道是莫璐回来了，高兴地说，师傅，你看我这不是好好的吗？莫璐说，以后不许这样了！噢，你等着，我给你辛苦费，免得我送过去。刘三妮赶忙说，我没有帮鼓乐队做过什么事，我不要！说完，想绕过轿车回家。莫璐叫住了她，从车窗里递出几张百元票子和一张支票，呵呵地说，你走运了三妮，支票是梁蒂叫我转交给你的。一曲《颂母恩》把你干兄妹连在了一起，好好珍惜吧。

好好珍惜吧？珍惜什么呢？刘三妮一路上小跑回家。她本想用折磨自己的方式忘掉栗冲的往事，可是，一张支票，一张二十万的支票又把她拽回了现实。

来到家门口，她掏出钥匙开了门。丁丁和丈夫牛世豪像昨天离开时一样躺在沙发上睡着了，匀称的气息叫她刚想说"我回来啦"的话噎在喉咙里。她轻轻地把门关上，轻手轻脚地走进客厅，准备回卧室休息一下。这时，牛世豪梦呓地说了一句话，扯住了她向卧室走去的脚步。

他含糊地说，三妮不是好女人，三妮会情人。

刘三妮愣在客厅里，吃惊地看着丈夫。

这是哪里出的差错？丈夫竟然知道她与梁苊的关系了？

牛世豪翻了个身又睡过去了。

她真想大哭一场。

阳光交付的黄昏

一

派出所民警把大佛和廖桂岚从旅社押出来的时候，两人像晒
蔫的黄豆芽，低着头，一副无精打采的样子。他们并肩着走，甚
至牵着手，任由民警往派出所押去。一群好事者蜂拥在他们身后
或身旁，投去同情的目光。

已是腊月十八，过几天就是小年二十三了，春节的气氛已悄
悄来临。这天又赶上圩日，圩上人山人海的。赶圩的村里人见大
佛被派出所揪了去，便把这消息传回到村里。下午的时候，我正
在给牛牯安装电视锅盖，大佛的大儿子尖头找到我，说他父亲被
派出所抓了，问我怎么办。我已听说大佛和廖桂岚被抓的事，对
他说："你爸和你叔娘都因为你没给房子住才跑旅社的，还愣在
这里干什么？快过年了，去把他们赎回来啊。"我说这话时，心
里埋怨尖头：谁叫你阻止不让他续弦呢？

大佛六十五岁鳏守。老婆去世的第三年，有一天，有媒人给
他牵线，说董家垌有个失夫的女人想找个依靠，那女的六十出
头，无儿，两个女儿已出嫁，长得还算标致，问他是否愿意。大
佛跑来问我是否可以。我不假思索地说："可以啊，怎么不可以？

现在什么年代了，城里人早就把这些事不当一回事了。"他说："我怕儿子不同意。"我呵呵笑道："那是你的自由。只要你愿意，谁也干涉不了你。"我想了想又补充一句："有空我可以做做尖头和平头的工作。"大佛于是乐颠颠地走了。

尖头对父亲续弦一口回绝，在我还没有把事情说完就打断我的话。"我坚决不同意。"他说，"都七老八十了还找什么女人？他不要老脸我可要脸。以后不但增加我负担，还影响我家庭。"我说："邻村狗产七十二了，儿子还让他娶个五十多岁的女人回来，你爸又不是第一个。"他有些激动，声音有些发颤："狗产是什么人你不知道么？人家是国家干部，工资吃不完用不完。他儿子也是国家干部，一年回家加起来不够一个月。给他找个伴，其实是给他老爸找个保姆照顾。而我家是什么呢？靠种那一亩三分地过日子，要不是头磊读完初中去广东打工寄些钱回来，连盐巴都抓不起。我没办法学别人。"我看着尖头上下翻动的那两片嘴唇发呆了。这家伙满脑子自以为是，我还能说些什么呢？

晚上，我给在桂林开米粉店的平头打去电话，告诉他父亲的想法。

平头高中一毕业，就跑广东打工了，后来谈了个临桂妹。临桂妹是个独生女，结婚没几年，她的父母就叫她回临桂发展。他们回了临桂，迷迷糊糊生活了几年，觉得这样过日子没意思，就到桂林租个门面搞起饮食生意。

平头听我说他父亲要续弦的事，在电话里说，他不反对父亲找一个。我告诉他尖头不同意，是否给尖头做做思想工作？平头想了想，最后说："毕竟哥和父亲一起过，我可以与他商量一下。"第二天，平头就来了电话，说："哥不同意我也没办法。"我说："你就不可以把父亲接上桂林吗？"他说："现在正在创业，裤头脱了还三角扎，怎么照顾得了他？再说，我寄人篱下连屁都得忍着放。并且租房里岳父母与我们一起住，怎么也挤不出一间空房。"

我把尖头平头的话讲给大佛听，安慰他，说等平头在桂林安稳了，就跑桂林住，他不反对续弦。大佛吸着喇叭烟，垂着头，像蜷缩着的猫似的，几乎把下巴搁在了膝盖上，眼睛死死盯着双脚前那一对爬来爬去的苍蝇。那两只苍蝇似乎有意逗他似的，打情骂俏一阵后便交媾在一起。他正准备抬脚拍过去，苍蝇像一对黑蝴蝶似的打着圈儿飞了。他的目光随着苍蝇追了过去，发现它们飞到天井不见了，最后把目光收回来落到我的脸上。他丢了喇叭烟，说："我早就预料到尖头不同意，不过还是多谢你为我操这份心。"他站起身，拍拍屁股走了。我目送着他跟跟跄跄的样子走出门口，不觉同情地说："大哥，按你的想法去做吧，谁也干涉不了你的。"

　　警察：姓名，家住哪里？

　　大佛：周有福，花名大佛。住在茶山冲，你们知道的。

　　警察：年纪多大了？为什么还嫖娼？老实交代。

　　大佛：戊子年的。我没有嫖娼，她是我女人。

　　警察：你女人？叫什么名字？

　　大佛：廖桂岚。我原来的老婆十年前就死了，现在她就是我女人。

　　警察：你们办婚姻登记没有？

　　大佛：七老八十还登什么记？我们就这么过了。

　　警察：放肆。

　　大佛：警察同志，我从来不做违法的事。我把我们的事说给

你们听吧。能给我一口烟吗？（民警给他一支烟，点燃，他吞云吐雾起来）

当时，廖桂岚六十二岁，她丈夫得肝癌死了，我们在圩上见了面，互相都有好印象。后来，我们又碰了几次面。她年纪比我小七八岁，不嫌弃我，答应跟我过。就这样，我们就来往了。

本来，我是准备把她娶回家过日子的，这才叫名正言顺的夫妻。但儿子不同意，说我老不正经，我难道就不是人了吗？

人老了，总不被理解。说白了，就像……对，就像那句什么的只准州官放火，不准百姓点灯，现在只准年轻人娶老婆，不准老年人娶老伴一样。

这是谁定的规矩啊？

所以我要破这规矩。

二

廖桂岚被带到另一间讯问室里，其实这是所长的办公室。所长是我高中同学，他参军复员后被招聘进入公安局，后放到基层从副所长干起，现在已是镇上名副其实的所长了。他对面前坐着的这个穿着普通两眼噙着泪花的女人扫了一眼，掏出一支烟，打火点上，深吸一口后，让烟雾像水枪一样从抿着的嘴巴中间吹出来。他没有直接讯问她，而是用凌厉的目光盯着她，让她感受被讯问前紧张的气氛。廖桂岚垂着头，不敢看他。她的心里正波浪翻滚：真是生不逢时啊，这几年，我怎么与大佛在一起就到处碰壁呢。她真想大哭一场。

七年前秋末的一天，廖桂岚提着一桶猪食来到猪圈给母猪喂食。母猪已怀上猪仔几个月了，身材显得臃肿肥大。它躺在角落

里，见主人到来翻动了几下身子才能站起来，然后喘着粗气扭着
屁股来到食槽旁，不叫也不闹，目光柔柔地看着主人等待主人倒
猪食。近四个月了，母猪可能在这几天就要生产了。廖桂岚在心
里算计着。

养母猪卖猪仔，廖桂岚一养就是近二十年。以前，两个女儿
读书的花销全靠养母猪产仔获得的钱来支撑。三年前，她丈夫死
了，本来想卖了母猪歇歇了的，但总觉得自己在家没事做不踏
实。她的两个女儿也强烈要求她卖了母猪到她们那里享福，可
是，她不忍心把母猪卖掉，她已与母猪建立了难以割舍的感情。

廖桂岚关照母猪就像呵护坐月子的媳妇一样无微不至。她早
早预算着如何给产下的猪仔提供充足的青饲料猪食，因此，在母
猪怀胎后就把屋旁那块三分多的菜地侍弄得郁郁葱葱的。

喂好猪，廖桂岚去菜地拔草，才走到转弯处，小叔子和他媳
妇刚从菜地里出来，小叔子见了她说："嫂，我要在菜地里建房
子了，你这几天把菜地里的青菜红薯拔了吧。"廖桂岚有些不相
信自己的耳朵，她瞪着眼睛看着他说："我的菜地你要建房？凭
什么？"小叔子不依不饶地说："凭你在这里耕种了七八年，现在
该归我了。"她终于想了起来，那是一块两个老人留下耕种的地，
她丈夫和小叔子分家时留下的盲区。老人过世后，因为那块地离
她家最近，所以她一种就是七八年。廖桂岚想起母猪产仔后所要
的青饲料全靠这块地提供，就赌起气来："老人留下的菜地，要
分就得平均分。"这话一出，惹火了小叔媳妇，她冲到廖桂岚面
前，指手画脚叫道："你霸占了七八年还想霸占，没门！"廖桂岚
也不示弱，大声地说："祖宗留下的你想全占有，没门！"两人吵
着吵着就你抓衣服我抓头发动起手脚来，要不是邻居过来劝架，
廖桂岚早被小叔媳妇打得狗啃屎了。

廖桂岚越想越气，找来村里有名望的几个老人评评理。然而，老人们还是拐向小叔子那边。小叔子有两个儿子，需要在那块菜地建房，你廖桂岚女儿都嫁了，一个人生活还占那块地，这不是强人所难吗？出于公道，老人们叫小叔子赔偿给她一千元，就把菜地归小叔子所有了。

我还没死就抢我的土地了，这分明是欺负我孤寡一人啊。廖桂岚越想越伤心。我男人没死前怎么没来抢？现在才过去两三年就想赶我走，连村里人都不把我当回事了。她想起丈夫在世时，吃喝嫖赌常常不顾家不顾当，当身上没钱了就拿她当出气筒，打得身上青一块紫一块的。那时，她恨不得丈夫早点死去。现在她又怀念起丈夫来，男人在的时候最少没人敢这么欺负她。没有男人的日子真难过啊！她伤心了一夜，暗暗思量，如果有合适的，再找个依靠，免得在这里受气。

廖桂岚在镇上由媒人约见了大佛。当看到大佛第一眼的时候，她像溺水者忽然抓住了救生圈似的，目光不离他左右。她想，大佛身材高大魁梧，如果有他关照着，谁还敢欺负她？在粉摊吃饭时，她迫不及待地悄声问他："你家孩子同意吗？"大佛夹着河粉的筷子停在了半空，愣在那里很久说不出一句话来。廖桂岚笑了笑说："我只是随便问问。"大佛呵呵地笑着说："孩子不同意也没有大不了的，如果你同意，我们就是搭个茅房过日子，也一样快乐，你说是吧？"

大佛到廖桂岚家去是他家的稻田里刚插下秧苗的第二天，他只简单收拾几件衣物胡乱塞进蛇皮袋就走了。他没有告诉其他人要去哪里，像村里人打工一样，肩上背起个蛇皮袋，就匆匆赶到路边等车。

　　早在几天前，他跑到我家来对我说，他要好好把握生活，只要自己过得愉快就行，不怕别人说三道四。他的话开始让我摸不着头脑，直到他说他决定到廖桂岚家过日子，我才知道他要离开村子。我低着头，没有说话。我无法说服尖头，无法让他接廖桂岚回来，他只得去廖桂岚家，我心里特别内疚。他说，为人算啥，日子到哪里不是过……

　　刚进入四月，太阳就毒辣起来，天空一丝云也没有。正是下午日头最毒的时候，周有福站在公路边上等车，不到一刻钟，便被烧得满面红光汗水涔涔。我躲在一丛竹林里悄悄看着他，心里有说不出的伤感，毕竟他是在我的鼓动下才走出这一步的。我有时也站在尖头方面想了想，是啊，将七十了，还找什么女人？这不是自找苦吃吗？我开始埋怨那个媒人，如果没他牵线，周有福与廖桂岚能"粘"在一起吗？可是，他们没答应还能成？廖桂岚也真是的，周有福比你大七八岁快七十了还像粘叶糍粑一样粘着不放。唉，这……谁又能干涉你？周有福站在那里已汗流浃背，他环顾四周，希望能看到什么。他也许是想把这里的山山水水再过目一遍，装进心里；也许是在寻找人，希望有人送送他。可是，在这时候，公路上、村旁连一个行人也没有，只有他后背对着的茫茫田垌里刚插下病恹恹的禾苗和头上火辣辣的太阳。待班车徐徐向他开来，他满脸的依恋与不舍，眼里似乎涌动着泪儿，掏出了一张纸巾擦了擦，把纸巾一丢，拖着蛇皮袋上了班车。

　　大佛：不怕你们笑话，我去桂岚家生活了不够四个月就回来了。开始，我打算到她那里过日子算了的，可是小叔子和他老婆是个心胸狭窄的人，以为我们抢他的田地山林，经常指东话西有事无事找我们吵架。所以我和桂岚实在忍不下去了，才卖了母猪和猪仔离开。

我拖着那个蛇皮袋回到茶山冲，不得不打肿脸装胖子，见了人就像外出打工的年轻人一样递烟问好，这样才挽回离开几个月的面子。我要套近乎他们，想租下他们丢荒的水田种果子。桂岚对我讲，许多人种水果挣了钱，我们是不是也租些荒田种水果，等有钱了，什么事都容易解决。我想起村里有条冲叫狗头冲的，离我家有两公里左右，整垌水田都丢荒几年了。因为村里外出打工的人多，留守在家都嫌那里山高路远不通机耕路，所以渐渐地把那冲水田丢荒了。于是，我们决定用卖了母猪和猪仔的钱租些荒田种砂糖橘，在那里建个茅房先住下。所以，我回村后，就忙起这件事来。

我回到家，尖头在收完早稻后就随人到广东搞搬运去了，只有他老婆在家。他老婆没给我进家，骂我像逃生狗疯了一段时间就回来，说她家不是寺庙想出就出想进就进的，要赶我走。我只得忍声吞气，不能因为这样就把事情搞砸。我找来牛牯让他对尖头老婆说道说道。牛牯是村里的寨头，讲得上话，又与我同太祖的，可是这泼妇也不答应。没办法啊，最后，牛牯就让出我家隔壁那间他放置柴草的祖屋给我住。

我忍声吞气住在将崩塌的祖屋里，到几个田主家沟通说想承包他们的荒田。他们挺同情我的，于是我与他们订了协议，租下了二十多亩水田。我在山脚盖起了茅草房离开祖屋，把桂岚叫来一起种果生活。我想，我们在那里住，与儿子儿媳妇头不撞眼不见的，看他们还会对我们怎样。

那时村里还没有人想到种砂糖橘是一条致富之路，以为我们那里不合适。后来他们见我们挣了钱才学着做的。你们不知道，为了种那二十多亩砂糖橘，我和桂岚花费了整整秋冬两个季节的时间才把荒田料理好。挖沟、翻土、碎土、挖树坑、积肥、种果苗、淋水……劳累得不知白天黑夜。许多人不相信我们有这个能力，结果我们还是做给他们看了。我们还要感谢政府，县林业局免费给我们提供果苗，民政办为我们申请得到一吨化肥和一些农药，这样我们才得以把砂糖橘种好。

我和廖桂岚一起生活，一起创业，一起带领村里人把丢荒的田地变成一爿爿果园。

那时，我们是快乐的，幸福而充实，虽然住的是茅草房，吃的是粗茶淡饭，但我们快快乐乐一起护理果园，日出而作日落而息，无人惊扰。

你们没有种过水果一定不知其中乐趣。砂糖橘通人性的，它闹虫时，新长的叶子会告诉你，因为它想把叶子卷起来啊。果子也会闹情绪，如果你不理它，它就不给你长果子或者落了算了，这时，你就得给它施肥或浇水或捉虫。这些都是桂岚告诉我的。

每一天，我们都在果园里转来转去，把果园弄得一根杂草也没有。累了就坐在果树下歇歇，困了两人就挨着睡一觉。等到入冬砂糖橘红遍枝头，蛮提我们有多高兴啦。商贩早就耐不住了，三番五次跑果园里催我们卖果。我们数着一沓沓钞票，兴奋得两人抱在了一起。

你们别笑，我说的是事实。村里人看到我们种砂糖橘有捞头，他们就学我们种起了砂糖橘。我们毫不保留地把经验传授给他们，他们好像也认可桂岚了，大嫂大嫂地叫。你们说，她不是我老婆是什么？和老婆住在一起也非法？

警察：周有福，你们应该到民政部门登记才合法，这样法律才能保护你们合法的权益。

大佛：你们不说我还真不懂，以前我年轻时和尖头他娘结婚就是给叔伯们办几桌酒席就可以了的，以为就差那几桌酒席而已。

三

廖桂岚对所长的不闻不问很是惊慌，很想把自己和大佛在一起的经过和盘托出，让他知道自己并不是花街柳巷的卖身女。所长针对审讯这类治安事件喜欢打心理仗，吸完一支烟后丢了烟蒂依然目光炯炯地盯着她。他在等另一个讯问室的结果，在证据面前，谁也抵赖不了自己所犯下的错误或罪行。

廖桂岚尽量回忆与大佛在一起高兴的事情来冲淡在所长面前的惊慌。她觉得自己这几年过得充实并快乐着，虽然处处碰壁，却无怨无悔。

茅草房是她与大佛一起生活最久的地方。她一想起茅草房脸上就涌上满满的幸福。她每天随着大佛到果林里或除草或捉虫或到养牛养羊的坡地里捡粪积肥，大佛把她宠得像小姐一样，重力活总抢着不给她干；夏天，为了不让她被太阳暴晒，大佛买来一把大遮阳伞放到果林里，工作时就打开遮阳伞让她躲在里面除草施肥捉虫；冬天，天气冷的时候，两人就蜷在茅草房里烤火谈天。她与大佛在一起有说不完的话，聊种果，谈生活，讲过去，说未来。有时还说说笑话，讲讲花边新闻，叙叙心情，唱唱山歌。

最让她开心的是每年的春节，看大佛绞尽脑汁写春联。第一年，他们并没有想到给茅草房挂春联。他们吃了饭就赶到镇上凑热闹去了。当看狮子拜堂时望着家家户户都贴着春联，一派喜气洋洋的过年味。大佛就悄悄买了红纸笔墨，一回到茅草房迫不及待地要把春联补上。可是，该写什么春联呢？大佛搔着后脑勺想着。廖桂岚站在一旁抿着嘴笑，一会儿才说："我们俩人老来俏，不怕人说不怕笑。种了果子十多亩，盼着来年大丰收。"大佛一听，拍了一下脑门说："有了。"于是在裁好的红纸上歪歪扭扭地写上，上联是"喜居宝地种果廿亩"，下联"福照家门赚钱万金"，横批"有福迎春"。大佛问廖桂岚："可以吗?"廖桂岚呵呵地笑着说："你都把自己名字写上去了，当然可以啦。可惜，对联起头字是'喜福'不是你名字'有福'，要不就十全十美了。"大佛呵呵说道："明年的春联我把两人的名字都写上去。"果然，第二年，大佛就写出了这么一副对联："桂雪迎春年年有余，岚烟娆树岁岁福来。"呵呵，逗得廖桂岚乐开了花。

他们生活在茅草房里开心快乐着，不知不觉就过去了四五年。

大佛：我与桂岚种了五六年砂糖橘挣了不少钱。

我们知道尖头生活不容易，开始挣了钱就想支援一下他。挂果的第一年，我们就悄悄叫牛牯转给他两万块，怕他不愿要，就叫牛牯说是我孙子寄回来的。第二年，砂糖橘将下完树，我又叫强强拿六万给他。他刚建好第二层水泥楼，听说借了几万块钱，好让他把建房的债还了，只是要求他们接纳我们让我们搬回去住。桂岚跟了我无名无分还劳累受风霜我过意不去，他们接纳我们最少有了根，以后就是有什么事都有个照应。可是，尖头和他女人就是不愿接纳我们，把六万块钱退回来了。

四

那是深冬的一个周六晚上，大佛与廖桂岚来到我家。刚踏进门口，就传来大佛的声音：

"来来来，吃果子，刚摘的砂糖橘，不喷农药不打激素，全是农家肥的果子，不知比其他人的甜些么。"

我父亲看着他笑着说："上次你们送来的还没吃完呢，现在又拿这么多来。你们也不易啊。"

大佛说："上次的还没长得完全熟呢，这些全熟的。叔，你尝尝。"说着，随手抓起两把砂糖橘送到我父亲和母亲手上。

我发现廖桂岚定定地站着，还没有叫他们坐呢，赶紧搬来椅子叫他们坐下来再说话。

他们两人坐下后，大佛掏出旱烟卷起了喇叭筒，一旁的廖桂岚双手托着腮帮子看他卷烟、点烟、吸烟。一阵沉默后，我打破僵局说："大哥大嫂，今年砂糖橘收成还可以吧。"大佛吐了一口烟说："还算行，到今天一共卖了有五万多块收入了，估计今年应该有九万左右吧。"我父亲吃惊地说："哟，一二十亩田就有这么多收入，比种稻谷翻四五倍呢。"大佛呵呵地笑着，"都是她的主意。"他用眼睛看了看身旁的廖桂岚，"我们以前只顾种稻解决温饱，温饱解决了就丢荒田地，谁都没想到种上水果比种稻收入还多得多。"廖桂岚插话说："县城外面，人家早十多年就种了，这是我们没有学人家而已，以为人家的是开阔地，我们的是山沟沟，其实我们这里只是比其他地方迟熟半个多月。开始我也怕失败，认为阳光不够，没想到比外面的果子长的还大还甜。"

父亲说："你们钱多了肯定花不完，不如给尖头一些。尖头现在缺钱用呢。房子刚刚建好，听说借了三万多。你孙子也二十出头了，等着娶媳妇呢。"

大佛搔搔头说："我们是有这种想法，可是不知他是否能接纳我们。"

"哪有送钱没要的,傻呆都知道要呢。"父亲扭头看了看我母亲,说,"你说是吗?"

　　母亲只顾吃砂糖橘,不理父亲。

　　大佛呵呵地笑了笑说:"话是这么说,所以我们又要烦你强强给我们去通通话了。"说着,他把目光投向我。

　　我早就不愿插手他家的事了,可心里头像塞着一块面团似的硬不起心肠来拒绝他。我猜测,尖头和他老婆给钱就想要,而要接纳他们那是不可能的。

　　我囵囵地说:"我可以去说说,可能不一定说动他们。"

　　大佛也没有说什么,窸窸窣窣从上衣口袋里掏出几沓钱,廖桂岚也从裤袋里摸出两沓,一起码在一张板凳上,说:"这是六万块,今天才从银行取出来的,封条还没撕呢。强强你帮我转交一下,我希望他们能接纳我们。"

　　第二天早上,我提着那堆钱来到尖头家。尖头去广东打工还没回来,只有他老婆董珍在家。董珍正在弄早餐,见我到来像见了鬼似的眼睛瞪得溜圆,很不欢迎,因为以往没事不往她家去,有事都是为她家公说道而来。

　　我把六万块钱往灶台上一搁,笑着对她说:"恭喜嫂子,才建好房子,财神爷就光临你家了。整整六万哪。"我故意把最后那句话说大声些。

　　果然,董珍一脸惊愕,眼睛死死盯着那摞钱,许久才把目光往我身上移。她问:"是尖头寄回来的吗?"我摇摇头。又问:"是头磊寄回来的?"我又摇了摇头。这时,她似乎知道是谁给的了,脸一下变得严肃起来。她显得很不愉快,垂下头专心烧着火,不再问我什么。

　　我说:"嫂子,他给你钱,不要白不要,为什么不高兴呢?"

董珍头也不抬，闷闷地说："他有这么好？没有事就白送我钱了？一定又有什么事叫你说。"

我说："没有大不了的，就让他们回来，一家团圆不是很好吗？不久就要过年了，家家都盼团圆啊。"

"强强，我对你讲，他回来我赞成，可以和我一起过，但和他那个一起回来，就是住在祖屋我都不同意。伤风败俗叫我们抬不起头，我吃粥喝水也不在他下巴装些吃！"

她总算退了一步能允许大佛回来一起过，可是，她把廖桂岚掉一边去。真是个吃人不吐骨头的女人！

我说："现在是什么年代了，我们村莫姓的铁头不也续弦了？又不是大哥先……"董珍抢着说："人家才五十多，他都七十几岁黄土都掩到脖子根了。再说我儿子头磊都将要娶媳妇了……放在你身上你也不同意。"我说："我会同意。"他抬起头瞪着眼睛看着我，一会儿才说："你当老师你思想开放，我是农民我没有你那思想。要我接纳他们除非太阳从西边出来。"尖头老婆讲到这份上，我看着她像不小心吞了只苍蝇再也挤不出一句话来，既恼恨又不好数落她几句。愣在那里几分钟后，觉得没趣，我抛下一句话："你先和尖头商量商量再做决定吧。"把钱搁在那儿，赶快从她家逃了出来。

我想，尖头家正在缺钱的时候，说不定尖头说服他老婆会放下架子的。

下午，我早早赶回十几公里的学校，还思量着下个周末不回家了，好让他们思考十多天。可是，才到星期三，董珍就来学校找我了。她一进门就把那六万块钱丢到我的桌子上，说："你把钱交回给他们，我们不稀罕这些钱。"也不容我说上一句话，气呼呼地走了。

周末，我回到家就赶往大佛的茅草房去，好把钱交还他们。狗头冲一整垌荒田都被村里人种上果树了，虽然已是冬天，看上去依然葱葱郁郁，间或夹杂着一些还没采摘的红红的果子。大佛和廖桂岚种的砂糖橘在田垌中间，茅草房搭在不远处的山脚下。我远远就能看见里面那间孤零零的茅草房，脚下的步子不由加快了许多。

茅草房四面用茅草结扎得严严实实，上面盖了个"人"字形盖顶。那四角和山墙中间都用粗大的松木作顶柱，墙脚用石头砌了有半米高。做这么坚实的茅草房，看样子他们早已准备在这里住上十把年吧。

"一个星期了，强强能不能给我们做好工作。如果他们只要钱，不接纳我们怎么办？"廖桂岚的声音。

"你放心，我相信强强能做好工作的。只要拿了我们的钱，他们就默认我们可以回去过，不敢翻脸不认人。"大佛说。

"也是。"廖桂岚顿了顿说，"可是如果钱他们不要，我们还不是白费心机，还让强强给我们操这份心。"

我来到那扇用压缩板做成的门，听着他们的对话，迟疑了一会儿才推门进去。

"大哥大嫂，你们好兴致啊，白天不做工躲屋里聊大天。"我装作没听到他们的谈话向他们打招呼。

大佛呵呵笑着，说："真是白天说人人就来。刚刚还说到你呢，来，快坐下。"说着，把廖桂岚递来的凳子用衣袖抹了抹凳面后放到我面前。

"强强吃果子。"廖桂岚把一盘砂糖橘递到我面前。

我抓了一个在手上，说谢了，脑子里想着如何让他们既不难过又很平静地接受尖头退钱的事实。我怎么向他们讲呢？其实我真是痴心妄想，这种事遇着谁都平静不下、快乐不起来。我装作查看他们的住处，环顾了一圈后说："这草房做得还蛮结实啊，没一点缝隙，下雨不漏水吧。"大佛说："前段时间我们又加了层茅草上去，过冬了，总不能漏风漏雨让自己受冷，你说是吧。"我点点头，看到地板搞得平平整整的，又说："地面还算平整，不过房外要做好排水沟，免得水渗进来起潮。"

大佛似乎听出我的弦外之音，看着我左顾右瞻说这说那的，终于说："强强你就直接告诉我们尖头他们不同意我们回去住得了，何必转弯抹角呢？我们受得下这种打击，我和桂岚现在不是过得好好的吗？等以后攒多些钱，在县城买套房子住下，让他们后悔都来不及。"

"这想法好啊，攒钱卖房子过好自己的一生，到时你们就是城里人啦。我赶县城时别忘了招待我喔。"我从背袋里掏出那六万块钱交给他，"这是你们攒下的六万，收好。我看尖头真是个身在福中不知福的家伙，以后他一定后悔。"说完，我赶紧告辞，不敢看他们刚刚还和颜悦色，顿时就阴沉下去的脸。

"你慢走啊，我们没事。有空来看看我们啊。"身后传来大佛送别的声音。

大佛：到了今年春天，廖桂岚大女儿的孩子生脑瘤需要动手术，就向我们借了五万块钱。也不知是哪个封不住嘴的家伙漏给了尖头女人知道，她认为我们挣到的钱都给了桂岚女儿了。尖头听了他老婆电话后从广东跑了回来，也不问青红皂白，这脓包一把火把我们的茅草房烧了。这事你们政府也应该知道，我们闹到政府司法办，你们派出所还关了尖头几天。

五

那是即将到端午节前一天，尖头从广东赶回来，也不问事情因由，怒气冲冲跑到茅草房把火点了。那时，大佛和廖桂岚正在果林里做着工，发现屋后升腾起浓浓烟雾，火苗呼啦啦窜上了房檐，赶紧掉下活儿往茅草房跑去。

尖头就坐在房后不远处，跷起二郎腿，边抽着烟边看燃烧着的茅草房。他看着大火翻滚起的茅草灰冲上半空，脸上满是幸灾乐祸的样子，心里道：你种砂糖橘挣了大堆钱都给她女儿了，我就不是你儿子了吗？我烧，烧死你们算了。

大佛和廖桂岚冒着浓烟把东西搬抢出来，全然不顾是否有生命危险。烧着的茅草噼里啪啦从屋顶掉落下来，两人闭着气往里冲，不管抓着什么东西，拽着就往外甩。这时，茅草房烧过山墙顶了，一团燃着的茅草砸中廖桂岚的后背，大佛赶紧拽住她冲出房子，把她后背的草灰和火星打落。他们的脸面和衣服被浓烟熏得黑不溜秋的，像从地狱逃出来的黑鬼，赶来准备救火的人们见了吓了一大跳。廖桂岚蹲在地上，头发乱蓬蓬的被烧得微微卷起来，像鸡扒的窝。她双手不停地揉着眼睛，猛烈地咳嗽一阵后，吼道："哪个没良心的造的孽哟，烧死我算了。"大佛拍打着她后背的草灰，怜惜地说："不要了，不要了，这害人的大火想把我们葬在这里，我们不要了。"

在其他田里护理果树的人们都跑来了，看着熊熊大火干着急。火苗像蛇信一样趁着风势很快吞噬整座茅草房，火势把茅草灰冲上半天高，黑压压一片，像万千只雀鸟聚集在一起，盘旋在人们的头顶。

大家都跑过去围着大佛和廖桂岚，边说着一堆安慰的话，边眼睁睁又无可奈何地望着茅草房烧塌下去。不到半个钟头，茅草房变成了一堆灰烬。

尖头从半山坡走了下来，他似乎还没解气，趾高气扬地从人们面前走过。有人叫住了他，说你爸和廖桂岚差些就烧没了，还不快些送医院看看。尖头停下脚步，狠狠地说："我恨不得把他们烧成灰呢。"大佛呼地站起身，叫道："是不是你放的火？"尖头瞪着眼说："是我放的，怎样？就想烧死你们。"

"你这害人精！我打死你！"大佛气得大骂起来。他从地上捡起一个拳头大的石头，气呼呼就要冲过去砸尖头。大伙赶忙把他拽住。他扬手把石头向尖头挥了过去。尖头躲开了，叫嚣着要与父亲干一架。几个人拦住尖头，硬把他往回家的方向推送。尖头被人推着，扭头骂着父亲。推送的几个人也不理他，一直把他送到冲口外才松手。

当晚，大佛和廖桂岚坐在那堆废墟旁，不吃也不喝。他们让黑夜吞噬他们的痛苦与无奈，虽然是夏天，天上繁星稀稀落落的。到了十点多钟，从西北方涌来一堆堆乌云，像要下雨的样子。

大佛垂着头，心里波澜起伏：我为什么把他养大呢？出生时为什么不掐死他？驴心狗肺的脓包！廖桂岚坐在一旁，盯着那堆被烧成的灰烬，想着心事。她怀疑今天差些葬身火海是不是上天对自己的惩罚和提醒，和大佛在一起不合适？如果是这样，为什么还要在他身边呢？得放手啊。她用牙齿咬着下唇，最后还是对大佛说："有福，明天我就去大女儿家，不回来啦，你要好好保重身体。"大佛扬起了头，怅怅地看着天，没有应答。他现在心乱如麻，已被尖头气昏了。廖桂岚又说："也许我们真的不应该

在一起。"大佛也没有应答，他不知道怎样回答她。他满心只有
愧疚，自从她跟他在一起，觉得自己不是好男人，没有给她安稳
地过日子，带给她的只有忧愁、伤心、痛苦甚至是被人伤害。我
不能再给你难过了，你决定怎样就怎样吧。大佛在心里这样说。

下半夜的时候，天空下了一场大雨，噼噼啪啪的来得快，去
得也快，只有二十多分钟。他们躲到一个废弃的石灰窑里，雨停
了，也没有走出来，一直待到天亮。

廖桂岚走了。她在天刚蒙蒙亮时走的，没有对他说一句话就
走了。她垂着头，一直往冲口走去，似乎已下定决心要离开他。
大佛有些伤心，默默地目送着她，眼圈发红。其实，他不知道，
廖桂岚离开他不到五十米已是泪流满面了。她真想大声哭出来，
但还是强忍着，只是加快脚步，让自己即将哭出的声音洇在这迷
蒙的清晨里。

茅草房被烧，大佛气不过，叫牛牯报了派出所，把尖头抓了
去。这下，捅了马蜂窝了。董珍跳起双脚骂周有福吃里爬外没一
点亲情。我被他们从学校叫回到家的时候是尖头被抓的第二天上
午，周有福正和儿媳在吵着架，我劝他们说，吵架也解决不了问
题，坐下慢慢说好不好。两人见了我像见了评判官，在我面前各
说各的理。我的头都被他们闹炸了，建议他们随我到政府司法办
去处理解决。

趁着司法办的同志给他们调解，我溜到派出所看看尖头。所
长是我同学，见我到来，对我说："你没事找个葫芦吊是吧，少
管别人的闲事好不好？"我说："邻里之间，低头不见抬头见，让
我和尖头说说吧。"他说："这家伙吃硬不吃软，见了我还指手画
脚想打人似的。"

尖头被带到讯问室，他才被关了一夜就像营养不良的牯牛，

走路踉踉跄跄的，脸色苍白，满头蓬乱的头发加上拉碴的胡子显得苍老了许多。他见了我，眼睛突然亮堂起来。他扯着我衣服哀求道："强强，救救我。"我说："你早就应该醒悟了。你不应该对你父亲做这么伤天害理的事，最少，你父亲把你养大帮你媳妇吧，没有功劳也有苦劳啊。"所长同学呵斥他说："尖头，你故意纵火，如果不知悔改，这牢你坐定了。"尖头忙点头认错，要我给说说情，说以后他再也不做这种傻事了。我说："这里依法办事，谁也不能篡改法律法规，我帮不了你。"他像泄了气的皮球垂下了头，抓住我衣服的手也松开了，眼泪终于夺眶而出。他用手捶打着胸膛，像耍赖的小孩子般哭道："以后我不敢了，我不敢了，放过我吧。"所长同学说："世上没有后悔药，谁叫你胡来的！"看他哭得死去活来的，我想了想，说："解铃还须系铃人，如果你父亲能原谅你，我想……"我没有把话说完，让尖头去思考。尖头抹了抹眼泪，有些失望地说："他不会原谅我的，他不会原谅我的。我烧了他们房子，他不会原谅我的。"

我把探看尖头所说的话告诉大佛，然后对他说："尖头毕竟是你儿子，茅草房烧了就烧了，只要他悔过，不必追究到底。"他没有说话，只是猛抽着烟。端午那天，他还是去了趟派出所。

所长：廖桂岚，你知道为什么抓你吗？

廖桂岚：（沉默）。

所长：你与周有福卖淫嫖娼扰乱社会治安，把旅馆当作你招留嫖客的窝点。根据《治安管理处罚法》第六十六条规定：卖淫、嫖娼的，处十日以上十五天以下拘留，可以并处五千元以下罚款。

廖桂岚：我们没有。我们只是谈感情。

所长：坦白从宽，抗拒从严。周有福都供认了，你好好想想？

廖桂岚：我们只是谈感情。

六

茅草房被烧，尖头躲到了广东。他从派出所出来的当晚就连夜跑广东了，怕放了又被抓回去。大佛借宿在牛牯家，只好叫平头回来处理他们家的事。

平头从桂林赶了回来，问清事情因由，就和牛牯一起去说道说道。董珍堵在家门口，见平头和牛牯到来，把双手挽在胸前，冷眼斜视着他们，小嘴巴翘起来可以吊得起十二个笆箩。牛牯说："你家公茅房被尖头烧了，你说怎么办？"董珍气呼呼地说："怎么办？有本事烧回我房子啊。"平头说："大嫂，让一间房给爸住吧，祖屋都崩塌一大边了，不能再住了。"董珍说："不关我的事啊，住我房子他想都别想。就是祖屋没崩塌，他也不能住，碍我眼睛。"牛牯道："你还讲不讲良心，建房子前我交给你们的两万块钱是大佛大哥给的，不是头磊寄回来的。建房子他也有一份功劳。"董珍叫道："你当时为什么说是我儿子的？是他的打死我都不要。拿两万块钱来要挟我，没门！"牛牯说："为人处事想开些，过了就过了，何必总挂在心上呢。"她叫道："想开些？你想得开，你养他们啊。"牛牯向平头使个眼色，气呼呼地从尖头家走出来，牛牯说："真是个不讲理的泼妇。"

牛牯说："你就接你父亲到桂林住一段时间吧，等尖头回来以后再把事情解决。"

第二天，大佛随平头上了桂林。

　　廖桂岚从石灰窑离开大佛后，一路心神不宁来到了大女儿家。她对女儿说，她与大佛散了。女儿很高兴，说道："妈，你早就应该离开他了。他有什么好，无依无靠的，说白了，他还需要你照顾，没事找事干吗？如果他死了，你还不是回我们这里？早离开早好。"廖桂岚对女儿说的话像是诅咒人似的很是不满，不再说什么，悻悻然走进房间睡觉去了。

　　大女儿对母亲再找个伴从来不赞成，就说当时那三分地被叔叔霸占建房，她也觉得母亲不该哄吵争抢，应该拱手相让，毕竟是自己的亲叔叔，迟早也归他所有。她怀疑母亲是不是吃了大佛的迷魂汤了，一个粗遢的老头竟然使她神魂颠倒拽着就不放手，大有梁山伯与祝英台生死与共的迷恋。她多次提醒母亲别意气用事要三思而行，甚至还用恶语和怄气的方式来阻挠母亲与大佛在一起，可是依然无济于事。本来她决定不再理母亲了的，今年春天，她读三年级的儿子突然头疼感冒又发烧，打针吃药怎么也好不起来，到县医院一检查，原来是脑子里生了个肿瘤，医生强烈要求她给孩子及时做手术否则有生命危险。但做手术需要钱啊，怎么办？她想到了母亲，母亲与大佛种砂糖橘一定有不少积蓄。于是她也顾不得脸面了，向母亲求救。母亲转了五万给她，她的孩子得救了，逢人便说是母亲给了钱挽救了她孩子的好话。她的话本来是让人们知道母亲对她的好的，也不知谁传扬到了三十里外的茶山冲，惹火了尖头，一把火烧了茅草房，母亲只好向她投奔。现在，她倒暗自庆幸母亲被大火赶了回来，希望母亲从此收回心，好好在她家过日子。

　　廖桂岚住到大女儿家，心里总平静不下来。她的眼前无时无刻不闪现大佛的模样，高兴的、忧愁的、痛苦的、发怒的、惊慌失措的、憨头憨脑的甚至是绝望的，都放电影般呈现在她的脑海里，叫她挥之不去招之即来。她每天躲在家里，不言不语，躺在床上想心事。她掏出手机，想给大佛打个电话。手机是春节那时候买的，他们赶镇上买年货，见移动公司搞促销，她一时心血来潮就买了两个，自己一个，给大佛一个。大佛说："你买手机给谁打电话啊。"她笑着说："你打给我我打给你啊。"大佛摇摇头，苦笑着，心里说：你想怎么花就怎么花吧。许是冥冥之中知道他们俩要分开，所以他们分开后，手机就派上用场了。廖桂岚准备拨个电话过去问问大佛现在的情况，想了想最后还是停下了拨键的手指。她胡乱打开游戏网页，胡乱点开贪吃蛇游戏。她想起教大佛玩贪吃蛇游戏时那笨手笨脚的模样，不由得差些笑出声来。大佛学会玩后像老顽童一样每天都爱不释手，他们就比谁的贪吃蛇吃的最长，然后互相在脸上画猫猫或插茅草在脖子上。这个春天，是廖桂岚最开心最难忘的。

贪吃蛇在廖桂岚的眼中越吃越长，越吃越长。她好像感觉到大佛蹲在她身后，搂住她的腰，把下巴搁在她肩膀上，着急地叫道："向左向左，向右向右，吃中间那个，右边右边，中间中间……你怎么搞的，我来我来，我玩得比你长。哈哈哈。"她转过脸去，想打情骂俏一番，贪吃蛇从手机里"呼"地窜了出来，张开血盆大口对着大佛就要吞咬。大佛往后一退，赶紧撒腿就跑。贪吃蛇一跃而过她的肩膀，蛇尾扇中了她的脸，快把她打晕了。她看着贪吃蛇向大佛追去，大佛边跑边呼救："快救救我，快救救我，它要吃我了。"她想站起来去救他，可是怎么用力也站不起来，她急得要哭了，用力猛地蹬着脚……她把被子蹬到了床下，醒了，原来是个梦。

廖桂岚每天担心着大佛，终日恍恍惚惚、心魂不宁。她担心大佛会出问题，担心她的离开是否会像贪吃蛇一样把大佛吃掉。他已走投无路（她没有想到桂林的平头），少了她照顾是否绝望了或者做出绝望的事情来。

　　大佛：小儿子真不容易，他开个米粉店，住在两房一厅的租房里。我到桂林后，发现两房一厅的租房，岳父母住一个，平头他们住一个，孙儿女还夹在他们之间搭铺。我在客厅将就着住了一个多星期，最后还是回来了。我不想因为我影响小儿子他们平静的生活。我不愿回到尖头家，就在县城里租个房子住了下来。（大佛顿了很久没有说话）

　　警察：你们住县里还跑这里来干吗？没事给我添麻烦。

　　大佛：警察同志，我大佛从来没做亏心事。我在县城租房住，不到半年就出事了。

七

　　从桂林回到县城，大佛没有回家。几天后，他在西路菜市场旁租到了一房一厅的房子，就打电话给廖桂岚，叫她到县城一起过日子。

　　廖桂岚在大女儿家住了十多天，像是过了十多年。当听到电话里熟悉不过的声音时，她差些哭了起来。她匆匆从女儿家来到县城，与大佛一起相见。

　　他们在县城平静地生活着。一起买菜煮饭，一起到公园广场去溜达，一起逛超市会熟人。他们甚至还看过几场电影，见基本上是年轻人的天下，后来就不再进影院。

　　县城一四七圩日，广场都聚着三几堆爱唱山歌的中老年人，

阳光交付的黄昏

063

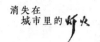

他们都是附近的或赶圩的农村人。一个扩音音响，几支话筒，闹得广场轰轰烈烈的。

大佛和廖桂岚都是从山歌堆里长大走出来的，对本地山歌"了嘞"的唱法早已熟烂于心。他们到广场散心时，开始只是听人家唱，不久心里便痒痒了。

大佛说："我来唱几首。"接过话筒，亮开嗓子唱了起来。

"日头出来红又红，哥种果子狗头冲。果子生得红又大，阿妹吃来甜心中。"

"日头出来红又红，种果缺水树生虫。叫妹帮忙别忘情，只顾生蛋忘鸡公。"

有人把话筒递给廖桂岚，她接过话筒，也唱了起来。

"日头出来红又红，哥种果子妹帮工。有日哥发千千万，忘了阿妹妹心慌。"

大佛："鸡公生来单身命，阿妹中意就跟定。有日发了千千万，阿哥不忘阿妹情。"

廖桂岚："阿哥有心妹不忘，阿妹跟哥种果忙。最怕遇上五雷火，各奔东西泪茫茫。"

……

他们的对唱引来阵阵喝彩声，竟然忘了把话筒让给他人也乐一乐了，两人你一首我一支地唱得红光满面气喘咻咻才把话筒让给别人。

接下来的日子，大佛和廖桂岚唱山歌唱上了瘾，恨不得每天都是圩日。后来他们花钱买来音响话筒，闲日时间也到广场尽情地唱着。一些喜欢听山歌的人经常买来水果矿泉水快餐给他们，有的觉得这样听还不过瘾，干脆把山歌录下来，临离开时丢给他们五块十块的钱。开始他们不愿要，而录歌的人丢下钱快步走了，便笑着接纳了。也不知是哪个山歌爱好者还是做音乐的生意人，偷偷把他们的山歌刻录成光盘在本地圩镇摆卖，他们的名声便在本地传扬开来，来听歌对歌的每天都挤得里三层外三层的。两人快乐得合不拢嘴，每天匆匆吃了早饭就急急往广场赶，生怕来听歌对歌的人等急了散了似的。这样一天天就这么晃过去了。

这天已是农历十月十日双十节，落晚的时候，大佛和廖桂岚从广场回到租房，正在边做晚饭边聊着今天与一个中年人对唱时的快乐片段。大佛的手机响了，是他孙子头磊打来的。头磊初中毕业就跑广东打工，一去就没有回过家。他在厂里由于能吃苦耐劳，技术熟练，很快得到厂领导赏识，先被提拔当了带长，接着当上了车间主任，前段时间又被提拔当上了分厂主管。他早听说父亲烧爷爷茅草房的事，那时就想回来说说父亲，但由于厂子要赶货脱不了身，只得作罢。他觉得父亲太过分了，爷爷年纪虽然大了，找个老伴过日子未免不可。他知道爷爷茅草房被烧后租住在县城，一回到县城就给爷爷打电话。他电话告诉大佛，说他从广东回到县城的广场了，还带回个女朋友，想看看他们。大佛听了头磊的电话，高兴得拽着廖桂岚就要往广场去，说："孙子终于回来啦，他一去就几年，现在终于回来啦。"他们把门锁上，才走到马路，廖桂岚像想起什么似的，停下脚步说："你去接他们过来得了，我在家弄饭，他们跑这么远的路肯定饿了。"大佛依了她，独个往广场赶去。她回租房里忙了起来。

将走近广场，大佛远远就看见两个年轻男女各背着一个旅行包，并肩站在广场边的一棵榕树下玩着手机。他快步走向他们，正准备呼唤孙子，头磊抬头发现了他。

"爷爷。"头磊迎了上去。

他的女朋友也抬起了头，跟在头磊后面，见了大佛，也跟着头磊喊了一声爷爷。

"几年不见,你长高了许多。我快认不出来啦。"大佛笑呵呵地说。

头磊笑着看着爷爷,问道:"爷爷,现在过得还好吧。"

"好,好。每天在广场唱歌,自娱自乐,不知不觉一天就过去了。"他想起廖桂岚在家做着饭,接着说,"走,到我那里吃饭。你……你叔奶在家里煮着饭,正等你们过去呢。"

头磊说:"不了,我们一起在外面吃吧。爷爷,你打电话叫她……叫奶奶出来。我已六七年不回家了,还叫你们劳心像话吗?到饭店吃个饭才合情合理。"

大佛听孙子唤廖桂岚为奶奶,很是高兴,忙掏出手机给她打了电话。很快,廖桂岚风风火火赶了过来。她见了头磊和他女朋友,也不知如何打招呼,就顺事说:"我都准备煮菜了,还要到外面吃,这不白白浪费了。"头磊说:"没事,我还没有和你们一起吃过饭呢。奶奶,这钱我舍得花,你放心吃。"廖桂岚听头磊亲热唤她奶奶,心里别提有多高兴了。她微笑着看了看头磊身边的女孩,说:"她是你女朋友吧。"女孩挺机灵的,不等头磊答话,就对廖桂岚叫道:"奶奶好。"刘桂岚应着走过去牵着女孩的手,上下打量着她,说:"真是个好孩子。"然后随着头磊他们往饭店走去。

头磊说:"爷爷,你们应该搬回家住。在外面有什么事都没人知道,叫我们担心。"

大佛说:"你爸妈不同意我们回去呢,有什么办法。"

"明天我回去与他们说说,如果这样刁难你们,我就对他们说,等他们老了,我也这样对待他们。"头磊说。

大佛看看跟在身后的廖桂岚和女孩,悄声对头磊说:"你爸妈不接纳你奶奶，半年前你爸把我们的茅草房烧了。我们没有办法，只好在外面租房子住。"

头磊有些气愤，说："你放心，以后我养你们。"

他们走进一家临近的饭店找了位子坐下，廖桂岚和女孩已经有说有笑地聊着话，像一对亲热的祖孙儿。女孩说："奶奶，您放心好了，我和周翔同在一个厂打工，我会照顾好他的。""这就好，这就好。"廖桂岚满脸笑容地说。

晚饭在欢乐的气氛中进行着。头磊不时给大佛和廖桂岚夹菜，廖桂岚也给女孩夹这夹那的，她从心里头喜欢上了这个女孩，她寄希望于头磊和女孩身上，改变她和大佛在一起的看法，希望有一天能回去与他们一起生活。

外面已是张灯结彩霓虹闪烁。晚饭后，头磊邀他们到广场走走，廖桂岚想起租房里放着的菜蔬还没有处理好就先告辞回去了。大佛正想跟着回去，头磊叫住他，说有话想对他讲讲，便收住了脚步。在一颗榕树下坐下，头磊问他："我父母这么反对你与她在一起，为什么还不放手呢？"大佛听头磊这么说，有些不高兴了，由于头磊女朋友在一旁，又不好发作，只是说："世上讲的是缘分，有缘才能在一起。我遇上她就是缘分，有缘人是雷打不动刀劈不散的。"头磊说："好，就凭你讲的这句话，我爸不养你们我养你们。"大佛又高兴起来，他有些激动，很想说些什么，却又说不出来。头磊对女孩说："以前我对你讲的家庭问题就是这个问题，馨馨，你有什么想法？"叫馨馨的女孩想了想说："我有什么想法？爷爷奶奶都这么善良友好，常言说，家有老是个宝。他们不要我们要。"她转向大佛说："爷爷，你放心，我们不会丢下你们不管的。"

大佛告别孙子和馨馨，带着满心欢喜回租房准备把他们的话告诉廖桂岚。他打开门却不见了廖桂岚，呼唤她名字也不见有回应，猛然发现卫生间门紧闭着，慌忙一脚踢开。眼前的景象把他吓呆了：只见廖桂岚赤裸裸地倒在地上，手上还抓着湿漉漉的毛巾。大佛傻着眼，心里叫道：桂岚一定是煤气中毒。他想起窗头那把排风扇前两天就烂了，本来叫了师傅来修理了的，师傅回老家喝喜酒去了，说好傍晚过来换一把的，许是师傅喝喜酒还没有回来或者把这事忘了。廖桂岚在没有开排风扇的情况下，在封闭的卫生间里用燃气热水器洗澡，自然有发生煤气中毒的可能。

附近一百米左右就是县中医医院，大佛摸了摸廖桂岚还有气，也顾不得自己女人赤身裸体，抱起她来就往医院奔去。他的脚刚一踏进医院，就大声呼叫医生："快来救救我女人，她煤气中毒了，她煤气中毒了……"值班的医护人员不敢怠慢，急速送到急救室抢救。大佛在急救室门外急得团团转，担心廖桂岚能否抢救过来。他像一只无头苍蝇，但凡有医生护士从身边经过就拦住说："救救我女人，救救我女人。"医生护士们见他心焦如焚的样子，都安慰他几句才走。一个小时后，主治医生终于走出急救室，他摘下口罩，对大佛说："还好，你发现得及时，现在总算平稳了。不过，还得高压氧护理，继续观察，如果她能度过这几天就安全了，那得看她的造化。"大佛忙说感谢的话，跟随躺着廖桂岚的推车转往住院部去了。

第二天早上，头磊和他女朋友馨馨急急赶到医院。大佛忙了一夜，到了天放亮才想起头磊还在县城，他想了想打了电话过去。头磊一来到病房门口，就埋怨爷爷昨晚就应告诉他，好让他给分担些什么。馨馨来到病房，看到廖桂岚嘴里还罩着氧气罩，差些哭出声来。大佛看在眼里，暖在心头。他记得天将亮廖桂岚醒来时对他说，等她出了院就不再租房住了，太危险了。他告诉她昨晚头磊和馨馨对他说的话，答应带她回家，无论如何都要带她回去，不再租房。现在看到馨馨如此疼惜他女人，大佛很是受到安慰。

廖桂岚住院的第三天，她的两个女儿也来了。大女儿喋喋不休，说母亲有福不享偏偏要租房住发神经。小女儿很内向，屁都放不出几个，她用眼神传达对母亲在外租房的不满，对坐在一旁侍候母亲的大佛投去鄙夷的目光。大佛知道她两女儿不喜欢他，垂着头当作不看见。头磊回家后带着馨馨又赶出医院，看见廖桂岚女儿满脸不高兴的样子，就说："两位姑姑如果累了就回去吧，我在这里照顾就可以了。"她们于是悻悻地走了。

大佛：桂岚出院后，她再也不愿在县城待下去了。可是，不在县城住我们住哪里呢？茅草房被烧了。她小叔子和他媳妇把我们看作眼中钉，桂岚的家我们是不想去的。另外还要说一下，我孙子从广东回来很关心同情我们，答应做好他爸爸工作接我们回家，结果他们父子俩吵了起来。孙子安慰我们，他说，他准备在广东南海卖套房，等他买了房就接我们过去。这要等到猴年马月啊，所以一起回茶山冲又没有希望了。想重盖茅草房的，又怕尖头重蹈覆辙。最后，我们又分开了，她去两女儿那里这家住住那家住住。我呢，拧着鼻子随孙子回了家（大佛又向民警讨烟抽）。

我拧着鼻子在家里生活，苦啊。他们虽然给了我一间房不再住在祖屋，不与他们同一饭桌吃饭，虽然他们也不敢对我怎样，可是同一屋檐下，低头不见抬头见。孙子和他女朋友回了工厂，而尖头回来不再去打工，他见了我常常用怨恨的眼神瞪着我。他老婆更是不得了，常常指桑骂槐，说我吃里爬外、老不正经、蛇蝎心肠……就在前几天，他老婆见两条狗在巷中交配，点着我大佛花名说我与桂岚就像那两条狗一样不知羞耻。我那个气啊，恨不得冲过去把她掐死。我被他们戏弄得上天没梯下地无门，真想吐口唾沫淹死算了。

我和桂岚一起过了这几年，感情很深，经常打打电话诉诉心事，有时很久不见面了就在镇上碰碰头，说说心里话。今天，我们正说着分开后各自受气的事，你们就来抓我们了。

八

那天，头磊带女朋友馨馨回了家，叫我到他家吃饭。我到他家时，尖头和董珍正忙来忙去，牛牯和几个伯爷坐在客厅里抽着烟，两张圆桌置在客厅偏右处，上面已摆上了几盘烹饪好的佳肴。

头磊叫人来吃饭还没有回来，馨馨给尖头他们打下手。尖头见我到来招呼我到客厅坐又忙去了。

不久，客厅里挤满了人，头磊随着他们也回来了，一起围着两张圆桌有说有笑地吃饭，说着恭喜头磊带回女朋友的话。大家吃得满嘴流油打着饱嗝，以为是头磊带女朋友回来请吃的报喜酒。牛牯喝多了几杯土茅台话就多了，他说："今天头磊侄孙带女朋友回来请我们来吃饭，就是不见大哥大嫂他们。饭是吃了，以前大哥都喜欢与我猜几码，现在少了对手了。"有人用手肘撞了一下他，提醒他别大蛇没脚唠出脚，但已经迟了。头磊接着牛牯的话说："我爷爷和奶奶在县城租房住，昨天晚上奶奶煤气中毒住进了医院。各位叔伯叔公太叔公，你们作证，我周翔要接他们回家，我女朋友馨馨也答应接他们回家。"尖头和董珍坐在一旁，听了头磊的话，显得很不自在，头磊并没有与他们商量过，如此莽撞地夸海口作保证，这不是在他们脸上狠狠抽一巴掌吗？

尖头女人憋不住了，她总是这样，不管什么场合有屁不放总不舒服。她说："你爷爷就可以，那女人来我不同意。"

头磊看了看母亲，有些激动，问："妈，奶奶就不是人了吗？总不能丢下她不管吧。"

"她不是你奶奶，你问问在座的叔伯叔公太叔公他们，她什么时候成了你奶奶了？"

大家闷头抽着烟，沉默着。牛牯说："好了好了，别扯了，这些事大家都清楚，刚才是我引起的，我收回来。我还有事，先回去了。"说完，拍拍屁股走了。

头磊没有放过母亲，他丢掉只吸了一半的那支烟，站起身叫道："妈，你别做事做得太过分。家里的事情我什么都知道，是你们不同意他们在一起的。他们在一起难道有错吗？这是他们的自由。"

董珍反唇相讥，也叫道："你懂什么，六七十岁了还找个伴，我没有那脸皮面对他们。"

见母子俩像吵架一样你一言我一语越说越大声，年纪最大辈分最高的太叔公发话了，他说："听我说几句。大佛侄孙要续弦，我们村像这么大年纪的好像还没有过。不过，旧社会的地主七十多岁娶了个十七八岁的姑娘也有过，像邻村的大田螺就娶过。现在这年代大家都富裕了，没了伴再找个伴过日子也说得过去。以我的想法，大佛侄孙续个伴也可以，不过最好不要给子女添麻烦。你们说是不是？"

"你听听太叔公讲，不要给子女添麻烦。"尖头老婆董珍抓住了太叔公的话，理直气壮地说，"你爷爷就想给我们添麻烦，黄土都掩到脖子了又要给我们添个累赘，谁也想不通，谁也不接受。"

头磊说:"他们哪里给我们添麻烦?说钱他们有钱,说劳力他们还干得动。就是说他们年纪,七十多岁不叫年纪大,像太叔公近九十岁年纪的我们村还有十几个。"

董珍拌了尖头一脚,说:"你看看你儿子,总顶我们的嘴。你说说。"

尖头睨了老婆一眼,又看了看儿子,吸了一口烟说:"不怕大家笑话,我也是不赞成我爸续个伴的。他有钱他在外面怎样过我不反对,如果出了什么事我是不理的。"

头磊看看父亲,又看看母亲,从嘴里冒出了那句话:"也好,以后你们也有他们这般年纪,我也不理你们。"

此话一出,董珍像被开水烫着了似的跳起双脚,哇哇数落起儿子来。尖头目露凶光,扬起巴掌就要扇儿子。大伙赶紧过来劝阻,把他们安顿坐下。

等又恢复了平静,太叔公看看我,叫我说几句。

我本来不想再插手他们的事,因为我说也是白说,尖头和董珍早把我当大佛的傀偏了。我一直像看猴戏一样看他们怎样表演,甚至还幸灾乐祸地希望头磊把他们父母打趴到地上。

"我没有什么讲的,要说的早已对他们说了。不过,周翔,我希望你别把父母不当回事,有他们才有你,别动不动就惹父母生气。再说,人类的什么事都是人为的,就像路是人走出来的、修出来的一样,什么规矩条例只要不违法,感觉这样做大家愉快就不必被约束,可以把它改过来未尝不可。"

那些上了年纪的人大多不赞成大佛的做法,所以我丢下这些话,也学着牛牪,说等下也要赶回学校,拍拍屁股走出尖头家。

过了几天,头磊带着大佛回来了。他像丢了魂似的垂着头,脸上没一点血色，花白的头发乱蓬蓬的，高大的身材像蔫了一截。他躲开行人，从我门前经过时停顿了一下，似乎想进来说些什么，最后还是低下头走了。

一连半个多月没见大佛走出家门半步，倒是牛牯他们一起探望过他一次。大佛和廖桂岚离开狗头冲后，便把租种砂糖橘的田还回他们管理，牛牯他们觉得大佛回来了，不去看看于情于理说不过去。便买来礼品去探望他。

星期六回到家，我也准备去看看大佛大哥，正准备出门，他竟然到我家来了。他佝偻着身子走进来，见了我，脸上挤出些许笑容："我猜你会在家的，所以我就来了。"我移过一张凳子给他坐下，说："正想过去看看你呢，你就来了，身体还好吧。""没事，你大佛大哥身体从来没垮过。"他又呵呵起来，对我说，"强强，你说人活着是为了什么？我快七十四了还活不明白。"

人活着是为了什么？是啊，为了什么。我给大佛大哥问住了。多少往事在脑海里像电影一样反复播放着，却理也理不出头绪来。人活着是为了什么？为了生儿育女繁衍后代？为了争强好胜出人头地？为了各自信仰笃定终身？为了你我的缘分携手生死？为了前世恩怨今世了结？为名誉？为权利？为物质？为精神？为他人？为自己？……

大佛大哥掏出旱烟包，瑟瑟地卷起喇叭筒，然后点上烟，说："连自由都被绑着还被人说三道四，这样活着不是太辛苦了吗？"

我想了想，说："大哥，哪个背后没人讲，哪个背后不说人。我们应该放宽心情，笑对人生。谁也无法剥夺你的自由，除非你犯法。你问我，我们活着是为了什么？我想，为的是在世时遇到的一个个问题难题使尽办法去一一解决它，这样，我们活着才踏实和愉快。人类为什么在地球上能繁荣昌盛，就因为我们每个人都在用自己的大脑和双手破解遇到的问题难题啊。大哥，别丧失信心，村里大多数人和我一样都挺你，你和大嫂的事总会解决的，事在人为嘛。"

他说："我是多灾多难的人，老了还有许多倒霉的事碰上。难怪有人说我名字不该叫周有福，应该叫周多难才对。"

两人一聊不觉已到傍晚，我要大佛大哥留下吃晚饭。他不肯，起身告辞。走到门口，他对我说："和你聊了一天，我终于开窍了。车到山前必有路，事在人为嘛。我会记住的。"

所长：你知道什么叫非法同居吗？

廖桂岚：不知道。

所长：记住，没有到民政部门进行婚姻登记就生活在一起的就是非法同居。你与周有福生活了将近七年，属非法同居，也是事实婚姻。你们回去后，到民政部门做好婚姻登记，好好过日子。

廖桂岚：是。

九

尖头找到我说他父亲被抓问我怎么办，我要求他把大佛赎出来。尖头不肯，牛牸对尖头说："不赎你爸出来以后别来找人问，你的事以后谁也不理了，寨方叔侄谁不说你妻管严、老婆仔、不要天地，你回家想想。"

牛牸这话一冲，尖头有些发怒又不敢发火。牛牸是寨头，他只要一发话，谁还理你尖头。所以，尖头都惧他三分。而尖头女人却不怕他，她用泼妇那种死猪不怕开水烫的伎俩对付牛牸。就说祖上留下来的那几棵沙梨树，她硬吵着独占。牛牯抄起手要扇她几巴掌，才把手举起来，她就边脱衣服边号叫起来，说牛牯打了她，还撕她衣服对她非礼了，闹得天昏地暗。头磊带女朋友回来那时喝多了酒，把事端挑起，他一是觉得对不住来吃饭的人，二是怕尖头女人泼起辣来不饶人，才不得不早离开。所以，牛牯又惧她三分。

尖头悻悻地走了。我装好电视锅盖回到家，尖头已在门口等着我。也许受牛牯那几句话的冲击，他不得不掂量村里人以后对他的看法。村里的红白喜事一般都是牛牯以寨头的身份安排张罗，十几年来，人们也习惯了他的指派，并且也做得顺顺当当的。那年尖头母亲去世，尖头老婆董珍就因为独占那几棵沙梨树，尖头找他商量时，牛牯对他说，还找我干吗？叫你老婆去办得啦。当然，牛牯说的是气话，尖头回家数落老婆时，他已通知村里人去办事了。尖头想起这件事，知道牛牯的分量，不得不掂量掂量。

他对我说："强强，我真没脸皮去赎他。"

我说："那是你父亲，你看着办吧。"

"你能不能随我一起去？派出所所长你熟悉，我说十句不如你说一句。"他乞怜地问我。

我说这事还是你自己解决的好，我去了反而画蛇添足。想了想又说："你想清楚没有，接出来你怎么处置？"

尖头说："随他吧，喜欢在我家住就住我家，他想在县城住我也不反对。因为他，我都左右不是人了，老婆老婆骂我不中用；他呢，因为烧了他的茅草房与我结了仇；头磊也发话，说如果我没照顾他们就要在广东卖房不回家；你们呢，说我不孝顺，把父亲冷落。想想自己也活了大半世，还真气死人，怎么自己有些事就拿不起放不下呢？唉。”

尖头说完，唉声叹气地走了。

我正准备给所长同学打电话问问周有福的事，刚掏出手机，他竟然打来了。

“喂，老同学啊，快过年了又准备请我去喝酒？”我装作不知大佛被抓，调侃地说。

他在电话里笑着道：“呵呵，上次猜码你还欠我一碗酒没喝呢，还敢来吗？”

“我混饭混酒吃不吃白不吃，现在放寒假了，我随叫随到。呵呵。”

“得，等下你下来，今晚有你好看的了。呵呵，顺便叫周有福儿子就是大佛儿子下来，把他父亲和廖桂岚领回去。”

“大佛大哥怎么啦？他们老年痴呆症啦不知道回家啦？”

他说：“他和他相好在旅馆被我们抓了。他们着实可怜，在一起几年了还无法得到家人关照。那个纵火犯下来再不开窍，我再给他两电棍尝尝，让他服我为止。”

“呵呵，你还没喝酒就酒话连篇啦。好，我等下就和周有福儿子下去，可不能滥用刑具喔。”

我挂了电话，去通知尖头。

尖头和董珍正坐在堂屋里闷着头，好像刚吵了一架，都瘪着嘴生着气。我走进来，他们只是用目光扫视我一下，不打招呼也不说什么。我有意清了清嗓子，看了看他们说：

“咳咳……大哥大嫂，快过年了，常言说，和气生财，家和万事兴啊。怄气有什么用？什么事应该拿得起放得下，就是天塌下来还有个子高的人顶着，你们说是吧。等头磊结婚了，你们只管抱孙子享受天伦之乐。想开些吧。”

董珍眼里好像噙着泪，她抱怨起丈夫来："强强，你不知道，他烧茅草房说是我叫他烧的，他父亲要找个伴也是说我先阻挠的，儿子不愿回家也说是我引起的，街坊邻里说我们不孝顺也是我形成的。啊?! 难道全是我的错? 什么事我不和他商量? 他说什么我才按他说的去做，现在全怨在我身上来了。呜呜……"

尖头站起来，正想争辩，我忙制止他。我说："嫂子，别想那么多，家里有千金，外人有把称，以后一家人和和气气过日子才成。常言道，做事只给别人赞，不给别人骂，是吧? 好了，等下我要和大哥到镇里把你们父亲接回来，哦，还有你们叔娘。看看，你还有什么要说的。"

"我什么也不理了，他自己做事自己清楚。"董珍发着脾气，用衣袖抹了一下眼泪说道。

我说："那我们去了。"

我扯着尖头就往外走。

已近黄昏，暖暖的阳光撒落在公路上。公路上，赶圩的人们都忙着往家赶，一些外出打工的村里人有骑摩托车的提早回来啦，他们老远就向我们按喇叭打招呼。尖头坐在副驾驶的位子上，脸上也爬上了些许笑容，自言自语道："唉，过年了，人家千里迢迢回家团圆，我就不知道什么叫团圆。白活了。"我手握方向盘，微笑着看了看他。

所长同学早在派出所门口等着我们，见我开车到来，打着哈哈说："快下班了，我以为马来西亚不敢来了呢。"我也打着哈哈说："大所长吩咐哪敢违抗啊。不过，开车不喝酒，喝酒不开车，这是大家定的规矩，你得让让我啦。哈哈哈。"

尖头下了车，所长同学板着牛肚脸教训尖头几句后才叫他到办公室签字领人。

　　大佛和廖桂岚从问讯室走了出来，尖头迎了上去，说："回家一起过年吧。"

　　夕阳挂在远山山顶上，圆圆的，红红的，放射出灿烂的光芒。天上的火烧云从西边一直烧到东边，把大地涂上了耀眼的金色。余晖中，他们三人的影子似乎叠在了一起，在派出所院子里拉得好长……

哭泣的石头

这是一块色泽如蛋黄般的黄蜡石，我们步城人叫大松石。

黎开佳的这块石头不过十多斤重，形如马卵。这马卵大松石却是天生的病变马卵，虽然光洁如镜，有一面却是黄一团灰一团的花斑纹，期间还爬着蚯蚓般结了痂的血线。偏偏这花斑纹和血线胡乱地绞在一起，鬼使神差成了一幅《葫芦》画。

在石友群里，一个叫梨花十月的石友说，这几乎是齐白石九十八岁画的那副《葫芦》的翻版。葫芦谐音福禄，石又美，至少能卖二十万。

二十万？黎开佳做梦也想不到。

梨花十月的话叫他兴奋了一个下午，连搬运蜂窝方砖都像捡石头般轻松了。

黎开佳在伯父承包的工地搬砖，一搬就是四年。三年前的一天，大松龙王庙打醮（念经做法事），他跟工地一个伙伴去看热闹。饭后，两人在溪边晃荡，来到一个小山似的乱石堆时，想爬上去玩。才爬到大半坡，黎开佳一脚踩滑，人便像坐滑滑梯似的滑了下来。这一滑，却滑出一个五斤多重的黄龙玉来，拿回步城一卖，整整八百块。从此，黎开佳迷上了大松石。

　　大松蕴藏着黄蜡石，每当滂沱大雨，大松溪的沙石被洪水一冲刷，黄澄澄的大松石便露了出来，像长熟的橘子般诱人。以前，我们步城人并不注意这黄澄澄的大松石是值钱的东西，只是拣些回去把玩，或摆在茶几柜头当饰品。后来，大松石被叫成黄龙玉后，这种石头顿时值钱起来，到大松淘石的步城人每天都人来人往的。特别是前些年，有些人开了挖掘机进去，把大松溪刨得满目疮痍，大松的黄龙玉几乎被淘尽了。

　　黎开佳是在大松石几乎被掏尽后才去大松拣石的。三年下来，只要天上下大雨，他必会旷工跑大松拣石去，做包工头的伯父奈他不何。他老婆徐乐妹骂他捡了芝麻丢了西瓜，到手的西瓜却不要，反倒去捡芝麻。近半年更是连芝麻也捡不到了。徐乐妹堵了一肚子气，终于发火了，说，如果还旷工去捡石头，她就跟人跑了。

　　黎开佳瞪起眼来唬她，你敢!? 我不扒了你的皮!

　　徐乐妹也不示弱，叫道，你再去大松拣石看看？看我敢不敢?!

　　黎开佳最后软了下来，说，你别把话说尽，吃饭不如第一碗，联姻不如第一人。人家会有我这么疼你吗？

　　徐乐妹说，你就不疼我，要不，早听我话了。

　　一想起拣这块大松石，黎开佳心里还怦怦疯跳。

　　那几天，台风刮到步城，落了两天三夜的大雨。

　　早上，雨停了，黎开佳从被窝探出头来，见窗外红彤彤的太阳从东边升起来。他赶紧爬起床，窸窸窣窣穿上衣服，脸都不洗就要冲出门去。

　　徐乐妹从厨房叫了出来，喂，你疯什么，吃了饭再去工地。

　　黎开佳边走边回头对徐乐妹说，今天向你请个假，去大松告个别。说完，也不管徐乐妹答应不答应，放开脚跑下了楼。

身后传来徐乐妹发情母猫般的叫声，你给我回来……

黎开佳把徐乐妹的猫叫声甩在了脑后。他骑上那辆破旧的嘉陵摩托，冲出家兴小区，冲出步城，飞驰在大松方向的公路上。

大松离步城二十多公里，都是平展展的水泥路，不到半个小时就到了。

黎开佳发现自己还是来迟了，有几个人已在溪边晃荡。

他避开早来的那几个人，沿着山道小跑着进了里面的山旮旯。山溪依然暴涨，洪水还在轰隆隆地咆哮，被挖掘机堆成小山似的乱石堆在洪流中像溺水人的头颅露在水面上似乎在呼喊救命。他从溪头开始往下搜寻。溪边脚下的乱石被雨水冲洗得光洁发亮，他希望在这光洁发亮的乱石中突然跳出一块黄龙玉来，心里叨念着：菩萨保佑，给我一块黄澄澄的大松石吧，也不枉最后一次来大松了。

沿着山溪一路低头寻觅，他不时抬头看看溪中露头的乱石堆。突然，前方溪里的一个乱石堆上，有块黄色的东西在阳光下华亮亮的像一只幽灵的眼睛向他眨眼。他赶忙奔过去，乖乖，是一块黄龙玉，是块有着双掌大的黄龙玉！他喜不自胜，赶紧挽起裤腿就要下水淌过去，一伸脚才发现那黄浊浊的洪水急而深。怎么办呢？他看着离溪边一丈多远的乱石堆和翻滚的洪水，急得团团转。乱石堆在洪水的冲刷下正慢慢塌陷，那块黄澄澄的石头越来越往下沉了。到嘴的肉就这样丢了？他心里一紧，也顾不了翻滚的洪水了，来个跳远冲刺，双脚用力一蹦，向乱石堆跳了去。落脚的那一刻，他暗自庆幸起来，呵呵，他跳到乱石堆的斜坡上了，洪水不过齐腰深。可是，脚下的水流吃得紧，让他站不住脚，他赶紧往上攀登。然而，脚下的沙石随着他的蹬踩被洪水卷走了，身子便越来越往下沉。不好，先抓住石头要紧。他赶紧俯身伸手过去，手指刚好抠住那块石头，石头便跳了出来，赶紧把石头牢牢抓住，然后抱在怀里。这时，洪水没过他的肩膀，水势又吃紧，一个趔趄，他再也稳不住身子，几经挣扎，还是被急流推离了乱石堆，往下游飘去。

黎开佳可是个凫水鸭子。自从父亲病逝母亲跟人跑了后，他就经常到步江摸鱼耍水，伯父忙于管理工地，无法唬住他，倒让他学得一手游泳本领。在急流中，他高昂的头颅像钓鱼线上的浮子，一路荡漾着，不惊不恐。他一边淌水，一边卷上背心的下半部把石头包在肚子处，然后双手紧紧抱住，寻找机会向溪边靠近。但是洪水湍急，这使他无法往溪边淌去。这时，他飘到了一个溪湾，洪水在那儿打着漩儿，吱溜一下把他吸了下去，五六分钟后才在洪水中露出了头。只见他大口大口地吐着浑浊的溪水，面色吓得铁青。他后悔刚才的鲁莽冲动了，正准备丢开那块石头。突然，身体被什么挡了一下，他下意识地伸手抓去，呵呵，是一棵树的枝干。那是一棵被洪水冲塌在水面上的岸边杂树，他嘘了一口气，吃力地攀着树干爬到了溪边。

夕阳落下西山的时候，徐乐妹从工地回来。黎开佳赶紧过去赔上笑脸。徐乐妹说，别假惺惺讨好我，去吃你的石头吧。黎开佳说，老婆，我绝不会有第二次了，以后一定天天陪你上工地。徐乐妹不理他，吃完饭，洗了澡，进卧室睡觉去了。

黎开佳冲好凉，趿着拖鞋正准备进卧室睡觉。他来到客厅，好像还有什么任务没完成似的愣在那儿，搔搔后脑勺才想起那个捡回来的马卵石还没仔细看呢。以往每次从大松捡石回来，他都把石头搬到餐桌上揣摩大半天的。三年下来，他已养成了这个习惯。

黎开佳把那个马卵石捧到餐桌上，找来强光手电，开始琢磨它的通透度。让他遗憾的是，里面虽然晕着光，那灰色斑团把整块大松石搅黄了。他对着灯光认真审视上面的图案，灰黄的图案在灯光下滑亮亮的，似乎要跳出表皮。嗯？那黄一团灰一团的斑纹不是两个葫芦吗？那几条血线不是葫芦的瓜蔓吗？黎开佳一阵激动，掏出手机拍了几张图片后，就捧着那块石头这里摸摸那里瞧瞧，兴奋得每条神经都舞动起来。

徐乐妹催过他几次睡觉了。黎开佳嘴里应着，身子却一动不动，依然沉浸在石头图案的惊喜之中。徐乐妹终于从卧室冲了出来，那发情母猫般的声音随着房门打开飘了起来。

"你白天黑夜满脑子都是石头，连我都不理了，看我不把它丢到大街上。"

黎开佳扭头看见徐乐妹披散着长发，穿着红头裤衩，身上胡乱披着一件碎花短袖衫，连衣扣都不扣，两片衣襟像两扇蝶翅被风撩开，怒气冲冲地向他奔来。黎开佳正想把桌上的石头揽在怀里，可是已经迟了。徐乐妹伸手抓过了石头，就要冲到窗口丢到大街上。黎开佳赶紧说，别丢下去，当心砸中街上行人。趁着徐乐妹发愣的那瞬间，他一把夺过了石头。

徐乐妹开始数落起他来，骂他整天想着大松石。她骂他抱她的时间没他抱石头的时间多；骂他吊儿郎当、不顾家不顾当只顾自己快乐。她骂着骂着，眼泪就出来了。

"……是我瞎了眼跟了你啊。你听听人家怎么笑我的？说是不是你老公没用啊，都三年了还没孩子。你还是男人吗你，你说我该不该离开你?"

徐乐妹一边抹泪，一边回卧室去了。

见老婆进了房间，黎开佳轻叹一声，心里像打翻了五味瓶，是啊，是该要个孩子了。他赶紧把石头藏到一个壁柜里，关了灯，进卧室哄徐乐妹去了。

工地离家不过一公里左右。第二天一早，黎开佳随徐乐妹去工地干活。徐乐妹给工地做厨娘，管几十号人的午餐饭菜，一进大门就跑厨房忙去了。黎开佳随一个叫瘦猴的去搬砖。搬砖可是苦力活，五六斤的蜂窝方砖浇了水后更重了。一人一架双轮车，装满后推到电梯似的升降机去，然后让升降机送到一定的空架楼层，倒出后从升降机下到地面，继续搬砖推车。如此反复。

人们都以为他伯父会安排黎开佳做一份轻松一点的工作的，但至今还是与瘦猴他们搬砖。徐乐妹与他好上后，伯父就把她从泥水工放到厨房去了。有人猜测那是他三天打鱼两天晒网去拣大松石惹怒他伯父的结果。你看，他们俩结婚后，伯父用政府给的征地补偿款，在步城家兴小区买了套两房一厅的二手房给他们夫妻俩后，算是完成职责，丢下不管了。

黎开佳干了一上午，累得像个面团似的躺在一块三合板上就不想起来。

瘦猴躺在一旁玩手机看美女直播，那娇滴滴的美女声音搅得黎开佳无法瞌一下眼。他干脆也掏出手机，侧着身刷起屏来。

刷了一会儿，他把相册的石头图片调出来欣赏。他盯着图片上的图案出神，觉得这图案很像某一幅图画，便绞尽脑汁回想，却怎么也想不起来了。一旁看美女直播的瘦猴正埋怨美女骗人，送这么多玫瑰钻石了，还不见吊裙的吊带从肩上落下一点点。黎开佳把身凑过去，对瘦猴说，帮我看看，这石头图案像什么。瘦猴瞄了一眼说，你说像什么就像什么吧。不过，我还是劝你别再做石头梦了，就算像金子，它也是假金子，能变出来给你？黎开佳"嗤"了他一声，说，你看直播，美女也会跑来跟了你？做梦吧你。瘦猴一骨碌坐了起来，说，老车站那里大把多美女，你敢跟我去吗？黎开佳白了他一眼，扭转身不理他了，心里骂他满肚花肠子，难怪三十多岁了还单着身，挣来的钱不是找小妹就是打赏直播美女，哪个女人能看上他？

下午，黎开佳边搬砖边想着石头图案，手臂的酸胀感似乎减轻了不少。那副葫芦画在哪里见过呢？他冥思苦想了一个下午，也想不出个之所以然来。

傍晚收工回到家，黎开佳瘫坐在沙发上，把图片发到石友群。很快，有许多石友留言。有说好石的，也有说这石不生钱的，林林总总几十条信息。有个叫梨花十月的石友@了他说，这是块好石，两个葫芦一前一后一黄一灰相映成趣很形象，瓜蔓也吊得不长不短恰如其分。葫芦谐音福禄，这石必成抢手货。他赶紧加了梨花十月微信，两人私聊。

黎开佳：能告诉我么？印象中某幅画很像石头的图案，我就是想不起来。

梨花十月：百度不就知道了么？

是啊，我怎么没有想到呢？他发了个谢谢上去，就百度起来。

百度里，葫芦的图片真多，现实葫芦照片、葫芦画、葫芦丝乐器、就连葫芦瓢、葫芦酒器等等目不暇接。黎开佳浏览了一会儿，退出来重新输入葫芦画图片字样。点进去后，也被里面琳琅满目的图画搞晕了，他翻看了半个多钟头，也没发现有一幅与之相似的图片，心里有些失落落的。

徐乐妹洗了头，拿条干毛巾抱着盘在头上湿漉漉的长发走出卫生间，叫黎开佳去洗澡，叫了几声也不见有回音。她走到客厅，见黎开佳玩手机入了迷，伸手就夺了过来，说，今晚不许玩手机了，去洗澡睡觉。我掐指算过了，这两天你得用心疼我，我们要个孩子了。黎开佳想把手机抢回来，听老婆这么说，不敢发脾气，只好进卫生间洗澡去了。

这天晚上，董平妮来串门了。这是她第一次来黎开佳家串门。她在石友群里看到黎开佳发上来的马卵石图片和聊天记录，就来他家想探明情况。

董平妮是个专门收购大松石的女人，五十多岁，胖嘟嘟的，像个肥萝卜，同住在家兴小区，还买了小区马路边的一个商铺。她瞅准外来游客喜欢步城大松石，就经营起专门加工和出售大松石的店铺。几年下来，她成了步城靠大松石暴富的人物之一。

徐乐妹坐在沙发上边嗑瓜子边看电视，听得门铃响，开门见满身珠光宝气的董平妮来串门，呵呵笑道，董姐贵人哪，来给我家添喜来了。

董平妮见徐乐妹这么夸她，那张面包脸上的两片嘴唇笑得像开口的石榴，眼睛笑成了一条线。她一边把萝卜身子移向沙发，一边说，乐妹啊，小区里的年轻媳妇就你嘴最甜。人长得漂亮，又能干事，黎开佳真有福分啊。

徐乐妹说，你别笑话我啦，董姐，我是个没文化只知道干苦力的粗遢女人。

别这么说啊，像你这样顾家的姑娘少了。我就常告诫我儿子，别看花眼，大部分女孩都是冲着我家钱来的。我宁可要一个老实本分的儿媳妇，也不喜欢那些花枝招展只知道花钱的靓妹。

说话间，黎开佳从房间出来了。董平妮笑着对黎开佳说，前几天下大雨，你有没有大松石捡回来啊，别忘了我卖给别人啵。

黎开佳说，是有一个掏回来，你可能不喜欢。

拿来看看。

黎开佳从壁柜里拿来石头，放到桌子上，这样说，这石头，是我拿命搏回来的。奶奶的，那水真急，要不是有棵树刮倒在水面上，我可能连命都没了。

董平妮没有应他，只顾掏出老花镜带上，然后拿出强光手电翻弄起石头来。倒是一旁的徐乐妹吓得不轻，惊叫着说，你拿命去捡石头？怎么不告诉我？

怕你担心嘛。黎开佳笑着说。

徐乐妹追问老公遇险的经过。黎开佳只好一五一十地说了。

徐乐妹最后说，以后绝不能去掏石头了。

董平妮早已放下强光手电，也和上一句，对，为了这块臭石，差些连命都搭进去，不值。

黎开佳呵呵笑了起来，董姐，请您仔细看看石面图案，这可是一块奇石，表面光滑如镜，晕在里面的图案可是栩栩如生啊。

董平妮说，纹路也太紊乱了，几乎没有什么欣赏价值。

您看清楚啵，董姐。两个葫芦一灰一黄，还有瓜蔓呢。葫芦葫芦，福禄福禄，瓜蔓代表福禄绵长。

董平妮笑了笑说，是有点像葫芦，当奇石做摆件还算过得去。说吧，要几个钱？

黎开佳搔了搔头说，无价。

你不想卖？那没得谈。董平妮说完，站起身准备要走。

徐乐妹忙拉住她的手说，董姐，我卖，你给多少钱？

两百。

两百？两千我都不卖！我要留下来做个念想，这是我捡的最后一块石头了。黎开佳说。

董平妮轻笑了一下说，我给两百是可怜你，因为你说这块石头差些要了你的命才多加了一百五。实话实说，我要做个底盘出售，不知能否卖到五百么？或许没人要呢。

徐乐妹说，拿钱来，我卖了。

黎开佳说，不能卖，我要留下做个念想。

徐乐妹见黎开佳不愿卖，叫了起来，还念什么想？你还想着石头是吗？你说，要石头还是要我？要石头我明天就走人。

留个念想也不可以？黎开佳瞪大眼睛看着徐乐妹。

不可以！徐乐妹赌起气来。

黎开佳咬了咬嘴唇，最后还是说，不卖！

这话一落地，像一根导火索被点燃了。徐乐妹在董平妮面前哭天喊地起来，要收拾衣物回娘家。董平妮赶忙劝架，叫他们别因为这个石头伤了夫妻感情，她说自己也不想卖了，劝了几句，就推门离开了。

这一夜，夫妻俩因为马卵石弄得闷闷不乐，背对而睡。

黎开佳无论如何都不许徐乐妹卖掉那块马卵石。第二天下中午班，吃了饭后，他就悄悄溜回家，把那块石头用报纸包好，藏到一床卷起的棉被里，放到壁柜最上面那一格。做好这一切后，又悄悄回了工地。

黎开佳藏好石头后，每天跟着老婆去工地，也不敢旷工去大松捡石头了。在工地里，他一有空就上百度，大海捞针似的搜葫芦画，但怎么也找不到那幅与石头图案相似的画来。这样过去了近两个月，徐乐妹告诉他，说大姨妈不来了。到医院一检查，她怀孕了。夫妻俩很是高兴。

有一天，黎开佳吃了午饭躺三合板休息，梨花十月告诉他，说找到那幅与石头图案相似的画了，还截图发了过来。

黎开佳点开图片，两眼顿时大放光芒。他一骨碌坐了起来，对梨花十月回了条信息：谢谢哈。现在看到你发来的图片，才想起小学时的美术课本有这么一幅画。呵呵。

梨花十月：你真有石缘，石头图案与白石老人落款"九十八岁白石"的这幅画似乎一模一样，恭喜啦。

黎开佳打了两个抱拳的动作。

真是万能的朋友圈，现在，一下把谜底解开，他兴奋得手舞足蹈起来。睡在一旁的瘦猴说，你发什么癫啊，看你美的。黎开佳瞟了他一眼，不想告诉瘦猴自己的石头已是黄金价，就坐下来继续与梨花十月聊天。

梨花十月：做个底座，打印那张画挂在奇石后面，以之衬托，那是最美的双福禄啊。

黎开佳：好主意，谢谢哈。

梨花十月：若出售，最少也值二十万。白石老人那幅葫芦画几千万，你的黄蜡石图案与画几乎吻合，那是不可多得的。

黎开佳：如果能卖到二十万，我会给你个大红包。

他真想感谢梨花十月。

梨花十月：呵呵，我们都是石友，互相交流陶冶性情而已。

……

落晚一下班，黎开佳匆匆赶回家。他要把那个大松马卵石翻出来，找个店家做个底座。

打开壁柜，那张棉被还静静躺在顶格里。黎开佳急急把它搬下来，急急打开棉被。他傻眼了，用报纸包着的马卵石不见了。

他左摸右掏，把棉被翻了几个遍，依然不见石头的踪影。叫来徐乐妹，一问才知道，她把石头卖给董平妮了。

徐乐妹说，你还想着石头啊，没那块石头就过不了日子是吗？

黎开佳顿足道，我这么藏着你也能挖出来，她给你多少钱？

徐乐妹说，五百。

五百？黎开佳眼睛瞪得像个铜铃，气得用手指着徐乐妹的额头叫道，你，你知道它值多少钱吗？你……

多少？

二十万。

二十万?! 徐乐妹眼睛也惊得溜圆了。不过很快，她又恢复平静，说，美吧你，人家在哄你。

黎开佳不与徐乐妹争辩，拉住她的手就冲出家门，他要到董平妮的珠宝店讨回自己的石头。

珠宝店里，董平妮正在招待一对夫妻挑选黄龙玉挂件。黄龙玉挂件在灯光下闪着晶莹剔透的光泽，在那个女人的胸前比来划去。黎开佳拉住徐乐妹匆匆来到店里，董平妮就猜出是怎么回事了。等那对夫妻一走，她笑着对气呼呼坐着的黎开佳说，怎么啦？夫妻吵架了？徐乐妹说，他要要回那个石头。董平妮说，什么哪个石头？徐乐妹说，就是一个月前我卖给你的那个。董平妮说，我收上这么多大松石，加工的加工，转手卖的卖，哪还分得出哪个是你的？黎开佳叫了起来，董平妮，别欺人太甚。我对你说过，那石头我是不卖的，你却骗我女人要了那块石头，快还给我!

董平妮也叫了起来，呵! 买卖自愿，我怎么骗她了？你问你老婆，是不是我强要那个石头的？她又转向徐乐妹说，徐乐妹，是不是你要我买那块石头？我还说，如果你老公找我麻烦怎么办。你说，有事你承担。是不是？

徐乐妹愣在那里，看看董平妮，又看看黎开佳，不知怎么回答。

黎开佳瞪着眼看着徐乐妹，那个气呀真像青蛙鼓起的肚子无法泄。他晃了晃头，对董平妮说，董姐，这样好吗？我退回你给的钱，另外再加一倍给你，算是我们不守信用给你的补偿，你把石头还我，好不好？

对不起啊，那石头已经被人买去了。你给再多的钱，我也无法找回来了。

还能说什么呢？黎开佳失魂落魄地走出珠宝店，徐乐妹像是做错事的孩子怯怯地跟在后面。回到家，黎开佳跌坐在沙发上，仰起头，尽量不让眼眶里的泪水溢出眼睑。

二十万元的石头卖成了五百元，那是四百倍的差价啊。黎开佳无法容忍徐乐妹偷卖掉他的那个马卵石。他气得茶饭不思，班也不上了，闷在家里生气。

徐乐妹不敢去惹他，第二天一早，吃了饭自个儿去工地上班了。傍晚从工地回来，发现早上煮的饭菜还没动过，她就把饭菜热好，拿过去劝黎开佳吃些东西。黎开佳瘪着嘴，瞪着眼睛看着她。她发现老公的目光像一团燃烧的火向自己扑来，身子不由得颤了一下，赶紧把递过去的饭菜缩回身边。黎开佳早已压不住心头之火，猛地站起身，指手画脚叫道，你这个败家女人，给我滚！说着，他把手挥了过去，正打在那碗饭菜上。那碗饭菜像抛球似的飞了起来，"啪啦"一声，摔在地上尖锐清脆。徐乐妹被黎开佳挥过来的手臂逼得往后一退，一个趔趄，随着碗的飞出，也重重地摔倒在地上。

徐乐妹被摔得屁股发麻，肚子隐隐作痛。她不敢出声，艰难地爬了起来。

你给我滚！我不想见到你。黎开佳又号叫起来。他真想过去扇她几巴掌，最后，还是忍着了。

她不敢争辩，含泪默默地回卧室，澡也不洗就睡觉了。

第二天醒来的时候，徐乐妹发现床单上染着一团红色。她哭了。

这一天，徐乐妹回了娘家，说是让黎开佳平复心情再回来。黎开佳一个人闷在家里与梨花十月微信聊了大半天，但他心中的疙瘩怎么也抹不掉。徐乐妹不在家，他无处发泄心里的怨气，就想起了要他石头的董平妮。是她，要不是她骗徐乐妹卖那个大松马卵石，就不会有妻子落胎的事发生。于是，他蹬蹬蹬跑下楼，往董平妮的店铺走去。

店铺里，董平妮正在整理店面。黎开佳冲进店铺骂起董平妮来，说她欺骗他老婆，二十万的石头，五百就打发了，讲不讲良心。董平妮也不示弱，与他吵了起来。顿时，过往的行人看起了热闹。董平妮见看热闹的人越来越多，骂道：我家店面给你败坏了，你快点滚，否则我就不客气了。说完，从里面拿出一条铁棍来，冲到黎开佳面前举起来赶他。黎开佳哪里怕她？一把夺过铁棍，扬手就扳了过去。"嘭"的一声，铁棍打中了董平妮的头颅。顿时，她像一摊抹不上墙的泥巴，连哼一声都没有就沉闷地倒了下去。

出人命啦！看热闹的人哄然骚动起来。

这时，黎开佳见董平妮躺地上一动不动，知道自己下手过重了，吓得丢下铁棍，拨开围观的人群，拔腿就跑。

他没有跑回家，而是不由自主地拔腿往工地跑去，心里念叨着，我杀人了，我杀人了。他疯了似的狂奔着。他要与徐乐妹商量（他忘了徐乐妹已回娘家），他不再在乎那个马卵石了，不在乎钱多钱少了。他的脑海里闪着董平妮直挺挺躺在地上的模样。她的头颅被他砸了一棍后，鲜红的血液像葫芦瓜蔓一样爬满她的面包脸。面包脸成了一块马卵石，一块黄一团灰一团的马卵石。

黎开佳狂奔在马路上，又想起和梨花十月聊天说的话，骂自己怎么不听梨花十月的规劝呢？

黎开佳：我完了。石头不但被老婆五百元卖了，我还把老婆肚里的孩子打落了。

梨花十月：你怎么这么冲动呢？是你的，别人抢不走；不是你的，留也留不住。缘分啊。

黎开佳：我该怎么办？

梨花十月：想开些，钱是身外之物。好好爱你的妻子吧，别让她因为石头再担惊受怕。好好过日子才是真。

黎开佳：可是，我心里就是搁不下啊。

消失在城市里的灯火

一

我恨死那个叫阿丽的女人，她把我骗到一个大湖泊的一间黑屋里受尽各种折磨。洪警官他们除暴安良，为我出了这口恶气。

那天晚上，我从那里逃了出来，借着微弱的星光，没命地跑了不知多少里路。

我气喘吁吁爬过这重如蛇般蜿蜒的山脊，再也走不动了，疲累得瘫坐在一棵树根下。这时，也许是下半夜，也许天将亮，我的眼皮在打架，不久便呼呼睡了去。

太阳已有半竿高，蚂蚁咬醒了我。偷袭我身子的蚂蚁钻进我的颈脖、背部和胸前，张开利齿狠命地噬咬，像关押我的阿强拿烟头戳我身子一样生痛。我用双手不停地搓揉身子，把它们一个个搓死。天上，一团灰云车匪路霸般挡住阳光的去路，让阳光照不到我身子。我的面前是一大片速生桉，一直延伸到山下。山下不远处，有一片墨绿的果树林，隐约可见许多黄点点缀其间。现在是农历十月下旬了，看来那树上的果实成熟了。

逃了大半夜，一想到水果，肚子就不争气地叫了起来。我像电视里的饿狼般向山下飞奔而去，心里只有一个念头，赶紧填饱肚子，然后寻找派出所帮助。老师说过，有困难，找警察。

　　我身无分文，手机和身份证被阿强抢了去。一想起近三个月的经历，真是生不如死啊。要不是我太贪心，就没有这堆事发生，就没有现在像兔子一样被他们追得东躲西藏逃到这荒山僻岭里。那个人面兽心的阿丽，就知道骗我这样的女孩，如果掏她的心出来丢给狗吃狗都嫌脏。

　　本来父母亲在广东打工，我在家好好读书的。四年前父亲在打工的地方出了车祸，父母就不再外出。他们干的是建筑工，工地在郊区。那天晚上不知为什么，父亲鬼使神差想跑到城里逛逛，结果还没进城就被车撞上了，现在连肇事者是谁都查不出来。听父亲说，撞他的是一辆摩托车，开得贼快，他正想往路边闪，那车就飞到他身后了。他只听到身后有车轮子与路面嘎嘎的摩擦声，自己就像被一只强有力的手狠拍了一下腰身，然后飞了出去，摔在三米开外的路面上。父亲说，那开摩托的是个小伙子，他还没昏迷前，小伙子跑来看了看他。他举起那只手背上有块黑斑痣的右手向小伙子求救。那小伙子掏出手机，顿了一会儿，最后还是驾着摩托车逃走了。就这样，父亲被摩托车硬生生撞成了瘫痪，再也爬不起床。

　　父亲治病花光了所有的积蓄还借了不少钱，我还有两个妹妹和一个弟弟，所以，今年高中一毕业，我就出来打工挣钱了。

　　我进入广东东莞的一家电子厂做流水线。这家电子厂按工时算钱，每天工作八小时月薪四千多元，虽然又累又困，但我很知足。有天我的肚子疼痛难忍，到医院检查，是一条蛔虫钻进我的盲肠，需要做盲肠切除手术。

　　就是在医院里，那个叫阿丽的女人盯上了我。她说她是某高级会所的主管，正招聘服务员，月薪八千加提成。说像我这样漂亮的女孩最适合做这种工作了，既轻松又能拿高报酬。她给了我电话，说如果愿意，就打她电话。我住了五天院，她就来了四天看我。我被她说动，决定身体好后就到她会所上班。

回到厂里，我写了辞工书，然后坐上阿丽接我的大众。阿丽给了我一瓶八宝粥，说肚子饿了吧，先吃这个填填肚子。她亲自给我拔了易拉罐，然后送到我手上。从早上到上午十二点多，我都忙着办手续，真的很饿了，拿到八宝粥就不客气地吃了起来。大众过了几个红绿灯，我就昏昏欲睡，不久，就在车后座睡着了。

到了目的地，阿丽叫醒我。她说到了，快下车。她用手拽着我的胳膊像拖一只逮着的鹿子把我拽出大众。我昏沉沉地出了车，发现大众停在一个四合院里，灯光昏暗，一只大狼狗吐着鲜红的舌头正虎视眈眈地盯着我。院外黑洞洞的，也不知这是什么地方。正想问阿丽，发现她身后站着几个彪悍汉子，目光如饿虎般盯着我。我身上顿时起了一层鸡皮疙瘩，颤着声说，丽姐，他们……我……阿丽说，别怕，强哥他们是来保护我们的。我说，丽姐，我要回去。我想挣脱阿丽拉我的手。这时，阿丽不再是医院时的阿丽了，她用力拽住我，吼道，回什么去！在这里安心做事，否则别怪强哥他们对你不客气。几个凶神恶煞的家伙不由分说上来帮忙，像捉小鸟般一拥而上，任我哭闹着。那几双大手箍得贼紧，不给我挣扎的机会，硬生生把我塞进一间房子里……

二

山下的橘子树上结满了黄澄澄的橘子。我吃过这种橘子，是父母亲打工时回家过春节捎带回来的，很甜，放嘴里一咬，满口腔都溅着蜜汁，从嘴里甜到肚子里。我躲到一棵比较茂盛的橘树下，像饿慌的乞丐快速剥了橘子皮就整个往嘴里塞，弄得前襟溅满汁水。后来想想这样顾着吃不行，如果被人发现抓了，那可就难逃了。于是，我赶紧弯下腰，双手快速地摘着橘子往口袋里装，没装几个就没地方塞了。我想了想，就把上衣脱下，用它来包橘子，够几天吃。我正沾沾自喜忙着采摘时，身后突然传来一声咳嗽，吓得我差些尿了裤子。

男中音在我后面叽里呱啦说着什么，我听不懂，声音却很平和。

我的胸口突突地猛跳，慢慢转过头来。一个剃着飞机头，身穿黑色皮夹克，约莫二十多岁的小伙子出现在我眼前。他双手交叉挽在胸前，站在田埂上，那站姿很像模特摆酷的姿势，一副居高临下的模样。他的目光如一只老鹰死死盯着猎物似的盯着我，大有我逃跑就要上演老鹰捉小鸡的游戏。我苦着脸尴尬地对他笑了笑，用普通话说，大哥，我……肚子饿，想摘多些留路上吃。小伙子有些吃惊，说，你不是本地人？从哪里来的？他开始用普通话问我。我想，还是实话告诉他吧，希望他同情我。于是说，我，贵州兴安的，被人骗了逃到这里。昨晚在山上过了一夜，醒来看见你的橘子红通通的，就下山来了。他一本正经，伸出手要我给身份证看看。我怯怯地说，身份证搞丢了，不信你可以搜身。他嘴角微微上翘，笑了，说，好呀，这是你自愿的，别说我猥亵骚扰你！我吓得赶紧护住前胸，知道自己说漏嘴了。他见我这样，哈哈笑了起来，笑停后说，小妹，你看我是那种人吗？几个果子，我要搜你身干吗？我松了口气。他又问我，叫什么名字？我怯怯地说，景诗花。他说，这名字好听，不过这姓很少啊。我急忙解释说，我确实姓景。他眨巴几下眼睛，像在思考什么，最后说，好吧，你可以走了。我如获赦免令，赶紧拽起上衣就跑。没跑出几步，他叫我站住。我一愣，以为他变卦了，不敢跑，知道自己跑不过他。我头皮发麻，惊恐地转过身望着他。他又哈哈笑了起来，说，看你吓成这样。呃，是这样，你把摘下的果子捡走吧，免得浪费了。我走过去边捡果子边用眼神偷瞄着他，怕他趁我不注意扑过来抓我。他见我这样，对我说，别怕，我不会为难你的。见我不说话，又说，噢，对了，我叫郝帅。你敢跟我到我家吃饭吗？如果你愿意，捡了橘子就跟我走。当然，你不来我也不勉强。说完，他头也不回走上临近的一个土坡，然后消失在土坡上。

郝帅？这名字真如其人。他高高瘦瘦的，还算英俊，走起路来有一股帅气。我目送他离开，心里想，他不会是坏人吧？要不，刚才就对我动手动脚了。我想着现在的处境，在这人生地不熟的地方，他也许能给我指条回家的路。想到这，我赶紧捡好果子，冲上土坡追着他呼叫，哥哥，等等我。

我跑到他身边，郝帅笑了，说，我就知道你会跟我回家的。我垂着头，跟在他身后轻声地说，你是好人。他笑了笑说，你真单纯，难怪被骗了。说完，伸手拿过包着果子的衣包，在前面带着我向村子走去。

弯弯扭扭走了两百多米的山路，翻过一个小山岗就到了郝帅的村子。村子不大，依山而建，二十多户人家，巷道路面都硬化过了。郝帅的水泥楼房在村旁，一共三层。门前不远处有一棵大樟树，树荫下坐着几个老人，他们看见我，都好奇地向我行注目礼。有个老人对郝帅说了什么，郝帅笑呵呵地边走边说，我听不懂。管他呢，到了这步田地，反正厚着脸皮跟着他走就是了。来到门口，有一个老妇人正在喂鸡，见郝帅叫妈，我赶紧叫伯母好。伯母在衣襟上抹了抹手，笑着说，快进屋里坐。

客厅装修得很整洁，白亮亮的，地板铺了瓷砖。厅里摆着红木沙发，上面躺着两个抱枕。沙发的对面是一个电视柜，两旁各是一个大音响，柜上摆着一个大液晶电视和几盆多肉植物。

郝帅打开电视，招呼我坐好就进厨房和伯母忙乎起来。他们叽里呱啦说着本地方言，很高兴的样子。待把一桌子饭菜摆上桌面，伯母坐到我身旁，边吃饭边对我说，闺女啊，如果你不嫌弃，就在我家多住几天吧。郝帅这段时间可忙呢，老板说明天来收砂糖橘，正缺人手去采摘呢。

我看了看郝帅，点了点头。

三

晚上，我躺在温暖舒适的床上，却怎么也睡不着。偌大的一间卧室装修得白亮亮的，关了电灯都觉得瘆眼。到了大半夜，我才迷迷糊糊睡了去，可是不久就被噩梦惊醒了。我梦见阿强掐住我的脖子，嘴里叫道，看你逃，我弄死你。我感到呼不上气儿来，双脚不停地用力蹬……

我吓得一骨碌坐起来，惊出一身冷汗。

我再也睡不着，那个人面兽心的阿丽又闪现在我眼前。都是这个女人害的！我牙齿咬得咯咯响。

这个死阿丽，她骗我来到一个逃离时还叫不出名字的地方（阿丽他们被抓后，洪警官告诉我，那里叫大湾水库），我被他们用毛巾塞着嘴绑在房间的一根柱子上过了一夜。第二天，阿丽和阿强进来给我松了绳子，她对我说，景诗花，在这里你得好好听我和强哥的，要不，我可救不了你。我哀求她说，我要回家，你们行行好，放我回家吧。阿丽眉目一瞪，说，放你回家？你不是自愿来的吗？我哭丧着脸说，你说是去娱乐会所的。她说，对啊，你要到会所，先在这里培训，等合格了，就可以到会所上班了。阿丽又温和起来，蹲下身抚了抚我的长发，整理一下我的衣服说，听话啊，我们不会亏待你的。她站了起来，对阿强说，强哥，你可以培训了。说完，转身向门口走去。我赶紧爬起来，想跟着阿丽出去。这时，阿强伸过手来，像捻小鸡一样把我捻了回来。他厉声说道，你必须听话，否则有你好果子吃。说完，他像一头饿虎扑向我，我手脚胡乱地猛抓猛蹬。他扬手扇了我一巴掌，狠狠地说，如果再不听话，我掐死你。我才不是那种怕死的人呢，看准他的手臂晃过嘴边，张口就咬了过去。他痛得大叫一声，举起拳头就给我头颅一拳。我眼前一黑，什么也不知道了。

醒来的时候，阿强已不见踪影，一摸身子，知道自己被他玷污了。我的头像针扎一样痛，硬撑起身子坐了起来，委屈的泪水冲出眼眶。

接下来几天，只要我反抗，他们就用各种方式折磨我——不给饭吃，把我的头压到水里淹，拿烟头戳我身子……阿强霸道地说，在我这里，天皇老子都得听我的，不听话只有死路一条。阿丽有空来做我工作，说，放开些吧，我刚来时也像你这样犟，现在你看我，吃香的喝辣的什么都有……我知道如果这样犟到底，肯定被他们活活折磨死。最后我想，不如迎合他们，找个机会逃脱。十多天后，我终于走出了那间房子。久违的阳光耀得我睁不开眼睛，我呼吸着新鲜的空气，眯着眼睛看着前方的大湖泊和湖泊四周茂密的森林，顿感自由多好。身旁的阿强搂着我说，这是一个大水库，大坝还在两公里外的地方。那里每天都有许多人来消遣娱乐，娱乐会所就在大坝那头。

直到我逃离那鬼地方也没有去过大坝。阿强不给我去，也不带我去。我每天限制在这个孤独的只有几间水泥砖房围着的院子里，给新骗来的女孩洗脑。这里看守特严，一些女孩像我一样被阿丽骗来。她们也许没有我这么要面子，不几天就走出培训基地，到大坝那里去了。

我要求阿强给我家里寄些钱回去，他倒是满口答应了，向我要了地址，汇了钱把收据给我看，想笼络我的心；我要求他带我到大坝去看看，他却死都不答应，说，你是我的女人，死了这条心吧，那里不是你去的地方。他又说，好好待在这里跟我过日子。

我佯装依顺他。一段时间后，他见我每天阴沉着脸，就派一个下手带我到院外的山上溜达散心。

院子后面是浓浓茂茂的原始森林，那里有一条通向山顶的弯曲小路。爬到山顶，沿着蜿蜒的顶岗走一段路，就有一条通向背面山下的小路。我和培训基地的那一帮人慢慢混熟后，在他们放松警惕不再跟踪我时，就经常爬上山顶，设计自己逃跑的路线。

终于在昨晚，酝酿了两个多月的逃跑计划成功了。阿强喝得酩酊大醉，从大坝外面被他们抬了回来，死猪一样躺在床上。我抓住机会，蹑手蹑脚走出院子。院子角落里的狼狗见了我，只是呻吟了几声，伸着舌头看着我打开院门……

四

第二天醒来，发现自己病了。郝帅非常着急，赶紧送我到乡卫生院。

我没有给郝帅去采摘砂糖橘，反而给他添麻烦了。

医生说我感冒发烧加肺炎，需要打几天针。郝帅陪着我在医院吊了一上午的盐水，从卫生院回来后，我说我要去派出所一趟。他说，是关于你被骗的事吗？我点点头。郝帅陪我到了派出所门口说，你自己进去吧，我在门口等你。看他有些慌乱的眼神，似乎很怕警察。我独自走了进去，把自己被骗的经过一五一十地讲了。录了口供后，接待我的洪警官叫郝帅进来，交代他要看护好我，才让我跟着他走出派出所。

回到家，郝帅把我送到二楼的卧室，交代按时吃药就忙着去果林了。伯母也去了果林，带着七大姑八大姨忙着摘砂糖橘，直到太阳将落山才回来。我一个人在这家陌生的房子里待着，将傍晚的时候爬起床，感觉自己好了很多，就给他们做起了晚饭。伯母先回到家，赶紧抢过来叫我好好休息。我说，我没事，你忙了一天，让我做吧。伯母说，好闺女，别拗劲，身体要紧。我才五十多，身体壮着呢。

客厅里坐着姑姨们，小姑进来拉我到厅里坐，问我是如何逃到这里来的。我不敢实话告诉她，编了个被拐卖半路逃脱的故事，她们听后都唏嘘不已。小姑同情地说，如果你喜欢这里，就留下来吧。郝帅还没有女朋友，他可是我们看着长大的，心地好，你也勤快，两人很般配呢。听了她的话，我的脸忽地热了，垂着头想，他会看上我吗？

将吃饭的时候，郝帅回到家。他一进门就问母亲，妈，贵州妹子起来没有？小姑从客厅里叫了出来，郝帅，你半天不见她，心里就闷得慌是吧？在这儿呢。郝帅冲进客厅来到我身边，摸了摸我的额头说，好点没有？记住按时吃药。我不好意思地说，记住了。

姑姨们抿着嘴偷笑。

三天过去了，我的身体已基本康复，郝帅带着我到曾经偷摘的果林去溜达。那里只留下一片葱绿，树上的水果已被采摘完。姑姨们回家去了。小姑走的时候，悄悄对我说，你嫁给郝帅肯定幸福，听我的没错。这几天，郝帅对我特别关照，像哥哥关心妹妹一样呵护我，晚上守着我，等我吃了药后才悄悄回他卧室。

在果林里转了一圈后，爬上那个土坡，找了个地方坐下。我坐在他旁边，想着这几天发生的事，心里酸溜溜甜涩涩的有种说不出的味道。他看了看我，问我在想什么。我没有回答他，垂着头玩弄着抓在手上的那根狗尾草。他叹了一口气说，我知道你回家心切。好吧，明天到派出所叫洪警官出个证明，我送你到县城，那里有高铁，不到一天时间就可以到贵阳了。我沉默着，没有回答，把手上的狗尾草一截一截掐断，最后抬起头看了看他，小声地说，我可不可以留下来和你一起护理果林？郝帅有些不敢相信自己的耳朵，像欣赏一件艺术品似的注视着我。

我说，我是认真的。

你不回家啦？

先不回吧，和你护理好果树，等到了年底再回。

好，到年底我送你回去。

五

郝帅对我很老实，在我身边总是规规矩矩的。我们每天跑到果林里修剪残枝，挖施肥槽，挑农家肥，给树根漆石灰……在这段日子里，我过得很踏实很快乐。

郝帅怕我在果林里会烦闷，每隔几天就带我到县城逛一逛。他骑着那辆太子摩托，我坐在后面。他开得很快，我不得不抱住他的腰。我把脸贴在他的后背，暖暖的。伏在他背上，有一种安全感。

我在郝帅家过了二十多天，阿丽和阿强他们就被警方抓了，他们将被起诉。洪警官把消息告诉我，叫我到时出庭作证。我满口答应下来，终于给自己出了这口恶气。

有一个晚上，郝帅喝了许多酒，敲开我的卧房。他盯着我说，景诗花，我们可不可以做朋友？我看他醉醺醺的样子，说，你醉了吧，我们早就是朋友了啊。他醉眼迷离地说，不，我说的是你愿意做我女朋友吗？其实我心里早已把他装在心里，只是自己那段不堪回首的往事叫我压抑着，不敢向他倾吐而已。我点了点头。他奔过来拥我进怀里，把嘴儿凑到我耳边窃窃地说，我没醉。我发誓，这辈子只对你好。

六

外出打工的村里人陆续回来了，他们跑来家里和郝帅嘻嘻哈哈有说有笑，客厅里顿时热闹起来。伯母脸上挂着笑容，时常叫姑姨们和打工回来的两个姐姐过来吃饭。每到吃饭，男人们喝得满脸红彤彤的，口无遮拦地笑我们；女人们咿咿呀呀说着开心话，逗着我适应这里的生活。

这天晚上，二姐姐留下来住宿。待人们散了去，二姐姐对郝帅说，郝帅，你要好好待她，安心打理好砂糖橘，别想着去打工了。郝帅说，我会安心待在家的，想起那件事我就后怕。二姐姐说，以前你总不听我的话，要不就不会有那事了。虽然过去了四年多，我还担着心。以后你骑车要注意点，别总是疯着开。

睡觉的时候，我追问郝帅那是件什么事。郝帅就把事情的经过告诉了我。原来，郝帅初中毕业那年的暑假，他在家无所事事，二姐姐就叫他到广东玩。有一天，刚学会开摩托车的郝帅发了车瘾，偷偷骑了姐夫刚买回来还没上车牌的新车跑广州去了，回来时，已是张灯时分。在即将进入城郊的时候，由于开得快，看不清远方有一个正在走路的男人。等他看清那人，车子已飞到那人身边。他赶紧刹车，可是来不及了，那人被他撞飞了出去，自己也被摔了几个跟头。

郝帅说，我戴着头盔，只是轻微伤，我艰难地爬了起来，然后走过去看看被我撞的那个人怎样了。那人满脸是血，伸着手向我求救。我掏出手机正想拨打120，突然想到是自己闯的祸，看看四周没人，就赶紧骑上摩托跑了……

我有些震惊，怀疑他撞的是不是我父亲。

郝帅接着说，我把撞人的事情告诉二姐姐和二姐夫。二姐夫气得拿起菜刀就要砍我，被二姐姐拦下。二姐夫叫我去自首。二姐姐说，如果我自首就得判刑。我家就我一个儿子，我爸死得早，所以二姐姐不给这么做。当晚，我听从二姐姐的安排，驾着那辆肇事摩托车离开了广东。回到半路，把摩托车开进一个偏僻的村子旁丢了。我沿着国道步行到天亮，最后拦下一辆过路班车回了家。

你撞了人见死不救，毕竟他是一条生命啊。我气呼呼地说。

郝帅叹了口气，晃着头自责地说，所以我现在都很愧疚，也不知道那人是生是死，一想起这事我就后怕。

我问他，那人手背上是不是有一大块黑斑痣的？

郝帅听了，瞪大眼睛看着我，他说，你见过这人？他还没死!？见我点点头，他嘘了一口气，双手合十，嘴里念叨着，谢天谢地，我没有撞死人。

我瞪起眸子注视着他，心里悲愤交加，泪水不争气地从眼眶里溢了出来。

零度夫妻

一

我知道自己精神出问题了，眼前时常出现幻觉。我不能控制住自己胡思乱想，不能像平常人一样平平静静地生活。我像一条疯狗到处招惹是非，过往行人都投来不一样的目光。

这一天，我的精神病又犯了，在县城的大街上，过往的行人都向我行注目礼，以为我是搞杂耍的。不过我发现，他们都远远躲着我，或逃也似的从我身边匆匆而过，这叫我一点也不高兴。

我肩上挑着两个破旧的蛇皮袋。那条扁担是从一个沙洲坪捡来的，黑溜溜像一条乌蛇，压在肩膀上特别舒服。

不远处，有个十五六岁的小姑娘从我对面跑来，我想起了盈盈，我想盈盈现在也有这么大了。定睛看去，啊，真是我的盈盈！"盈盈，盈盈。"我向她奔了过去。她愣了一下，惊叫着扭头就跑，带着哭腔说："你别追我，你别追我。"她跑得太快了，怎么也追不上她。我对她大声地呼喊："盈盈，我是你妈啊，你别走那么快啊，妈赶不上你。"在拐弯处，她不见了。我哭着鼻子坐在那里，怅惘地搜寻着过往行人。盈盈呢？她怎么不理我呢？她为什么不理我呢？

我呆坐在蛇皮袋上哭了一阵，谁也没来安慰我。突然发现，夹在行人中有个丰乳肥臀的女人，定睛一看，是李潞！这婆娘正朝着我笑呢，一脸的不知羞耻。我站了起来，跳起双脚比画着手骂了起来。我骂她狐狸精迷惑我老公邵辽德夺我财产；骂她娇美的身材——邵辽德就喜欢她那鸬鹚腿，穿着牛仔超短裤没遮没拦白灿灿地在大街上招摇。说也奇怪，我骂她蛊惑人心的狐狸精模样，那脖子上的样貌就模糊了；我说要用扁担打折她腰骨，那身子就消失了；我要折断她的鸬鹚脚，连腿都烟消云散了。

李潞被我骂得支离破碎、无影无踪。我哈哈大笑，又唱又跳。我想起电影《星星知我心》，就唱起了《渴望》；我想起《心太软》，就唱起你总是心太软……

我唱得口干舌燥时，身后传来粗粝的狗叫声。我激愣一下扭过头，见是一只狮子狗怒目圆睁地盯着我狂吠，好吓人。它脖子套着个红褐色的皮圈，皮圈上有一条铁链绷得弦样紧。沿着铁链往上看去，我看见了一双大手死死拽着铁链的另一头。

这是个很帅的小伙子，他拽着铁链与狮子狗拔河。他叫着："皮皮，走了。"皮皮是谁？皮皮是我儿子啊。他把狮子狗叫皮皮？我怒目瞪着他，想冲过去问我皮皮在哪里？但那只狮子狗发着淫威蹬起前脚要向我扑来。狮子狗不够小伙子拔河，灰溜溜跟着他走了。我不敢追它，上星期我就被一只哈巴狗咬伤。我不再做蠢事，只是悄悄挑起担子远远尾随着他。

小伙子和狮子狗走进一个大铁门里消失了，我蜷在一个角落里想着我的皮皮。喔，对了，皮皮对我说过，他在工业园区皮衣厂上班，说挣很多很多钱来养我。我抬头看了看天，天空蓝蓝的，有一朵棉花在远处的一棵大樟树上挂着。我挑起担子去追那朵棉花，到树上捋下来，放床上躺在上面多舒服啊。我挑起担子在大街上快速地奔跑，追啊追，可是我跑得快，棉花也跑得快。我跑得气喘吁吁时，有个人拽住了我，大声吼道："想死啊你，大车碾死你！"他拽住我的手臂就往街边拉去，然后重重地摔我在地上。我忽然像睡梦一样醒了，惊愕自己刚才做了什么。我看清拽我回来的是头疤驴，他戴着破草帽，一脸的埋怨和怜惜，说道："我都说了，下午好好待在治控中心榕树下等我，你就是不听。"我不理他，摸摸口袋里卖废品的钱还在，扁担两头挂着的蛇皮袋还在——捡到的纸皮塑料瓶把蛇皮袋撑得鼓鼓囊囊的，想，该把废品挑到收购站去卖了。

二

我每天都要诅咒骚婆娘李潞，早上晚上中午睡觉前起床后无时无刻不诅咒她——邵辽德也不是人，竟然甩了我跟这狐狸精好上了。

那天，天空灰蒙蒙的，我跑邵辽德承包的工地去。建筑工地离家不过三十多公里，村里跟着他去干工的每月都回来一趟。他已经有三个多月没回家了，电话里他总是说搞承包有处理不完的事，特忙。我猜想他一定在外面有女人了。果不其然，我踏进工地没多久，邵辽德就出现在我眼前。一个披着直发、身段妖媚的女孩挽着他的臂弯向搅拌机走去。邵辽德似乎没有发现我，嘴里叽里呱啦地对工人们说："加把劲干啊，做好这一层，我给大家算工钱了。老板再拖沓，我用自己的给你们垫上。"说得工友们对他点头哈腰一副恭维像。我气得冲过去，对邵辽德吼道："邵辽德你背着我泡女人是吧？她是谁？抱得还挺紧的啊。"我看着那女孩还挽着他的手臂，扬手就给她一巴掌。那女孩被我突然袭

击，吓得连退两步，嘴里说："你怎么打人?"邵辽德见是我，也
蒙了，但只一会儿，他就回过神来，赶紧过去扶住女孩，瞪着眼
对我吼道："你乱打人，我揍死你。"他转过头对搬运水泥的几个
小哥说："你们过来，把这疯女人给我轰出工地。"小哥们不知底
细，硬生生拽住我往外拖。我吼叫着说："你们放开我，我是他
老婆。你们放开我，我要撕碎那狐狸精。"他们抓住我臂膀，任
我歇斯底里地喊叫，拖我到大门口外面。两个看守的门卫手握塑
料警棒，凶神恶煞地站在大门中间与我对峙着。我一个劲往里
冲，嘴里叫道："我要撕碎那狐狸精，放我进去。"门卫不给我机
会，一次次把我推了出来。我跪着求他们，他们依然像木头一样
不理不睬。不久，邵辽德从里面走了出来，身旁少了那直发女
孩。他对我叫道："你闹什么闹，回家我再收拾你。"说着，过来
拽着我的手臂，向那辆曾载着一家子去延安旅游的大众走去。

回到家，邵辽德狠狠揍了我一顿。他说那女孩是他的会计，
我诬陷会计败坏他的形象，不想与他过就离婚。毕竟没有抓住他
两人睡觉的证据，只得哑了口。没想到还不过一个月，邵辽德竟
然带着直发女孩回家来了。他直接说："李潞肚子有我骨肉了，
我们离婚吧。"我顿感天旋地转，眼前的邵辽德变得模糊不清。
我吼着说："你做梦! 想离就离，当初你为什么要娶我?"邵辽德
很霸道地说："不离也可以，你不得干涉我和李潞在一起。我们
住三楼，你好自为之吧。"说完，拉着那个叫李潞的女孩回工地
去了。

我每日气得头昏脑涨，见着什么就骂什么。我跑到工地找他
们闹去，几次以后，两个门卫在邵辽德的授意下把我关进一间地
下车库里。我又哭又闹，不吃不喝。我已心灰意冷，想着死了算
了。盈盈不知何时跑来工地，抱着我痛哭。我不知道盈盈是怎样

把我接回家的，脑子开始迷糊起来。

三

早上，薄雾和水汽漫满了这条叫富江的河流，沿江两岸的建筑显得迷迷蒙蒙的。这时，正是许多家庭倒垃圾的时候。我赶紧抓过两个蛇皮袋，扛起黑扁担冲出昨晚留宿的二桥桥洞。

滨江路有五六处安置垃圾桶的地方。第一个垃圾桶就在二桥不远处。那里临近帝豪小区和维也纳酒店，每天都有大量的箱瓶和一些过期零食吃不完的夜宵丢进垃圾桶里。我在那里不但解决了早餐，还能捡到一蛇皮袋的废品。如果把五六处垃圾桶搜了个遍，我的担子就满满实实了。挑到废品收购站去卖，至少有三十多元收入。

我兴冲冲爬上望江堤，迷蒙中看见一个头戴破草帽、身材如圆规的男人正在第一个垃圾桶翻弄起来。我一愣，把扁担握在手上，向那男人冲去，嘴里不由自主地叫了起来："大刀向鬼子们的头上砍去……"

圆规抬头向我看来，吓得嘴巴张成了垃圾桶口。我扬起扁担正准备打下去，就听到他说："青青，是我，头疤驴。"

"你怎么来这里抢我生意？"扁担停在半空，我怒目瞪着他。

头疤驴说："昨晚，我在滨江路找了你大半夜，找不着，宿在维也纳角落过了一夜。今早起来就顺便捡了呗。"

我说："你别想找我。大路两边，各走各边。"

"我是关心你啊。一个女人，单独过着，鬼来拖也要有个人赶吧。"

"嗤，你才是鬼呢！"我嗤之以鼻。

　　我的话虽是这么说，心里还是暗暗感激他的。上星期哈巴狗咬我，要不是他及时赶过来驱赶，我可能就没命了。他拿来捡到的小半瓶高粱酒帮我清理伤口，然后问我住在哪里。我没有告诉他，想必他跟踪我几天了。嗨，倒霉透顶了！

　　我说："你最好到其他地方去捡，别抢我的。"

　　他说："我在这捡怎么啦？我就在这捡！"

　　我又扬起扁担。

　　"好好，我走。"说完，他抓起蛇皮袋向一条小巷走去。到了巷口，他转过头对我叫道："哎，别忘了中午在治控中心榕树下一起吃午饭啊。"

　　治控中心叫预防传染病控制中心。那里临近城郊，行人少。治控中心门前有一片绿化地带，期间有三四棵榕树，树下圈着长条形的大理石凳。我被哈巴狗咬伤后，头疤驴就带我到那里处理伤口。他告诉我，他叫头疤驴，在家无聊就来县城捡垃圾了。后来我才知道，他是个单身汉，摸了村里一个女人的胸脯，被女人的几个亲属围堵要打死他，他就逃到县城来了。我问他："为什么叫头疤驴呢？"他笑了笑，把头低下来用双手拨开头发给我看。我看到了他头颅左边离头顶处有一块杯口大的疤痕，亮光光的闪着血色，说是小时候生大疮留下来的。我呵呵笑着说："像个镜子。"头疤驴说："以后给你当镜子梳头，好吗？"我又唱了起来："人家的闺女有花戴，我爹钱少不能买……"

　　午饭多了一小盒鹅屁股，是头疤驴在肥仔烧鹅王旁边的垃圾桶捡到的。我们吃得津津有味。他喝着那瓶没有用完的高粱酒提醒我："你知道吗？下午两点钟左右，你就迷糊了。四点后才清醒。所以，这段时间你最好养成睡上一觉的习惯。大街上车来车往的，多危险！"我夹一个鹅屁股放嘴里嚼着，不理他。他又说：

"天气凉了，晚上总缩在街头不是办法。我看二桥有个桥洞比较僻静，可以遮风挡雨，下午我们去整理行不行？"我瞪着眼看着他叫道："那是我的地盘，你别做梦。"头疤驴装作不知道的样子，大惊小怪地说："原来你就住那儿呀？好啊，不用整理了，呵呵。"

"你来我一脚踹你下富江，你信不信？"

"我信，我信。现在不是和你商量嘛。"

我瞪起眼说："不许来，永远都不许来。"

头疤驴用手抓了抓头发，最后说："好，我不去还不行吗？看你凶巴巴的，我吃了你啊。"

我腕了他一眼，丢下饭盒，抓起蛇皮袋和扁担要离开。他伸手一把拽住我胳膊，命令似的叫道："你走什么走？坐下！"我摔开他的手，大声说："关你屁事啊。再拦，我一扁担敲死你。"说完转身又要走。这次，他用上了大力气，拽得我胳膊生痛，还顺势往他身边拉。我顿时像个陀螺，被他旋了个圈。我控制不住重心，摔到了他的怀里，手上的扁担"哐当"掉在地上。他一把抱住了我，双手箍得贼紧。我们脸对着脸，发现他的目光像一把燃烧的柴火在我脸上烧来烧去。我使劲想挣脱他的禁锢，却无济于事。我愤怒地盯着他的眼睛——在他的眼睛里，我看到了自己愤怒的模样——一个咬着下唇头发蓬松的圆脸蛋的女人。

"听我话，回桥洞休息，四点以后再去捡垃圾好不好？"

不知为什么，我竟然听话地点了点头。

四

二桥的桥洞像窑洞，我跟邵辽德去延安旅游见过并且还住过。我用一块薄膜挂在北面挡住风寒，南面用蛇皮袋和硬纸壳竖起半人高，然后在里面铺了一张床。说是床，不过是把捡来的泡沫箱掰开摊了个床一样大小的地方，然后垫上硬纸壳而已。被窝是盈盈抱来的。她哭着要我回家，我死都不肯，除非那个李潞滚蛋。

头疤驴不知从哪弄来的一盒药片，哄着我吃了一颗，不久，我就呼呼睡着了。

我看到邵辽德向我走来。是的，是他。他还是那么粗暴，把我抱起来摔在床上，然后俯下头亲我的脸蛋。我说你要对我负责。他说要我负责你就给我。他用大嘴巴捉住我的小嘴像吃螺蛳一样使劲地猛吸，热乎乎的嘴巴吸得我喘不过气来。有股暖流涌遍了我全身，我渴望继续温暖下去，双手不由自主搂住了他的腰。

他是霸道的，又是可怜的。三岁时父亲死了，接着母亲跟一个外地来的伐木工跑了。十五岁时，与他相依为命的爷爷奶奶相继去世，他就跟着村里一个搞建筑的伯父跑深圳工地去了。后来，他嫌伯父做包工头吃的红利多，拉了一群人自己搞起来。他天不怕地不怕，有个老板拖欠他们工钱，被他在路上截住，他把老板从车上拉下来就是一顿猛打，把人家的牙齿打掉了五颗。结果，自己不但把工钱赔了进去，还被关了半年看守所。就因这事，那群跟他打拼的人更是死心塌地跟着他干，因为老板们再也不敢拖欠他们的工钱。于是，他的建筑队伍越来越大，连他的伯父也不得不与他联络，做他的下手。

我被他盯睄上是我跑去工地找我表哥说说话——我和表哥从四川老家一起来深圳打工。我进了一家电子厂，表哥跟老乡一起搞建筑，那工地正好是邵辽德承包的工地。

那时，我和表哥准备走出工地大门逛街，邵辽德从外面回来，见了我，眼睛睁得像个灯泡似的在我身上瞄来扫去。

"好靓的美女啊，哪里的？"

表哥说："我表妹，跟我一起来打工的。"郝辽德"哦"了一声："来我这里管账目怎样？月薪四千。"我看看他说："谢谢了，我在电子厂找到工作了。"邵辽德想了想，点点头说："找到工作就好。"说完，笑了笑往里面走去了。我走了几步扭过头看他，正好他也回头看我。他脸上堆满笑容，很绅士地扬起手对我拜拜。我心里漾了一下，脑海被他的样子莫名地侵占了。

第二天下班，邵辽德就在厂门口堵住了我，说请我吃个饭，我不假思索地答应了。从此后，他每天按时到厂门口邀我，或吃饭，或逛街逛商城。他有一辆豹子摩托，载着我把深圳跑了个遍。我陶醉在他热情的怀抱里。有一个晚上，我们在迪吧跳舞不知不觉跳到了下半夜。散场后，他把我驮到他的租房里……

我美滋滋地躺在床上享受着那段快乐的时光。到了下半夜被尿憋醒了，睁开眼，侧头看见半空中挂着下弦月，才知道自己还住在桥洞里，刚才不过是美梦一场。我突然发现有一只手臂落在我胸前，一摸身子，天哪，我怎么赤身裸体地躺在床上呢？我把被窝一掀，丢开躺在胸前的手，一骨碌坐了起来。透过微弱的月光，我看清了一个男人正趴在我身边睡着。月光印在他那两瓣如馒头的屁股上，那两瓣屁股熠熠闪着光泽；那干柴似的腿脚像个7字形压在我的腿上面，我赶紧把脚抽出来，然后站起来，对准他的屁股猛踹两脚，叫道："你是谁？敢跑我这里来撒野，快起来！"那人像是被我踢醒了，慢吞吞坐了起来，揉着惺忪的睡眼说："你醒了？没事吧？"我终于看清那人，原来是头疤驴！我气得伸手抓住他的头发，扬起另一只手在他的身上猛锤猛打。叫道："头疤驴，我打死你！"他双手护住被我揪得生痛的脑袋，急切地说："你不要揪我头发好不好？我头发没有了，那疤就给人看见了。"我哪管他，只顾着发泄自己的愤怒。

我打得筋疲力尽，喘着气停了下来。我松开揪头发的手，对他说："你为什么这么无耻？我是好欺负的吗？"他用手捋着头发，怯怯地说："我喜欢你。"

"喜欢你？我需要你喜欢吗？"我气呼呼地说。

"我真的喜欢你，那个狐狸精抢去你老公，我可以做你老公了嘛。"

"谁告诉你我老公被抢了？"

"你说的。"他说，"你迷糊的时候满大街跑着说的。谁不知道？"

五

可以这么说，没有我把持家，邵辽德早已是穷光蛋一个。他竟然抛弃我，怎不叫我恨之入骨呢？

2008 年金融危机，邵辽德在第二年就带我和孩子回到了家乡——富城郊外一个叫邵家寨的小村子。不知何时，小村子成了城里老板们来豪赌的地方。邵辽德凭着有几个钱，白天黑夜跟着他们混。不出一年，他把家产全败光了，气得我闹着要离婚。现在他勾搭上了李潞却要与我离婚，这个忘恩负义的家伙，他怎么不想想我当时是怎样把家撑起来的呢？

那时，我每天拉着一架板车，拖着批发来的水果，在大街小巷贩卖，还提心吊胆防着那些城管。他们见着小贩就追，好说的，或驱赶走或罚款数落一顿放了；不好说的，或直接没收或砸烂你的东西。有一次，城管逮住了我，要没收我的水果和板车。我求爷爷告奶奶叫他们放过我，他们就是不肯。我急了，趁着他们搬东西到巡逻车的空档，跑过去抓住一个城管的手臂张嘴就咬。他们把我抓了起来，送看守所关了三个月。出来后，我借钱租了个门面，做起了水果批发生意，家庭才渐渐有了起色。

许多事情都出乎人意料。邵辽德这家伙败完家产欠了一屁股赌债后，临近的县市掀起建房热潮，他又做起了工地承包。我不得不痛下决心关了水果店，跑到工地去管理账目，怕这败家男人把钱赌光。他没几个文化，在深圳时，我跟了他后就从电子厂跑他工地做账目。皮皮和盈盈都是在深圳出生，在民办学校上的幼儿园和小学。回家后，孩子就在附近的学校继续读书。

盈盈是个可怜的孩子。她刚上初三，一次体检发现她患上了慢性肾炎，没有发展到尿毒症，跑医科大附属医院医治一段时间后基本好转。按医院吩咐，盈盈还得吃至少一年半载的药。回来后我不能到工地做账目了，只得在家照看她。就在这段时间里，李潞这狐狸精乘虚而入，成了邵辽德的妍头。

头疤驴对我说，他要找一份工作挣钱医治好我迷糊的病。

他在郊区一个水泥砖厂找到了工作，晚上回来跟我住在桥洞里。他对我说，等他挣了钱就租个房间，把我接过去。

我继续捡破烂。我们捡破烂的都有自己的地盘，谁也不随便越界。我捡好滨江路的几个垃圾桶后，就在附近的望江堤晃荡，看美女帅哥们勾肩搭背在江边谈情说爱。他们手上往往有一两瓶饮料或零食什么的，那塑料瓶就是我的目标。有时他们在树荫下把饮料放在一边说悄悄话，我就悄悄走过去把它偷了过来。他们不敢打我，有时还把零食丢过来，然后哄我离开。晚上，望江堤多了些嘴唇涂得像猴子屁股样的女人，更显热闹拥挤。男人们手上抓住一瓶饮料，或览江吹风看看夜景，或到那些女人里溜达。他们常与这些女人打情骂俏，不久后就在某条小巷消失了。

我讨厌这里的男人，个个都是孬种。有个晚上，一个五十多岁的男人手上握着一瓶饮料在女人堆里转来转去。我看上了他手上的饮料瓶——那是个有着五条棱的柱形饮料瓶，精巧美观。我想送给头疤驴装酒，他一定喜欢。我跟了那男人半个多小时了，那瓶子还舍不得丢开。他发现我跟着他以后，就专门在望江堤上溜达。他在望江堤溜达了三圈，我跟了他三圈。后来他搂着一个女人走向小巷时，回头对我说："你个疯婆子还想跟啊？来呀，我睡（捶）死你！"我想他是不是邵辽德派来羞辱我的，气得我跳起脚大骂。他赶紧丢开瓶子，搂着那个女人匆匆躲进小巷里了。

头疤驴的药还真管用，这种叫奥氮平片的药片我吃了三个多月后再也不迷糊了。后来，他在郊区租了个一房一厅，我跟他住了过去。再后来，水泥砖厂换了我做煮饭阿姨，我不再去望江堤捡破烂。

六

李潞给邵辽德生了个儿子，我知道后险些旧病复发。

头疤驴对我说："什么事都想开些吧，你不要以为这里不是四川就没有亲人，我就是你的亲人，谁欺负你，我跟他没完。"我说："李潞她欺负我，你给我杀了她。"他说："这不行，杀人是挨枪毙的，我们千万不要做这种事。"我说："那怎么做？让她这样抢我家产连屁都不放一个？"他搔搔头想了想说："还是不要理他们吧，忍得一时之气免得百日之忧。以后我挣钱，你给我攒着，我会让你过上好日子的。"他提议我与邵辽德离婚，与他过，说："你与他已是零度夫妻，就像拴住的鸡和鸭对不上话。现在绳子松了还不知道离开，任他宰杀啊。"

我说："我和你才零度夫妻呢，别做梦嫁你。"

他说："那你为什么还与我在一起？"

嗤，真是驴脑子！那是我觉得只有这样才对得住他的付出，自己才感到宽心。我现在想着的是怎样报复李潞，怎样让她像我一样痛不欲生。

这几天下大雨，水泥砖厂老板决定放假三天。

一早，头疤驴还赖在床上，我便悄悄披上雨衣，往邵家寨赶。

八个多月没回来了，村子还是老模老样一点没变化。我一眼就认出我的家——那是村里装修最豪华的别墅——高高的三层建筑，暗血色的琉璃瓦在雨雾中探着头。房前那个二百多平方米院子围着的波浪形围墙，像一条吐着信子的蟒蛇在那里守着，那院门就是蟒蛇张着的嘴巴。我身子颤了一下，这是我的家吗？

门锁没有换，轻轻一扭就开了。院里角落那株月季蓬蓬茂茂地长着几朵杂乱无章即将凋谢的粉色花。我一踏进院门，就听到楼上传来婴儿的哭声，唔哇唔哇地哭得很凄厉。我知道，那一定是李潞生的娃。顿时，我气冲脑门，飞快地向三楼奔去。

"你快点儿回来，儿子病了……什么？你忙？你这没良心的，是不是在外面又有女人了？你快回来，我求你了，不要丢下我们母儿俩不管……"李潞正在给邵辽德打电话。

我一脚踹开房门。只见李潞一手抱着孩子，一只手握着手机打电话。她被突如其来的我吓得惊呆了，愣在那里惊恐地看向我，握着手机的手顺然放下来抱住孩子。

"姐姐，你回来啦？"她说。

我大声地吼道："谁是你姐姐？你这狐狸精，勾引我男人，我打死你！"说着，冲进去抓住她的头发就往地上戳。她一个趔趄，双脚跪到了地上。我挥起拳头对准她的身子就是一顿雨点般的捶打。

"我打死你！我打死你！"我咬牙切齿边打边叫。

李潞双手抱住孩子跪在那里，任凭我恣意发泄。她嘤嘤地哭着，凄凄地说："你就这么狠心打死我吗？你不知道，我是被邵辽德逼的，有了孩子才不得不跟了他啊。"

"你骗人！你们在工地勾肩搭背有说有笑还说他逼你，分明是你勾引他。"

谩骂声，孩子的哭声，拳头打在她身上的"嘭嘭"声交集在一起，把个房间闹塌了半边。

"姐姐，他是什么人你还不知道吗？如果我不跟他，他就要弄死我啊。"

我停下了拳头。是啊，邵辽德是什么人我怎么不知道呢？在深圳，他打承包商；为了扩大自己队伍，把另一个包工头差点打残；因为他伯父吃了几个工人的血汗钱，被他们打得鼻青脸肿，他纠结民工与那些人械斗，双方伤得很惨重……这个人，我为什么还要留恋他呢？

可是，我眼前的这个李潞，她也是受害者吗？

我松开揪着她头发的手。她跌坐在地上，抬起头哀哀地望着我，脸上挂满了泪水。我也蹲下来，看着她和她怀里的孩子。这时，她怀里抱着的孩子似乎哭累了消了声——原来孩子正埋在她的怀里吮着奶呢。孩子胖嘟嘟的，样子像小时候的皮皮，不过脸色绯红，一看就知道孩子发烧了。我说："你怎么照看孩子的？给我送医院。"我伸手过去想把孩子抱过来，李潞睁大眼睛看着我，不愿把孩子交给我。我一急，就要抢夺孩子。孩子又唔哇唔哇地哭起来了。争抢中，我看到了那粉嫩的脸蛋，那张无牙的嘴里还浸着乳白奶汁的口腔正撕心裂肺地哀叫着。这时，身后传来了一声大叫："青青，你不能这样。"我回头一看，是头疤驴，他正从门口跑进来。

我说："孩子病了，快送医院。"

屋外，天好像要放晴了，蒙蒙的雨雾正在向周边的山顶升腾。我走出了那个本属于我的家，任头疤驴牵着我向城里走去。

"明天就与邵辽德离婚。"我心里这样说。

有大雁在天空凄婉地叫着……

零度夫妻

心　病

一

太阳将落山的时候，306 号病房门口的廊道里来了个衣冠不整的中年女人。她亮开嗓子，大声唱起了抖音热曲《你莫走》。鲁宝一问邻床才知道，原来是一楼中医科那个有间歇性精神障碍的女病人，每晚都要跑上楼来，站在他们房外的廊道唱歌讲疯话。邻床说，疯婆精神病发作，连她老公都奈何不了她，等回去打了针后才消停。

鲁宝听着疯女人在外面闹着，叫他更心烦意乱了。

他在家也心烦意乱，这一个多月，赵英像中了魔咒似的，每晚几乎都唠叨到凌晨，说他与一个女生有染，不管鲁宝怎么解释，赵英就是不信。鲁宝叫苦连天。正是处暑时节，晚上开着空调吹也吹不走暑热。他躺在麻将席上任由女人唠叨，然后迷迷糊糊沉睡过去。

今天早上起床后，他突然感觉脸上木木的，到镜子前一照，发现镜子里一个眼斜嘴歪的家伙正盯着他看。他把正在做早饭的老婆叫过来，赵英见了，吓得眼睛睁得溜圆，叫道：怎么会这样啊？

怎么会这样呢？鲁宝在搭车去医院的路上也这样问自己。自己虽然四十多岁了，但上学期与几个年轻教师掰手腕，还赢了两人呢。这段时间，老婆就因为他与一个正读大学的女生爬西山岭拍了张照片，那张照片藏在手机相册里，老婆看到后，像蚂蟥叮着了血蛋追着他不放。照片确实很撩人，两人坐在一个大石上，女孩倚在他右边，歪着头微笑着；他也微侧着头笑着，把右手搭在女孩的肩膀上。要命的是，他那只从肩上垂下的手臂几乎碰到了女孩耸起的前胸，像一只咸猪手。虽然再三申辩，但是老婆依然咬定他与那女孩有染。从那晚开始，赵英就不停地唠叨鲁宝，想用这种方法来收住鲁宝的花心。呵呵，一个月下来，鲁宝不但招架不住，还躺进了医院里来了。

他是上午十点钟左右，随赵英来到县医院的。门诊医生看了后建议他住院。于是，鲁宝进了住院部306号病房。

二

住院部人满为患，闹哄哄的，全是病人和陪伴家属。

306号房只有两张病号床，一个患了眼疾的公务员刚出院，鲁宝就填补了那张床位。

刚安置好床位，主治医生就来看鲁宝了。这是个身材苗条的女医生，戴着口罩，穿着及膝的白大褂，像一只白蝴蝶匆匆飘到鲁宝身边，也没问话，伸过手来，一手压住他的前额，一手托住他下巴，像捧着个大西瓜一样审视他变形的模样。

鲁宝瞟了一眼她胸前的工作牌，上面有她的半身照、姓名、职务和编号。他吓了一大跳，这女医生不是别人，正是他大学的恋人潘芳。以前听说她在市医院工作，怎么跑这里来了呢？

潘芳审视一阵鲁宝后说，宝，你早该来医院看医生了，要不，没这么严重。

鲁宝身体颤了一下。

赵英心里也颤了一下。

赵英说，医生，我鲁宝没大碍吧？她把"我鲁宝"说得一字一顿的。她想，"宝"这个称呼是你叫的吗？

潘芳摘下口罩，有些尴尬，笑了笑说，嫂子，半个月后还你一个健康的他，好吧。

半个月能把我老公治好？你说的，得说话算数。赵英看着潘芳说。

潘芳抿嘴笑了笑，也看着赵英说，我尽力吧。

赵英像吃了定心丸，终于吁了一口气。

潘芳轻蔑地睋了鲁宝一眼，叫小护士带鲁宝到各检验科室去体检，然后转身走了。

整个中午，赵英陪着鲁宝穿梭于 CT 室、X 光科、心电图科……忙完这些已是下午一点多钟。

回到病房，赵英发起了牢骚，说闹了半天，怎么连颗药都没给吃，这不是耽误病情么？她气呼呼去了办公室。潘芳正在看 CT 片，解释说，嫂子，在没有弄清楚病因前，医生怎能对症下药？是吧？你看，鲁宝是由于脑积水压迫脑神经而形成的面瘫，所以，住院期间，他不但要做面瘫训练，还要药物消水治疗。

赵英不再说什么。

鲁宝挂上了药水。他躺在病床上，呆呆地看着淡黄的药液一滴滴掉进输液管泡子里面，脑海里闪着潘芳幽怨的眼神，心里便堵得慌。这药液，潘芳有没有做手脚呢？他害怕起来，怕潘芳像幽灵般无形地控制着他，然后束缚他，绑架他。

迷迷糊糊中，他看见潘芳来了。她穿着黑色的高跟鞋，"哒哒哒"的脚步声敲得地板山响。她穿着白大褂来到床前，目光像两条鞭子向他抽去。鲁宝惊慌起来，问，你想怎样？潘芳冷笑一下，说，想怎样？我要你好好把过去还回来！鲁宝说，你听我说，我不是故意的。潘芳把长发一甩，扬手捋了捋耳边的几缕乱发，说，鲁宝我告诉你，不要在我面前假正经，这没有用！我是好欺负的吗？潘芳瞪着眼睛愤怒地注视着他，突然，脸上露出狰狞的笑容。只见她猛地举起右手，一道白光在空中闪了一下。鲁宝眼尖，看到那是一把手术刀。潘芳忽然把手下沉，向鲁宝胸口扎了下去。鲁宝吓得大叫一声，不要杀我……鲁宝挣扎着，猛地醒了过来，惊出一身冷汗。

赵英见鲁宝满头大汗坐起来，扯过纸巾给他擦汗，嘴里说，这药是不是过猛了，要不要叫医生看看？鲁宝不敢把梦境告诉女人，顺口说，这样好，这样好，病才好得快。话一出口，鲁宝就骂自己嘴笨。他本想找个理由要赵英转另一科室另一栋楼去的，以免每天与潘芳打照面，可是……他像吃了只苍蝇似的，气得扬起输着液的手拍打了一下床板，弄得输液瓶在空中荡来荡去。赵英赶紧抓住鲁宝的手，小声说，别动这手，输着药呢。

整个下午，鲁宝心神都恍恍惚惚的。现在又有疯女人放开嗓子歌唱，唱得整栋楼都在颤抖。他叫老婆去办公室闹换楼换房。赵英去了办公室，潘芳已下班，一个值班医生对她说，医院住得满满的，只有这里宽松些，想换楼换房只有睡走廊。赵英悻悻回来，一路骂骂咧咧说值班医生欺负人。

三

第二天一早，鲁宝做了尿检、便检和血检，接着是边蜡疗边输液。昨天傍晚，疯女人闹了一个多钟头才被劝回去。他们睡不着，就与邻床聊了大半夜。现在鲁宝眼皮打着架，不一会就睡了过去。

醒来的时候，邻床的床位已被保洁员清理干净。一问老婆，才知出院了。306号房就剩他们两人，鲁宝担心潘芳是否趁老婆不在身边找他麻烦。

趁着鲁宝打点滴，赵英又去办公室找潘芳要换楼换房。潘芳说，你可以去转转，哪里还有空床位？本来306是特殊病房，鲁宝能住进去，这是对他的照顾。赵英不再说什么。

下午，赵英带着鲁宝去做高压氧，又到康复科大厅做了面瘫训练。

给鲁宝做面瘫训练的是他教过的一个叫尹茜的女学生，省中医科大学毕业后来县医院工作。尹茜见了鲁宝很是高兴，一边做着面部按摩，一边滔滔不绝地说起老师对她开小灶的事情来。一旁的赵英洗耳恭听，脸上阴晴交替。做好面部按摩后，尹茜又给他做了针灸，并用艾草棒熏穴位。这时，赵英看尹茜对鲁宝这么亲热，心里早已不是滋味，又不敢发作，只好跑出大厅坐在一个小凉亭里生闷气。

到了下午四点多钟，鲁宝终于做好了理疗，走出康复大厅。赵英劈头就问鲁宝是怎样在房间给尹茜开小灶的，有没有与尹茜发生过什么，或者干过什么见不得人的事。鲁宝真想一巴掌扇过去，板起马脸说，你别没事找事好不好？碰上一个女学生就疑神疑鬼，我教过这么多女学生，每个都这么过脑一遍，你不疯才怪。

赵英说，我才不疯呢。你那学生很像爬西山岭那个，是不是她？

鲁宝气不打一处出，但还是小心地解释爬西山岭的不是她而是另一个女孩。

这时，几个护士用推车推着一个病人匆匆从他们身边过去，身后跟着个眼圈哭得红肿的微胖女人。她踩着轻碎的步子，一扭一扭的屁股如走路的鸭子，随着护士消失在廊道拐弯处。

鲁宝回到病房，把双手垫在头下，眼睛盯着天花板生闷气。赵英不理他，转身出门买晚饭去了。不久，潘芳幽灵般出现在鲁宝面前。鲁宝吓了一大跳，一骨碌坐起来说，你不下班？潘芳说，你一住院，我就对你挂着心。鲁宝不敢说话，不安地看着潘芳。潘芳冷笑了一下，盯着眼前的鲁宝，真想一口生吞了他。

奶奶的，为什么他总像魔鬼一样附在我身上呢？都过去二十多年了，夜里还跑我梦里骚扰我。潘芳心里说。

潘芳这二十多年，由于心里总挥不去鲁宝的影子，过得并不平静。他们同一所高中毕业，读大学时竟然也同在一所城市，虽然不同院校，他们还是走在了一起。她把身子给了鲁宝后，不知为什么，心里再也装不下其他男人。大学毕业后，她进了市保健医院工作。当她知道鲁宝与赵英结婚后，咬咬牙，也试着与一个牙医结了婚。可是，她发现自己总忘不了鲁宝，有时，她嘴里不由自主呼着鲁宝的名字，这叫牙医很不是滋味。不到两年，他们就离婚了。后来，潘芳与一个公务员结婚，本以为自己彻底忘记了他。可是前两年，鲁宝写了一本小说，在县新华书店本地作家专栏推出发行，她抢到了一本，鲁宝又跑进她心里了，她又离了婚，换了个工作环境，调到了这里。

潘芳说，我纠结了二十年，现在想弄清楚，你为什么这么狠心甩了我呢？鲁宝说，都过去这么久了，何必还要挖出来讲？潘芳不依不饶地说，你必须回答我！鲁宝咬了咬下唇，解释说，当时，我是想娶你的。谁知，我父亲压着我要娶赵英。赵英底下还有四个弟弟，所以初中毕业，她就辍学务农了。我父亲与她父亲是结拜兄弟。父亲说，为了供我读完大学，赵英父亲倾其所有，还断了她读高中的念想，所以我不能忘恩负义。我不娶她对不起自己的良心啊。我是不得已。潘芳听后，愣在那儿，心里道，奶奶的，你却忘了我的恩，负了我的义！她开始激动起来，脸上堆起了怒容，盯着他的眼睛说，想不到啊鲁宝，你这是玩弄我。你当时就不该黏上我，害得我现在人不人鬼不鬼的。你是害人精！孬种！鲁宝感到心脏压不住砰砰乱跳，怯怯地说，我……我……对不起，不知会伤你这样。

潘芳狠狠地跺了一下脚，把地板跺得砰然山响。

"你为什么不早死呢？"她丢下这句话，恶狠狠地睄了鲁宝一眼，气呼呼地走了。

鲁宝目送她走出房间，胸口还是压不住砰砰乱跳。

四

疯女人像闹钟一样，太阳将落山，准时跑来 306 号门外开唱《你莫走》。许多病人家属跑到办公室提意见。科室主任说了一大堆医院的无奈后，调侃大家说，这首歌走红后，大家跟着学习学习吧，说不定你们也会走红的。

鲁宝担心潘芳再找他麻烦，吵着要转到中医科去。

昨天晚上，老陆住进了306号病房，那个扭鸭屁股的女人正是他老婆。

老陆老婆说，这位老弟，这里不舒服啊？这是特殊病房！你看哪个房间不挤着三五个床位？下面中医科连走廊都用上了。你下去睡走廊啊。

鲁宝说，睡走廊也不在五官科。疯女人经常跑这里来，吵死了，说不准明天被她闹得也跟着疯。

赵英说，大家也不是这样过了，你以为医院是你开的啊。这里我说了算，由不得你。

其实，赵英也被疯女人闹得想转另一科室去的，但潘芳那句承诺叫她坚定了下来。

老陆老婆说，静下心来治病吧，老弟。听老婆的没错，我家以前就是不听我的，总是酗酒，所以才落下脑出血兼面瘫。要不是及时发现送医院，我家老陆差些把命搭上了。

鲁宝不再作声。

也许是听多了疯女人的疯唱，几天后，鲁宝竟然适应这样的环境。他发现老陆吊了几天点滴，气色慢慢好转了，就陪着他一起去做高压氧和面瘫训练。

这天上午，尹茵买了水果来看鲁宝了，正好赵英和老陆老婆出去买午餐。她坐在鲁宝床前，一边削着苹果皮，一边与鲁宝聊天。尹茵说，老师，你不知道，我们12届的女同学最调皮的可能是我了。有一次你在课上批评我，下课时我悄悄在你后背贴上小字条，上面写着"鲁老师是驴"。你看，我这学生真不配是好学生。鲁宝呵呵笑着说，你这鬼灵精，当时我就猜到是你。这字条写得好啊，我那驴脾气因你这字条改了许多。要不是你那字条，我怎么会关注你，把你的功课补上去。你看看，12届像你这样考上本科的我们班就有三十几个。虽然高中不是我教，可是我高兴啊，因为我们镇中没有哪一个班有这么多去读本科的。

老陆插话说，老弟，你还真不错啊，桃李满天下。

赵英和老陆老婆买饭回来，听到他们讲的事和老陆的夸赞，到了门口，赵英就笑了起来，说，吹吧你！讲这些话也不脸红。尹茵说，师母，老师说的句句是实话，我感谢老师还来不及呢。老陆老婆说，你有这样的老公真是福分。就说这次住院，有小妹医生关照，你可以放心很多。赵英说，嫂子，你嘴上抹了蜜糖，句句都是甜的。你不知道，我家鲁宝就因为奉承话听得多了，心就把持不住，人就飘起来了。老陆老婆说，你别损你老公了，他是个好老师呢。赵英看了看尹茵，又看了一下鲁宝和老陆，最后说，你问他，心野得很！躺在床上的老陆打着哈哈，笑着说，弟嫂，别乱猜乱想。我看老弟没有你说得这么坏。

说到老师心野，尹茵赶紧起身告辞。她不想听到老师不良的事情。赵英感谢尹茵来看鲁宝，起身送尹茵离开。

赵英回来后，看见嫂子正在喂老陆吃饭。她也打开饭盒，要喂鲁宝吃午饭。鲁宝要抢过来自己吃。赵英说，你嘴歪歪的，饭从嘴里掉出来都不知道。鲁宝不让，两人推来抢去。老陆呵呵笑了，说，你看你们，从吃饭这问题上，我可以打赌，你是特别疼老弟的。赵英说，他却不听话。鲁宝说，什么不听话？就不喜欢你婆婆妈妈。老陆又笑了，说，老弟，有时，让女人这样对待自己也是一种享受啊。老陆老婆腕了老陆一眼，像是生气地说，你别贫嘴好不好，要不是看在你生病的份上，我懒得理你。鲁宝不敢笑，任由赵英把饭送他嘴里。

五

赵英要回一趟家，说是回去带些换洗衣服过来。一早，她匆匆买来早餐给鲁宝吃饱，叫老陆老婆帮照看一下就急急赶回家的班车了。

老婆不在身边，鲁宝倒是轻松多了。老陆老婆说上街买些日用品，走出去后，鲁宝与老陆就说起家庭的事情来。两人聊得很投入，连一瓶点滴打完了都忘记按铃。小护士过来埋怨两人的不是，只得吊着心时常来查看。

鲁宝说起老婆的事情总是滔滔不绝，后来哭诉这段时间赵英对他的折磨。他说，陆哥，你不知道，女人唠叨起来却从不管你生死，那种苦楚，犹如被吸干血的蛇，即使凶猛强悍，也瘫软无力，全身如千万只蚂蚁在啃咬，叫你生不如死。这种身心的伤害，不管是谁都承受不了。

老陆说，有的女人总怕男人甩了她。我家那个也是这样，一进入更年期，她就以为我在外有女人，闹得我爱上了酗酒。我退休后她才开窍，可我解不了酒了。这不，喝酒喝进了医院了，呵呵。

鲁宝说，我可是吹空调吹进了医院。

这时，小护士又来了。他们赶紧把住嘴。鲁宝发现，小护士身后，跟着来的还有潘芳。潘芳对他们说，看你们聊得真是推心置腹啊。不过，你们永远解不了女人的心结，就像我们女人无法捉住你们男人的心思一样。老陆说，你偷听我们说话？潘芳说，从嘴巴说出的话不是讲给人听的吗？怎么算是偷听呢？说完，她扭头对鲁宝说，鲁宝，你不怕赵英知道后对你更是严加管制吗？

有老陆在场，鲁宝并不惊慌，他说，你不要挑拨离间好不好？我老婆从来就不把这些话当回事。潘芳鄙夷地哼了一声，说，你不要嘴硬屁股软，我告诉她，别说我撩你事。鲁宝还真怕潘芳撩事，怕连他俩过去的事情都捅给赵英知道，所以不敢再应一句。这时，老陆说，好了好了，潘医生，你来这里有什么事尽管说吧，别打嘴仗了。潘芳说，是这样，我想和鲁宝谈谈，你可以做旁听者，免得他老婆回来又说些什么。鲁宝紧张起来，忙说，别没事找事做好不好？让它烂在肚子里行不行？老陆说，看来你们两人有故事？潘芳说，不怕你笑话，大学的时候，他追了我。两人相约好，大学毕业后就结婚。可是，这个喜新厌旧的白眼狼把我甩了，与他现在的老婆结婚。我就不明白，我哪里没有他老婆好？讲工作我有稳定的工作，就说长相也没他老婆差哪里去，可他偏偏玩我感情。更叫我恼恨的是，他还写了本小说，里面胡编我与他高中有段说出来叫人脸红的故事，并且我还成了第三者，简直是一派胡言！这分明是把事实扭曲。我没有做过的事情，他胡乱编了一堆，这叫什么？这叫给生牛肉吃（无中生有）你知道吗？你看看里面的我变成了什么样，全是做令人发指的事情。比如……比如……

潘芳一口气说了一大堆话，不给人插嘴。鲁宝只得瞪眼晃头，最后干脆掏出手机玩抖音。老陆默默听着，心里叫道，这家伙真有两下子。他不动声色地把头垫在胳膊上躺着，跷起二郎腿若无其事地听着。

最后，潘芳说，你还是人吗你，把我贬得狗屎都不如。我……你气死我了你。她气得胸脯一耸一耸的，目光如两把尖刀向鲁宝身上刺去。鲁宝垂着头刷着抖音任她发泄。老陆见潘芳停了下来，鲁宝也不说话，就对潘芳轻声说，潘医生，过去就过去了，不必再提了。就说他的小说，是吧？明明是小说，肯定是虚构的。你不该对号入座，是吧？你信不信，世上有大把的女人也有这种经历，如果像你这样来找人家麻烦，我看天都会塌下来。潘芳瞪了老陆一眼，心里骂他多嘴。她正想再说些什么，病房外的走廊里响起疯女人的歌声：……你莫走，生个娃，养条狗……

现在才中午时间，疯女人怎么就来走廊唱歌了？潘芳赶紧起身跑到外面去，与赶来的医生一起把疯女人护送回病房。

六

疯女人还是转院了，在赵英从家里回到医院前。她静静地躺在担架上，不吵也不闹，显得很安静。鲁宝知道后，却也高兴不起来，他觉得没了疯婆的歌唱，心里像是缺了什么。老陆也一样，一直板着脸不说话。

下午四点多钟，赵英回到医院，兴冲冲地告诉鲁宝，说她给鲁宝起了愿，不出半月，他的面瘫就恢复正常了。

鲁宝一脸漠然，不当一回事。他告诉老婆，那个疯女人转到精神病医院了，以后这里不会再有她的吵闹声了。赵英说，这样好啊，免得跑来这里闹翻天。鲁宝瞪她一眼说，你怎么这么没心没肺，她挺可怜的。赵英说，我怎么啦，我又不得罪她什么，你……她发现老陆和他老婆向她看来，把话收住，说，她是挺可怜的，可是，我们又能帮她做些什么呢？鲁宝把头扭过一边，不搭理她。

老陆像附了疯女人的魂，一脸阴郁。他问赵英，弟嫂，你说人活着是为了什么？有时被人讨厌，还不如死去清静。老陆老婆说，你多嘴什么？好死不如赖活，就说那疯婆，活着至少能让人家说孩子孝道，从不嫌弃过她。赵英有些愧疚，挪揄地说，我让你们见笑了。

晚上，鲁宝接到与他拍亲昵照的女学生电话，开口就是"老师啊，你为什么生病也不告诉我们一声呢？"弄得赵英竖起了耳朵仔细地听。鲁宝聊了十多分钟挂了电话，赵英就追问打电话的是谁。鲁宝直接说，她就是爬西山岭的那个女学生。赵英听了，这下倒没敢生气，她怕老陆他们笑话自己，就呵呵地笑着对老陆说，陆哥，我家鲁宝就是这样，都教她毕业五六年了还舍不得他，你说难不？老陆说，鲁老师有这样的学生你该高兴才是。不像我，没人关心。你看，到现在，连孩子都没一个电话打来。老陆老婆说，那怪你，天天都是喝酒，喝得像一堆烂泥似的，连我都对你失去信心了。

沉默了一会儿，赵英说，陆哥，大嫂，不怕你们笑话，以前我总没有自信，怕这怕那，怕我家鲁宝心野收不住。前几天大嫂给我做了思想才开窍。她转头看着鲁宝说，现在我想通了，你鲁宝只要敢越过雷池一步，我把天都戳下来。

老陆对老婆说，你连自己屁股都擦不干净，还给人家做思想工作？

你多嘴什么，我不是放下来了么？老陆老婆瞪了老陆一眼，然后对赵英说，你什么都得放开心。人活着，就那么几十年，为什么要自找苦吃呢？是吧？

七

疯女人转院后，306 号病房总算平静下来。可就在鲁宝要出院的前天，老陆出事了。

这天，老陆和鲁宝做好高压氧。在去康复大厅的路上，老陆突然说，我上一趟卫生间，你先去康复中心吧。鲁宝并不在意，在康复中心理疗完了后，正想叫老陆一起回病房，却不见了老陆；又跑到门外，也没见老陆的影子。他赶紧跑回病房，只见赵英和老陆老婆坐在床边聊天。鲁宝说，老陆没有回来吗？老陆老婆大吃一惊，说，不是和你一起的吗？坏了，这老酒鬼一定跑外面喝酒去了。她赶紧掏出手机，边打电话边往外走。

喂，你不要命了是吧？喝了多少酒了？你快回来……

满嘴酒气的老陆被老婆拽回了病房。他打着酒嗝，说自己没事。鲁宝说，陆哥，这就是你不对了，住院还去喝酒，这不明摆着自己害自己吗？如果有什么差错，嫂子不埋怨死我了？老陆呼着酒气，说话有些打结，说，我现在不是好好的嘛。老陆老婆说，你这酒鬼还嘴硬，医生说叫你一定要戒酒，你死都不听。鲁宝说，陆哥，以后你要注意点才是。

老陆因为这次喝酒，第二次出现脑出血。他被及时送进了抢救室，出来的时候，被送到重症室去了。鲁宝一旁的床位又空了下来。

少了老陆，鲁宝心情非常沉重。他担心潘芳来纠缠他，连去做高压氧和面瘫训练都吊着心。

鲁宝去康复大厅后，赵英无所事事在医院乱转。经过住院部一间办公室时，听到医生们在议论潘芳辞职的事。赵英听了大惊，赶紧跑到五官科转了一圈，不见潘芳影子；又跑各科室查看一遍，没有碰到潘芳；整个医院都跑遍了，潘芳还是没有出现。最后，她气呼呼地坐在走廊的一张凳子上，嘟嘟囔囔起来，潘医生不是人，宝宝还没好就跑了。

鲁宝做好理疗回来，发现妻子在走廊生闷气，以为自己又有

什么做得不对的，就小声问她。赵英说，潘医生跑了。鲁宝想起
老陆，说，也许是因为老陆吧，她是主治医师。正好一个高中的
老同学来看他，就把潘芳跑的事告诉他。老同学说，现在这社
会，就像玩色子，抓手上总琢磨不透甩下去是几点。人心也是这
样，或往高处攀的，或看破红尘的，或平平淡淡过日子的，或总
爱折磨自己的等等。唉，不管别人怎样吧，过好自己才是真。

　　尹茵又来看老师了。这一次是拿一个请柬来的。她告诉鲁
宝，十月一日她结婚了，叫鲁宝和赵英一起去赴她的婚宴。赵英
趁机问潘芳的事。尹茵告诉她，她听同事说，潘芳早就想离职，
跑广东某家医院去，说是那里月薪高这里几倍，现在不知是不是
跑那里去了。离开的时候，她要求师母明天到康复大厅来，教她
给鲁宝怎样做按摩。从尹茵的话中，赵英才知道，鲁宝的面瘫不
可能半个月就治好，还需要她回家经常做面部按摩，直至全部康
复。赵英感谢尹茵，有她这些话，总让自己心里有数了。

八

　　赵英给鲁宝办了出院手续。离开时，赵英带着鲁宝去看了一
下老陆。老陆盯着鲁宝夫妻俩，嘴巴却说不出一句完整的话。鲁
宝心里非常愧疚。老陆老婆把他们送出门外，鲁宝说，嫂子，是
我不好，没看住陆哥。老陆老婆说，没你的事，是他自找苦
吃的。

　　离开医院，鲁宝心里像吊着个铁砣，异常沉重。潘芳走了，
他真想继续住院，陪老陆一起把病治好。他脸部依然有些麻木，
需要继续吃药和面部按摩。可以这么说，鲁宝的面瘫还需要继续
治疗的。可是，赵英说，住院部阴气重，不宜再住。尹茵送别老

师时，希望鲁宝定期回去复查。

鲁宝回到家的第三天，潘芳幽灵般来电话了，开口就说，我就知道你回家了，说不准你的面瘫只是治好一点儿。鲁宝说，你为什么要离开县医院呢？是不是因为我的出现才做出这个决定的吧？潘芳顿了一会儿才说，怎么说呢？都有点吧。我要有个家，你懂我意思吗？鲁宝握着手机的手有些颤抖，脸上却堆起了笑容。他说，先生在哪里？潘芳说，比你高大英俊！你算什么东西，过去总跳不出你那魔圈，与第一任吵吵闹闹一两年。与第二任结婚时，本来想通了，不再纠结与你的过去，可是就你这孬种，这两年又钻进我梦里。听了你和老陆的解释，我终于放下了。

鲁宝还想对潘芳调侃些什么，赵英从厨房奔了过来，一把夺过手机，对着电话吼道，你跟我家鲁宝说些什么了？你滚！说完，狠狠地按了挂机键，然后把手机丢回给鲁宝。

你以后不要与这种女人说话，说一次我就闹你不安宁。赵英对鲁宝吼道。

鲁宝愣在那里看着赵英，有说不出的恚怨和无奈。

赵英像是征服了鲁宝，对他笑了笑，轻哼起那首《你莫走》的曲调走进了厨房。

这死婆娘，得找心理医生看看了。鲁宝在心里说。

金盆的手

一

金盆是个是非地，来钱快去得也快，有时不小心还搭上
性命。

我第一次去金盆的时候，是宋强德开窿矿第三年的农历四月
十六。那天正好是星期六，我从步城高中回家向父亲要伙食费，
家里穷得无法拿出钱。我想起了宋强德，于是，走上去金盆借钱
的路。

金盆原是个荒无人烟的山旮旯。高高的金盆山像一个打坐的
和尚，两条粗壮的山脉如和尚的臂膀从山的两边逶迤而下，在临
近小半山腰处自然地圈了起来，形成了一个山窝窝，那个山窝窝
就是金盆。解放初期，地质勘探队在这里发现了锑矿，由于蕴藏
量少，国家没有开发。改革开放分田到户后，一些多余的劳动力
便悄悄跑金盆开窿口挖锑砂，把掏到的锑砂运到三十公里外的步
城锑粉厂销售，竟然挣了不少钱。

宋强德是村上第一个跑金盆掏锑砂的人。1982 年，他才十四
岁，初中没毕业就辍学在家。他长得像一根水浸了十几年的松
木，身板结实，一身蛮力没地方使。有一天，他舅父硬头潘跑他

138

家来，说他在金盆发现了一条碗口大的锑矿脉线，邀宋强德开窿矿。宋强德不假思索地答应了。

硬头潘又拉上了他的小学老师龙启胜的儿子龙彪和山场承包人赵华星（人们叫他扫把星），一起在金盆搭起草棚，把铺盖卷了上去。一切准备就绪后，择了个日子，他们就动手在金盆山脚处开挖起来。

窿矿口开在矿脉线下十多米一个突兀的青石下，那里全是碎石渣和夹杂着褐色的泥土。他们刨了两天，才发现这里原是一个被回填的废弃的窿矿口。窿矿口进去不到十米就遇上了一大片坚硬的青石，如铜墙铁壁泛着青光。大家刚才还生龙活虎地干着活，看到这堵铜墙铁壁都像被吸干血的蛇瘫软在地上。硬头潘坐在锄柄上，狠劲地吸着烟。最后，他把烟蒂一丢，说，路线没有错，说不定炸开这片青石墙就能见到乌亮的锑砂。大伙跑到上面那条矿脉线查看一番后，觉得硬头潘说得有道理，于是找来铁锤和钢钎，两人一组，在青石墙上打起了炮眼。

这堵青石壁非常坚硬，一锤下去，凿头都蹦出火花来。抡锤的宋强德想放弃从这里挖掘，被护钎的硬头潘骂他孬种，说，遇到一点困难就成缩头乌龟了，怎么干得成大事？宋强德不敢作声，继续对准钎头抡着大锤。嗨、嗨、嗨……宋强德抡着大锤边打边喊着号子，不到两个钟头，钎头打成了蘑菇头。他们又换了工具，接着干。大家轮换干了七八个钟头，终于把两个炮眼打了二尺多深。他们装了炸药，点燃导火索。随着两声震耳欲聋的爆炸声，金盆山终于抖了抖，矿口处像巨大的烟囱翻滚出浓烈的烟尘，夹杂着细碎的石头飞了出来，落得山下唏嗦响。这时，已是晚上九点多钟。

第二天，天刚蒙蒙亮，硬头潘宋强德他们就迫不及待钻进窿洞去查看。他们摇摇晃晃踏过炸下的那堆青石渣子，向深处探去。眼前的景象叫他们惊呼起来：堵在前面的又是一堵青石墙，青石墙之间却夹着一条二尺多厚结满锑砂的矿脉。矿脉在头灯的照射下，反射出耀眼的光芒，像逮着的野狼眼睛，惊恐地向他们放射出幽光。

二

这天正碰上吃大餐的日子——金盆有个不成文的规矩，每月的十六，凡开窿矿的都吃大餐，我们这里叫吃"牙胜"。

金盆已非昨日的金盆，它像闹市一样乱哄哄到处散满了人。卖货的、掏砂的、做些收购锑砂杂小生意的，还有闲杂人等各干各的事。一群像是滚过泥巴的小孩，头上衣服都溅上各色的泥痕，在糨糊般的石砾堆里挣着抢扒刚倒出来的石砾，希望能从中捡到矿里遗落的锑砂。

金盆里，到处散落着大大小小的简易茅舍。山间，新开的七八个矿洞更像一个个鼠洞，一堆堆滚过泥水的石砾倒在窿口外，像老鼠刨出的五色新泥，异常耀眼。这里最热闹处要数宋强德他们的窿矿口，那里已平展展堆填出三百多平方米的空地。空地上，一些卖菜卖肉的在那里摆卖吆喝，一张赌桌被人们围得水泄不通，熙熙攘攘的人群把个金盆闹翻了天。

宋强德穿着花格子衬衫坐在一张赌桌旁赌钱。他嘴里咬着香烟，右脚踏在板凳上，一副洋洋得意的样子。他的身旁坐着个女孩，生得娇美动人，她那似嗔似笑的眸子如果向你瞟一眼，定会使你春心荡漾。后来我才知道，女孩叫卢艳。也不知道宋强德是怎么混上她的，真是鲜花插在牛粪上。

宋强德发现了我，跑过来用拳头擂了一下我胸脯说，莫高，是什么风把你吹上来的。我苦笑着说，没钱用了，找你借点钱花呗。宋强德呵呵地笑着说，好说，要多少只管开口。我有些心跳，怯怯地说，五十，可以吗？宋强德又擂了一下我胸脯，学着广东腔道，湿湿碎啦。说着，从口袋里掏出一沓百元四人头，随手扯出一张塞到我手上，大方地说，不用你还了，都是他们输给我的。我有些不好意思，说以后一定要还。他有些不高兴了，瞪着眼睛说，还把不把我当兄弟啊，要还就利滚利一千！我哑了口，只得听他的。末了，他认真说道，今天是牙胜日，你得吃了饭再走。

下午三点，牙胜大餐在窿口外的空地里开席，呼啦啦一下散满了十几桌人。人们席地而坐，圈着一个盛满猪牛肉和青菜的大脸盆大快朵颐。我被宋强德拉在一起，和赵华星他们坐在一张餐桌吃饭。酒过三巡后，赵华星对我说，还读什么书？上来给我们称砂记账，管吃住外加一个月三百块，怎样？我想了想，说，还有一个多月就毕业了，到时，你们不嫌弃我，我一定上来。宋强德说，你得说话算数。我忙点头应承下来。

那天我吃得满嘴流油，似乎要把几个月没见荤腥的日子一餐补回来。心想，宋强德他们没什么文化都过上这么奢华的日子。还读什么书？给他们打工比那些当干部的强几倍，还管吃住呢。

高考一完，我还是如约跑进了金盆，宋强德和赵华星很是高兴。他们把账本往我手上一丢说，你好好给我记账，年底少不了你好处。

我一下成了他们的会计。卢艳是出纳。我们最忙的时候是称砂和对账。

每当矿口外的平地上堆起小山似的锑砂，硬头潘他们就得找人把这些锑砂挑往能通汽车的龙彪父亲的学校。第二天，天还没亮，一溜溜挑砂男女打着手电挑着箩筐从山路逶迤而来。一百斤五元钱的搬运费对他们来说已是丰厚的回报，也因此形成僧多粥少，来迟的空手而归。

山岭早已踏出一条光亮的挑砂路，弯弯扭扭连接在金盆和学校之间，路上隐约可见护矿队员来去的身影。

早来的人们一到目的地，就抢着把锑砂往自己的箩筐里装，然后挑到磅秤边排队等候过称。

我站在磅秤前给他们称重量，问清楚姓名，记录在一个本子上，还得写一张纸条，记下姓名和重量，然后盖上我的私章交给挑工。挑工挑到学校后，卢艳还要过称，避免有些挑工半路藏砂。等重量相符，她才结算运费给挑工。

第二天的时候，我和卢艳对账，发现半路挑砂逃走的得告诉赵华星他们。赵华星就带领护矿队员上门抓人到矿里做苦力或罚款。不过，这些事几乎没有发生过。

三

宋强德他们开的窿矿被人们命名为平窿。在金盆，产锑砂最多的非平窿莫属。腰包鼓起来后，硬头潘他们不但招了七八个身体彪悍的护矿人员，还请了十几个民工，每天三班制轮换上班。打炮眼也用上了风钻机，突突突……两个钟头就把炮眼打好。而硬头潘他们呢，只做监工，防止民工偷藏锑砂和偷懒。

我接管记账后，宋强德赵华星他们更是无所事事，在没有轮到他们去监工时就去赌钱。卢艳经常陪宋强德赌钱，一赌就是大半天。宋强德如果输钱，越输下得越大。他像一匹脱缰的野马收不住蹄，会把身家也压了下去。

有一天，坐庄的是赵华星，宋强德赌得身上再也掏不出一分钱了，就拿卢艳作赌注，卢艳很生气，但她在众人面前不好发脾气，只好闭着嘴不说话。赵华星虽然对卢艳垂涎欲滴，毕竟与宋强德是伙计——朋友妻不可欺嘛，甘愿送宋强德些钱。宋强德因为卢艳赢回了八千元，当着众人拥着卢艳又是亲又是抱的。

宋强德赌性不改，每天都往赌桌里凑，一天不赌心里就发慌。卢艳自从那次被用来压庄后，再也不陪宋强德坐赌桌了。宋强德也不强迫她，任由她在窿矿外到处乱逛。

我每天得给民工记出勤，每隔两个钟头到柴油发电机处给柴油机添加柴油和水，晚上结算一天的各种开支报给卢艳才算完事。没事的时候，有时跑去看看他们赌博，但我多半时间都躲在那间会计室兼卧室的草棚里看小说或睡觉度时辰。

草棚只有七八平方米，除了床铺和一张长方形办公桌，剩余的地方已不宽。

卢艳跑来会计室与我聊天，说自己烦死了，这里没有百货大楼想买些东西都不方便。我说，你以为是县城啊，这山旮旯能买到吃的已不错。卢艳问我，你还去读大学么？我笑了笑说，我能考上吗？卢艳说，你一定能的。其实高考完后就知道自己是什么货色，我早已打算给宋强德他们打一辈子工。她见我捧着一本梁羽生的《萍踪侠影》，就抢了过来。她说，给我解解闷，烦死了。也不问我是否同意，抢了书就跑回她的草棚去。

赵华星泡上一个叫流花妹的女孩，把她当成了掌中宝，一刻也离不开她，连监工都懒得去做了。有天找上我，叫我代他做监工，薪金是每月三百，问是否愿意。我回家与父亲商量。父亲对我说，别贪，进窿洞危险，不小心会搭上性命的。我想，监工又

不是到掘口干活，还有来来去去的护矿人员进行安全检查，不必
担惊受怕。我还是答应了赵华星。

窿矿已掘进金盆山近两百米，里面的窿洞左转右拐追着矿脉
开掘。窿洞像爬行的蟒蛇，一路游进大山深处，他们就在蛇肠子
里打炮眼爆破掏锑砂。我第一次随民工进去，窿洞里虽然一路挂
了电灯，虽然戴着头盔，但还是战战兢兢的，生怕头顶上方哄然
坍塌下来。看到有些地方用木头支撑着，洞壁上渗出滴滴水珠，
更是吓得缩着脖子夹在民工当中。有个叫蛮头驴的民工笑我胆小
鬼，说，你怕就出去啊，我们又不偷懒藏砂，何必进来心惊受怕
呢。我不理他，跟着他们默不作声。

进到掘口，我身上的雨衣已湿漉漉全是泥浆水。掀了雨衣，
找一块砾石坐下，掏支香烟吸了，监督着蛮头驴他们工作。

掘口前散落一大堆砾石，夹杂着发着幽光的锑砂。这是上一
班开炮炸下的砾石和锑矿，蛮头驴他们先用长钢钎把掘口处松动
的石头撬下来，然后才进行石砂分离，然后装上矿车，拖出洞
外去。

卢艳不知何时也摸进窿矿里，来到身边吓我一跳。她只戴着
安全帽，没有披雨具，弄得身上的衣服到处是斑驳的泥浆水点。
我说，这里这么危险你来干什么？卢艳说，你都不怕，我怕什
么？她搬来一个石头挨我坐下，又说，无聊死了，没地方玩。我
说，和流花妹一起，陪你德哥赌钱不好吗？卢艳嘟起小嘴说，以
后我死都不陪他坐赌桌了，输了拿我来压。我的命贱啊。我笑了
笑，低头不说话。卢艳用肘子撞了我一下，埋怨似的说，你还
笑，没一点同情心的。我说，我无能为力啊。卢艳摘下安全帽，
用手理了理那头秀发，叹了口气说，唉，都是命呗，管它呢。她
又问我，你以后去读大学么？我看了看她，说，我都说了，我没

有读大学的命，可能给硬头潘他们打一辈子工了。卢艳想了想，最后笑了笑说，这样也好，我们天天可以见面，抢你的书看，嘻嘻嘻。

蛮头驴他们用了两三个钟头才把掘口清理搬运干净。他们开始打炮眼，风钻机突突突的打钻声清晰悦耳。我和卢艳在窿洞里坐坐走走，聊些无关痛痒的话题。等到他们打好炮眼装了炸药后，我们沿着来路赶紧撤出窿洞外。外面已近黄昏，太阳红彤彤地挂在西山顶上，像刚出生的婴儿红扑扑的脸蛋。随着窿洞里传出几声沉闷的爆炸声，我似乎感到自己像是从远古战场上逃跑后穿越回来得以重生的人，差些欢呼起来。活着真好，我重重地吁了一口气。一旁的卢艳脸上挂着甜甜的微笑，她摘下安全帽，扬了扬长发，也长吁一口气。夕阳下的卢艳，像一个劳动归来的少妇，满身染着泥花，显得更真实更靓丽动人了。

宋强德赌钱回来，见卢艳钻窿洞，把一身衣服弄得脏兮兮的，扬手就是一巴掌过去，大骂她败坏名声，说好端端的，让你潇洒你不做，偏找满身泥巴回来。想是今天他一定输了不少钱才会发这么大的脾气。

会计室离宋强德住的草棚只一墙之隔，卢艳哭哭啼啼的争吵声我听得一清二楚，赶紧跑过去劝说宋强德。我说是我叫卢艳陪我进窿矿的，别拿她当出气筒。宋强德对我板着脸说，你也是的，明明知道她是我女朋友，我能让她到处乱跑吗？你有资格带她在身边吗？我被他说得接不上气来，在心里骂自己，我掺和什么？我为什么要袒护卢艳呢？他打他女人关我什么事啊！

吃饭的时候，硬头潘数落宋强德一番，说，莫高是谁？你怕他抢你女人？有本事就不赌钱，带她住县城去。宋强德不敢作声，他最怕的就是硬头潘。听说宋强德五岁时，他在路边捡了拌了老鼠药的红薯干，和母亲津津有味地吃了。他命大，被抢救过来。他娘却死了。就因为穷啊，才犯下这事，宋强德死都记住。现在硬头潘拉他一起开矿，想的也是希望他以后过上好日子。

饭后，宋强德到会计室对我解释说，我不是怕你抢我女朋友，我是担心她进窿洞不安全的。如果你想找个妹子，我叫卢艳帮你介绍一个。宋强德话中有话，我心知肚明。我断然拒绝了他。

四

那本《萍踪侠影》卢艳看完了，拿来还回给我。那时我正在午睡，她抱着书蹑手蹑脚走了进来，见我横躺在床上，也没叫醒。她把书悄悄放到桌面上，又悄悄坐到床边，看我睡觉的样子。我醒来发现她，大吃一惊，一骨碌坐起身，揉着惺忪的睡眼说，你进来怎么不叫醒我呢？卢艳嘻嘻地笑着说，看你睡觉挺美的，一个读书胚子！我有些不高兴，对她说，你这样是对我不尊重知道吗？以后进来要敲门，别给人留下不中听的话。卢艳听了我的话，很不愉快。她挑着眉毛瞪着眼说，我没敲门怎么啦？我想进就进，这是会计室，也是我的办公室。说完，起身把头发一甩，气呼呼地走了。

我愣在那里发着呆。

挑工来挑锑砂凌晨五点就排着长长的队伍等着过秤，每到这一天，我就忙得晕头转向。有时龙彪过来帮忙把一下秤，我才松了口气。学校那边是宋强德和卢艳把关，完成任务后，他们两人跑县城住一晚才回来，我和卢艳第二天才得以对账。近来，宋强德赌博像赵华星一样似乎越陷越深，不再随卢艳跑学校去过秤了。这次，硬头潘派我与卢艳跑学校去把关，他与龙彪在这边过秤。

才是凌晨五点左右，我和卢艳走上通往学校的山路。天还是黑麻麻的，一人一支手电匆匆地往学校赶。身边小虫唧唧啾啾地叫着，瘟神鸟发出恐怖的"唔——唔——唔"叫声，让人毛骨悚然。卢艳倒是个胆大的女孩，一路吓唬我。她走快一点，我就急着赶上她；她走慢一些，我也磨蹭着走。到了半路，她有意躲着我。她离开小路，走进路旁的树林里，我也跟着走进去。她停下来瞪着眼对我说，你进来什么呀，我去解手也跟过来，回去告诉强德打死你。我只得返回路旁等着她，她却吃吃地笑着钻进树林里去了。

我在路边焦急地等了十多分钟还不见卢艳出来，忙向树林里呼喊她，却没有她的回应。我打开手电，边往树林里照射边呼喊她的名字。树林里黑咕隆咚的，只有小虫子此起彼伏的叫声，哪还见卢艳的影子？我开始慌张起来——这里离学校还有三四华里，我该怎么走？或者卢艳出现什么意外，我该怎么向宋强德交代呢？正不知怎么办时，树林深处传来卢艳哎哟哎哟的呻吟声。我赶紧跑过去，原来她躲在一丛杂树里蹲着，我松了一口气。她见我跑到身边，似痛苦地说，哎哟，我被蛇咬了，快帮我吸毒血。我着急地问，伤口在哪里？说完，蹲下身子查看她的双腿。她见我慌张的样子，终于忍不住笑了。我知道上当了，气得"呼"地站起来就要往外走。她扑过来从身后一把抱住我说，莫高，你别走，我们在这里待一会儿可以吗？我一激灵，赶忙说，我们得赶路呢？她说，我喜欢你，你不喜欢我吗？这突如其来的问话叫我一下懵了，我仰头看了看漆黑的天空，做了一下深呼吸，不敢说喜欢（其实我特喜欢她的），也不敢说不喜欢。我尽量压住怦怦跳的心对她说,走吧,等一下碰到人不好。她没有松开手,反而紧紧地箍住我的腰,似嗔似娇地说,不嘛,我们在这里待久一点不可以吗?我咬咬唇,最后说,你是宋强德的人,我不可能夺人所爱。再说,我……我也不喜欢你。卢艳听后,立即松开手,用力把我推了一下。我一个趔趄,站定后转过身来,手上的手电还打亮着,我看见她目光幽怨地盯着我,鼓着一肚子气,像一座即将爆发的火山。她说,你说的是真话吗?她想再证实一下我刚才的话。我不敢看他,仰起头看向漆黑的天空,轻轻地"嗯"了一声。突然,她像只发疯的母老虎扑了过来,扬手就给我一巴掌。她大声地吼道,你笨蛋!你不配出现在我面前。说完,她像只受惊的野兔箭一般冲出树林,气呼呼地往学校方向奔去。

我有些后悔,赶紧向她追去,急急地说,等等我,我不是那个意思。我说错了行吗?

五

进入八月,平窿矿每天都不停地忙着打进度,说是挖完了那批锑砂,又得追着矿脉寻找下一个聚结锑砂的地方。

开矿掏挖锑砂靠的是运气和辨识矿脉线的能力,运气好的时候,掘进不到二十米就碰上丰厚的锑矿石;运气不好或没有辨识矿脉线能力的话,会打偏,锑砂聚结的地方就可能擦身而过。

硬头潘对查看锑脉线有一套方法。每当掘完一处锑砂,他就亲临掘口仔细查看一番。那条含着白泥吐着清水的矿脉线,在他观察一番后,就一锤定音从什么地方挖掘。听说他是按上下抱住的原石来判断的,原石越坚硬的地方,就往那里掘进,往往八九不离十。其实这是开平窿矿的时候，第一炮给他得到的经验，只是没外传而已。

赵华星但凡赢些钱就带着流花妹跑外面潇洒几天，等花光了才回来。我顶替他做监工后，守看发电机和输送抽风送风机的工作就交给了护矿队员。卢艳自从那次出现的树林闹剧后，我虽然对她再三道歉，但她还是每天气鼓鼓地不理我。

这天，我进窿矿监工，卢艳又跑来了。她并不是与我坐下来聊天，而是拿着一支手电，在窿洞里到处乱转。

窿洞里有四五个哑巴洞，那是以前赵华星他们没听硬头潘的判断误打形成的，里面黑咕隆咚。

卢艳这次披上了雨衣，戴上安全帽从窿口独自进来。她一见到哑巴洞就往里钻，也不知道她在寻找什么，打着手电，大眼睛忽闪忽闪地跟着手电光到处乱窜。

我发现卢艳的时候，是我跑到临掘口最近的哑巴洞小解。正在我越来越感到轻松时，突然从里面射出一道光芒，白亮亮照在我脸上。我赶紧提起裤头，叫道，谁？卢艳没有回答，继续把手电光打在我脸上。手电的光芒让我睁不开眼睛，忙举起左手挡到前额往里看，才发现卢艳依着洞壁呆呆地坐在地上。

你们男人从不害臊，没看过里面是否有人就随地大小便了。卢艳瓮声瓮气地埋怨说。

我说，你怎么跑进来的？这里多危险，又没有电灯。快出来。

卢艳没有理我，依然坐在那里，一脸的木然。

我跑了进去，要把她拉出哑巴洞，她一把紧紧搂住我的腰，撒娇地说，谁叫你们到处拉撒的，我正想出去就被你堵住了。要不是难闻死了，我才不打开手电警告你呢。我说，你又撒野了，快放开手，被人看见不好。她不理我，依然紧紧地搂住我的腰。黑暗中，我感到她呼吸的气息暖到我脸上。果然，她猛地把嘴凑了过来，压在我的唇上。她疯狂地吻着我。我感到呼吸困难，血液喷涨，胸口突突地乱跳，双手不由自主地搂住她。这时，卢艳慢慢松开搂住腰的手，向我身下滑去。我的脑海里突然不争气地闪出了宋强德的影子，吓得我心惊肉跳起来。我赶紧推开她，喘着气小声说，我们不能这样。出去吧，等一下有民工来解手不好说。她说，怕什么，他们忙着呢。说着，她又伸手拉我。我忙挣脱她的手，边走边说，你不走，我走啦。她追了过来，想再拉住我。我紧张地逃出哑巴洞，正好有两个护矿队员经过，她只好与我并肩走向里面的掘口。

　　我提醒她说，你又偷偷进窿矿，宋强德没打死你？

　　卢艳嘟着嘴说，我不怕他打了，再打我一次，我就不再理他。他有什么好，有几个臭钱，每天就赌赌赌，完全把自己是什么货色都忘得一干二净了。

　　我说，你以前不也是看上他的钱才跟他好的吗？

　　你不懂！过去是过去，现在是现在。他这样下去，谁知道以后是不是穷光蛋？

　　想不到，卢艳开始考虑以后的生活了。

　　吃饱晚饭，我叫宋强德随我到附近的那片松树林里坐坐。

　　我说，我有话对你说。

　　他说，不可以在这里说吗？

　　宋强德见我摇摇头，发一声，走！

　　他走在前头，我尾随着他，拐向窿口旁的一条小路往山上攀去。

　　在一个比较宽敞的地坪上停了下来，我们找了一处合适的地方坐下。宋强德掏出香烟给了我一支，自己也叼上一支。点燃后，他没有直接问我什么事，而是边吐着烟圈边望着眼前的景色。太阳将西沉，天边那闪着耀眼红光的夕阳把大地染成了血红色。我眺望我们生活的村子，上面飘荡着轻淡的炊烟雾霭，在一片光芒中，她像孕育在母亲肚子里的孩子，似孩子稚嫩的手臂和身体里纵横交错的血管，在召唤着我和宋强德。

我对宋强德说，你该照看一下卢艳了，别天天想着赌钱，弄不好你会人财两空。

宋强德好像知道我要对他说这话似的，显得一点也不着急，也不吃惊。他依然悠然自得地吸着烟，许久，才缓缓地说道，她今天跑窿矿里对你说了？我"嗯"了一声，算是回答他。他猛吸几口烟，把烟蒂丢到脚下，用力踩了踩。他把头转向我，目光在我身上打量一番后才说，我知道她看上你了，不过没事，只要你敢娶她，我宋强德不会干涉你，并且送三千块钱给她做陪嫁。我赶紧说，强德，你误会我了，我不会做这种事。我是希望你与她能过好日子，才对你说这些话。她现在就想到了以后，怕你天天赌输钱，以后怎么过好日子呢？不如把钱存下来，给卢艳个定心丸，这不是很好么？我一口气把这些话说完，觉得轻松了许多。宋强德哼了一声，不屑地说，我存钱得告诉你啊？再说了，平窿只要开着，我绝不会穷！

我还能说什么呢？我看了看宋强德，站了起来，拍了拍屁股，最后说，你好自为之吧，毕竟我们是兄弟，别意气用事。

宋强德这下也呵呵笑了笑，站了起来，拍了一下我肩膀说，兄弟，我也是开玩笑的。我相信金盆不会亏待我的。我还是谢谢你对我说了这些话。

六

平窑矿还是出事了，值班监工是龙彪。

那天夜里一点钟左右，龙彪带队进去清理上一班炸下来的砾石，在处理掘口时，民工们粗心大意，掘口顶上角落处有一块渗着水的磨盘般的大石已裂痕累累却没有被清理下来。这天正好蛮头驴有事，与一个民工交换了班次。他在里面和一个民工正拱着腰准备把一个大石头搬进矿车里，那松动了的磨盘大石只听"咔啦"一声响就轰然跳了下来，正好砸中蛮头驴拱出的屁股。蛮头驴大叫一声，像被人从身后推了一下一样，身子不由自主向前匍匐倒下，也把对面的民工撞倒了。那个民工没有大碍，蛮头驴却被那块磨盘大石压住他的屁股和双脚，像孙悟空压在五指山下一样，痛得嗷嗷大叫。

龙彪他们被这突如其来的灾难惊呆了，愣了一会儿，慌忙奔过去一起把那块大石搬开。蛮头驴想站起来，却发现自己再也动弹不得，只感到全身都在痛。龙彪赶紧叫人跑外面找来两截竹竿，用粽绳在两竹之间编了个简陋的网状，然后把蛮头驴抬到网里躺着，四个民工各抬一个竹杠头，把他抬出窑洞外。

赵华星硬头潘他们都起来了，围着担架上的蛮头驴打转转。宋强德问硬头潘怎么办？硬头潘说，怎么办？立即送医院！他叫来卢艳，问账户还有多少钱。卢艳说，还有七千多块。硬头潘叫来四个护矿队员，连同他和宋强德卢艳一起，把蛮头驴抬到学校去，然后打了医院电话，把蛮头驴送医院去。

蛮头驴送到乡医院已昏死过去，不敢接收，直接送到了县医院。医生仔细给蛮头驴诊治，被确诊为粉碎性髋骨骶骨和股骨骨折。看来，蛮头驴再也没法站起来，只有在病床上度过余生了。

当天，这件事就在金盆炸开了锅。有人说，金盆山神开始发怒了，要索取挖矿人的命了。有人更会形容，说金盆是山神掐人脖子的两只手圈成的山窝窝，谁陷进去谁就会被掐死。人们人心惶惶，谈"矿"色变。他们希望蛮头驴不死，这样，他们才放心继续在金盆掏砂或干着想干的事。

第二天，蛮头驴的亲属跑来金盆闹了起来，打砸平窿矿的东西，差点和护矿队员出现肢体冲突。乡派出所人员及时赶到，把对垒的两边人员疏散才得以平息。

蛮头驴没有死，只是昏迷了一天一夜就被抢救过来。人们听说这个消息都松了一口气。

接下来几天，县公安局和矿产局都来人了。他们一波一波地跑到金盆勘察问话。平窿被查封了起来，其他的窿矿也同时遭殃被喊停，一大堆人被集中在平窿矿口的平地里一一问话。赵华星不知何时跑了，听说他带着流花妹又跑桂林耍去了。

硬头潘宋强德和龙彪被抓了起来，我和卢艳被送到乡派出所教育一番后放了出来。

走出派出所，我们到候车的地方候车。卢艳问我，你还复读吗？我说，还不知道。她说，现在社会繁杂，你还没做好去迎接的准备，去复读吧，如果没钱了，我可以帮助你。我笑了笑，感谢她说，我会记住的。我也希望自己能考上大学，再也不给金盆那只手左右了。

班车来了，我赶过去上了车，在一个临窗的座位坐了下来。卢艳搭的班车还没到，她跑了过来对我说，莫高，努力吧，我看好你。我苦笑了一下，算是回答她。

　　昨天，表哥打电话回来，叫我到广东他的电子厂里打工。我
正徘徊在十字路口，不知如何抉择。

　　班车缓缓地开起来了，我坐在车上问自己，我该走哪条
路呢？

旋转玫瑰蓝

一

何茜怎么也没想到，会在迈克菲电音派对这种地方遇见自己的生母。

迈克菲电音派对在西环路二桥桥头旁，离爱心苑不远。何茜从山里搬迁到爱心苑的当天下午，经过迈克菲电音派对时，被那超大的金色招牌吸引住了。上面一对年轻的卡通情侣微笑着搂着腰跳舞，夸张的大眼睛仰望着上方那支水晶雕成的蓝玫瑰。

何茜发现门口张贴着一张招聘服务员启事，双脚不由自主走了过去。她想进去应聘，磨蹭了一会儿后，咬咬牙，迈进了右边那个通往里面的阴暗的小门。

这是她第一次去问工作。初中毕业后，她就没有走出过大山——父亲何月大年纪大了，经常头昏眼花，她得在家照顾父亲。

里面还在打烊，昏暗的大厅里，不见一个人影。何茜正想问有人在吗，一个声音从吧台里蹦了出来，姑娘，是来应聘的吗？

吧台就在何茜旁边，吓得她打了个冷战，侧头见里面坐着一个衣着华丽的中年女人，眼睛正定定地盯着她呢。

何茜定了定神，"嗯"了一声，怯怯地看着她。

叫什么名字？女人问道。

她机械地回答，何茜。

女人站了起来，走出吧台来到何茜面前，目光像选拣商品似的上下打量她，弄得何茜满脸绯红，双手不停地搓着衣角。女人呵呵地笑了，柔声说，吓着你了吧？你是农村来的？多大了？

二十五。

还没有男朋友吧？

何茜又点了点头，心里说，我不急，我得照顾父亲。

女人顿了顿说，我可以聘用你，可是店里没有提供住宿，你住哪里啊？

我住在爱心苑，刚从山里搬迁出来。

女人"哦"了一声，伸手从吧台里拿出一个文件夹打开，这是聘用合同，一式两份，你看一下，如果没有问题，把身份证给复印下，在合同签个字，今晚就可以来上班了。

何茜不敢相信自己的耳朵，这就被聘用了？她慌忙掏出身份证给女人复印，然后在合同上匆匆签了字。女人看她猴猴急急的样子，关心地说，别急，看清楚合同条款再签字吧。

何茜说，不用了，您能招我就知道您是好人，不会坑我的。女人竖起大拇指笑了笑，然后把员工留存的那份合同递给她，你回家可以看看，有什么问题，今晚上班时可以找我讲一下。何茜接过那份合同，连说声谢谢都忘了，一转身跑出了迈克菲，兴冲冲地赶回家了。

中年女人叫冯菲，是迈克菲的老板，她安排何茜给顾客上酒。

何茜端托盘子毛手毛脚的，放在上面的酒水时常荡洒出来。

她看着姐妹们一手端托盘子，一手靠放在后腰上，优雅死了。冯菲对她说，何茜啊，你得练好端托盘子手艺哟，如果顾客闹起来，酒水钱得从你工资扣的。何茜于是一有空就练，连回家路上都揣摩着如何端好托盘子。她悟性高，很快掌握端托盘子要领，才十多天就把托盘子玩得像耍戏班的杂技小姐一样娴熟了。

学好端托盘子的何茜渐渐褪去身上土里土气的气息，她变得白皙靓丽，好客嘴甜，很招顾客喜欢。

在大厅里，她像一条穿梭于觥筹交错的美人鱼，托在手上的托盘子玩得如扭花绢，站在上面的酒水不荡也不倾。她从吧台像蝴蝶般轻盈地落到客人身边，把脚收住，像是打了个揖，然后把一杯杯美酒捧上，柔声说，老板，这是您的酒，请慢用。客人们想多瞄她几眼，她又轻飘飘飞回到吧台。

迈克菲顿时火爆起来。在冯菲眼里，何茜是迈克菲的招牌。

有人笑说何茜长得像老板娘冯菲，有人又说她像网红可可伊。熟客进店就这么招呼她，可可伊，给我上杯冰镇鸡尾酒。可可伊，给我来瓶兰州。可可伊，跟我上去跳个舞……弄得何茜哭笑不得，其他姐妹也抿嘴偷着笑。每当人们呼叫"可可伊"时，姐妹们挤眉弄眼提醒她：何茜，又叫你啦。

二

何茜从来不去跳舞，也不会跳。上完酒的空隙，她总爱待在吧台看周健调酒。周健二十七八岁，干瘦的身子像颗黄豆芽。他剃了个鸭舌头，那撮鸭舌毛发染成了金黄色，像豆芽尖上那瓣耷拉的黄叶子。调酒器在周健手中玩出许多花样，时而在空中打着跟斗，时而绕豆芽身转了个圈。特别是他手握调酒器摇晃时，那晃动的手像发羊痫风似的抽着筋。

何茜看周健抽筋，心里也跟着抽筋。她听父亲何月大说，她是捡来的。他告诉她，那时他经常捉田鸡骑单车跑县城卖，卖完田鸡爱在广场榕树下看人下棋。那天来得早，卖完田鸡吃了碗河粉就坐在榕树下休息，一个女人走过来说要上趟卫生间，叫他帮抱一下孩子。何月大说，当时她躺在襁褓里睡着了。他在那里抱了大半天，也不见那女人回来，他就把她抱回家抚养……

何茜上小学后，何月大农闲时便到石场炸石挣钱。有一次点炮炸石，有一炮迟迟不见响声，以为是哑炮了，便走过去，走到临爆破点十多米的时候，那炸药"砰"地爆响了，吓得他赶紧往回跑。可是，他跑不过石头，雨点般飞出的石头向他砸了过来，他顿感天旋地转，浑身疼痛，不一会儿就昏死过去。他在医院躺了一个多月，出院后，落下了头晕背疼的毛病。何茜一想起父亲那次险些丧命眼圈就发红。

下班回到家，何茜总是蹑手蹑脚的，怕惊扰父亲睡觉。父亲近来总感到头晕，有时还出现眼花的情况。她以为父亲的老毛病又犯了，叫他好好休息，别到处乱跑了。父亲勤劳惯了，常到外面去捡纸皮易拉罐塑料瓶，说是多少能挣些生活费。她进房间睡觉前，总悄悄到父亲房门前侧耳细听，怕父亲出现什么意外。当听到父亲发出均匀的呼吸声或鼾声后，她才安心去睡觉。

何茜怕父亲出意外，何月大还真出事了。这一天，何茜正准备去上班，何月大突然晕倒在地上，她哭着急急送到中医院。因为生活还拮据，一到医院，她就给董霄打电话。

董霄是她家的帮扶人，三十多岁，很亲善人。何茜记得他第一次到她家时，对她说过，以后有什么困难或需要帮忙的可以找他，他会尽量帮助解决的。何茜把他的话深深刻在了心里。

董霄赶到中医院，忙前忙后办理好各种手续，并垫付了一笔钱进去。何茜感动得眼圈泛上了红潮，感激地说，谢谢你了，你的钱我会还你的。董霄微笑着双手扶住她的肩膀说，还什么还，又没几个钱。只要伯爷没事，我就放心了。董霄交代她看护好自己父亲，有什么事打他电话，然后拍拍她的肩膀才放心离开。

何月大是脑出血晕倒，由于及时送医保住了性命，但还是留下了后遗症。他落下了左脚麻木，说话口齿不清的毛病。出院后，何茜每天都熬中草药给他泡脚按摩，一忙就是大半天。何月大看着女儿忙来忙去的，又要上班，埋怨自己是个累赘。

有日他对何茜说，茜茜啊，我年纪大了，也不知道自己能活多久。只可惜到现在也没给你找到亲生父母。何茜说，爸，你就是我的亲生父母，你才是我最亲的人。何月大叹了一口气说，唉，能在我死前把你交给他们，我才放心啊。何茜眼圈泛红了，哽咽地说，爸长命百岁，爸不愿丢下我不管的。

三

何茜盼望有一天能见到亲生父母，从何月大告诉她是捡来的那天开始就有了这种念头，二十多年过去，现在她已看得非常平淡，曾经的那种渴盼像风吹过的云朵没了影子。她想，如果见到父母，我只想问一下他们为什么要丢弃我呢？其他什么都不重要了。

父母留给她的唯一信息只有一张泛黄的纸片，那是父母丢弃她时放在身上的纸片，上面写有她的出生日期和一个"陈"字的落款。纸片上字迹龙飞凤舞有些潦草，她猜测父母可能是文化人。

还在山里住的时候，董霄来她家"打卡"时，何茜曾经拿出那张发黄的纸片给他看，希望他能帮忙查找下亲生父母。董霄想了想说，全县陈姓占的人口比较多，也不知道你父母是否还住在我们县里没有，如果在县外，这样范围就更大了。要么我们去县电视台拍个寻人启事，电视一播出，相信你父母能看到或者听到这个消息。何茜摇摇头说，不行，我又不是非要找到他们。

她不想让自己的身世公之于众。特别是搬迁到县城后，对自己身世的保密更为强烈。在迈克菲，她从客人的眼神知道有些人窥探她，她怕这些人利用这件事，让自己不小心落入他们的圈套。

她不再想着寻找父母。她每天在爱心苑与迈克菲之间跑来跑去，把心思放在照顾好父亲，把工作做好这些事上。

以往凌晨两点多钟下班，周健都要送何茜回家。开始何茜不愿意，说走路也不过三五百米，后来拗不过周健，也就坐了上去。于是自然成习惯，每天下班，周健都用电动车送她回家。这两个多月，何茜对周健从心理上有了一种依赖感，就像妹妹依赖哥哥一样。她有时还对他撒起娇来，比如鞋带松脱了，就对他说，周健，给我系好鞋带。周健呵呵笑着，蹲下身给她系好。她就美滋滋享受被人宠的快乐。

可是近来下了班，周健时常说还有事无法搭她回家了，叫何茜先走。何茜也没多想，自己走路回家。

有日听到姐妹们私下悄悄议论，说老板冯菲与周健关系暧昧。何茜不相信老板会是那样的人，也不相信周健与老板有一腿。有一天下班，她悄悄溜到卫生间，果然看见周健往三楼上跑。

三楼是冯菲办公和接待客人的地方，也是她生活起居的地方。在这里员工很怕叫上去"喝茶",因为那离被炒鱿鱼不远了。

何茜也怕老板叫她到楼上去"喝茶"。周健却不怕,这明显有些猫腻。

上完酒,她躲到姐妹身边去,不再跑吧台看周健调酒了。

凌晨下班的路上,她负气不坐他的电动车尾巴。

周健赔着笑脸哄了一段路,见不生效,就说,再不上车,我走了噢。

何茜嘴巴翘得高高的不理他。周健猛地一扭电门,电动车"呼"地开走了。

何茜心里失落落的,正想骂周健不是人。这时,周健又转回来了,说还坐不?这次我真的不回来了。

何茜嘟着嘴,屁股一翘坐了上去,说,告诉我,你为什么有时下了班跑三楼去?还叫我先回家。

报账啊,老板说,近段时间调鸡尾酒的原材料费用高,她怀疑我偷回家,就时不时审查我。周健说。

不是吧?外道消息,说你与老板关系不一般。

周健来了个急刹车,差点把何茜从车尾巴甩了下来。

谁说的?真是乱弹琴。你相信了?

何茜正埋怨他差点让自己摔倒,见他这样问,就说,你说,我相信不?你这样开车说明什么呢?我不说你也应该心知肚明。

周健赶紧说对不起,是自己心急没有照顾好她,叫她不信谣不传谣。

何茜当然不信谣不传谣,可是她现在不认为姐妹们的议论是谣言了。

这一晚,迈克菲来了五张新面孔。他们大摇大摆地围坐一张圆桌,扬手叫服务员上五杯 Bitter Wife 冰镇鸡尾酒,何茜给他们上酒时，一个肌肉男伸手抓住她的胳膊，嬉皮笑脸地说道，靓妹，陪哥喝一杯怎样？何茜说，对不起，我不会喝酒。她想挣脱抓住胳膊的手，肌肉男拽住不放，挤眉弄眼地说，不陪哥喝一杯别想走。何茜脸色顿时变得忽红忽白，扭过头向吧台和姐妹们求助，姐妹们不敢过去劝说，怕惹上事弄不好被老板炒鱿鱼。

哥们，能不能给个面子？她是我……女朋友。

声音带着磁性从吧台那里飘了过来，何茜看见周健急急跑过来了。他来到何茜身边停下，然后拉住她的手，对肌肉男说道，给个面子，不要为难我女朋友好不好？她不会喝酒。

肌肉男抬头看着周健。绿豆芽干瘦的身子站得挺挺的，一副军训时凛凛的模样。肌肉男冷笑了一下，随手从桌面拿起一杯鸡尾酒举起来，不屑地说道，你女朋友？哼，做吧女就得喝下这杯酒。周健眼睛一瞪，大声叫道，在这大众场合敢欺负女孩子，你还是不是人？肌肉男听后生气地把酒泼到周健脸上。周健用手抹了一下脸，敢怒不敢言，冷冷地盯着肌肉男。周围的客人看不下去了，愤愤不平站起来七嘴八舌声讨肌肉男。他们走过来把那一桌子人团团围住，要肌肉男道歉，话语满是火药味。这时，冯菲急匆匆从楼上跑下来，扬手叫道，各位好汉别伤和气，是小店照顾不周，这顿酒我请了，我请了。她把周健叫回吧台，安顿好客人回座位。那几个人知道不好惹，灰溜溜离开了迈克菲。

四

何茜被冯菲叫去了办公室。

上楼前，她给董霄打了个电话，告诉他，她被人欺负了，现在老板叫她上办公室"喝茶"。

进了办公室，何茜被晾在了一边。冯菲把身子埋在一张真皮沙发里，边嗑瓜子边盯着何茜看。何茜垂着头站在她对面，之间隔着一张树根雕成的茶桌。茶桌两米多长，像一只卧地的梅花鹿。两只鹿角之中雕有一对盘腿把盏对饮的古装男女；鹿脖处开了两块不大的梯田，上面搁着茶具，一只金蟾叼着铜钱躲在茶具边上；鹿身已开辟成一方平展展的蛋状桌面，桌面闪着金丝木纹，光滑得倒映着勾着头的何茜。

何茜像一具木偶定定地站着，等待冯菲的训话。

冯菲仔细端详着她，眼前的何茜垂着眼帘睫毛清秀明晰，曼妙的身材透着少女含苞欲放的气息。这不是我年轻时相片里的模样吗？冯菲心里说。

一个多月前，顾客笑说何茜像她后，冯菲就开始注意她了，特别是近段时间，每晚经过大厅时都要滞留十多分钟，边与熟客打招呼，边用目光瞟向忙得不亦乐乎的何茜。

想起曾经的往事，冯菲满怀辛酸。前夫和她是大学同学，出来工作不到两年，他们就要了孩子。孩子降生，是个女婴，白白胖胖的很可爱。他请了个保姆照顾她坐月子，保姆对她们母女俩关怀备至，冯菲很是满意。可是，在一个月夜里，保姆趁着她睡过去，悄悄抱走了孩子，再也没回来。

发现孩子不见了，她急得拽住男人哭哭闹闹要找孩子。男人说，我是招聘市场招的阿姨，谁知道她住在哪里？她欲哭无泪，一有空就往招聘市场跑。两个月后，她终于碰见了那个又来找工作的保姆。保姆告诉她，抱走孩子是她男人的主意。抱出来后，见榕树下坐着个中年男人，说要上趟厕所，就把孩子塞到他怀里……

她质问男人为什么丢弃自己的亲骨肉，当知道男人龌龊的思想后，她毅然决然与男人离了婚，到处打听查找女儿的下落。无果。后来，她辞职下了海，到广东去打拼。她没有再婚，随着年龄增大，又想起自己的女儿，于是，她又回到县城，希望能像碰上抱走孩子的保姆一样碰见抱走女儿的那个人……

冯菲坐直了身子，对何茜说，听说你是捡来的？知道自己是怎么被捡到的吗？何茜抬起头有些惊讶地看了看老板，心里说，怎么问起我身世来了？她想了想，还是把何月大告诉她的话讲了。冯菲听后，身子像触电般颤了颤，眼睑悄然涌上了一圈红潮，目光在何茜身上抚来抚去，嘴唇抖动着正想说些什么。

这时，办公室的门猛地被推开了，一个男青年急匆匆冲了进来，跑到何茜身边说，何茜，你受伤没有？我送你去医院看看。何茜见来人是董霄，紧张的心情顿时轻松许多。

我没事。她说。

董霄拉住何茜的手说，没事就好，没事就好。

冯菲见有个陌生男人闯进办公室，一脸的不高兴，叫道，你是她谁啊？别对我……员工拉拉扯扯的。

董霄看了看冯菲，扯个谎说，不好意思，她是我妹妹。老板娘，我得先带她回家。说完，拉住何茜的手就匆匆往门外走。

冯菲还想说些什么，他们已走出了办公室门口。

到了楼下，何茜看见周健在注意她，又仰首望了望楼上，冯菲正站在楼台目送着他们离去。

五

何茜被董霄拉着走出迈克菲，感觉手被他扯痛了，说，你弄疼我了。

董霄不好意思地苦笑一下，放开手说，我们到滨江公园走走吧。

何茜边走边回头看了看自己上班的店面，那块超大的招牌在五色灯的衬托下熠熠生辉，最耀眼的是那支卡通情侣头上的水晶蓝玫瑰，在电光驱动下微微旋转，散发出迷人的蓝色弧光。她有些依依不舍。

她跟在董霄后面，想起刚才董霄说她是他妹妹，心里美滋滋的。她大胆走上去挽住董霄的手臂，小鸟依人般把头枕在他臂膀上。

何茜边走边时不时抬头看了看董霄，心里萌动许多美好。眼前这个三十多岁的帅气男人，一脸成熟阳刚的气质，叫她心波荡漾。

可惜他有家庭了……她有些恍惚。

她要把周健从心里抹去。她憧憬着有一天能找一个像董霄这样的人疼自己一辈子。

已是晚上十一点多钟了，天上挂着黄黄的月亮，何茜与董霄并肩沿着滨江公园的望江堤漫无目地走着。

董霄劝她离开迈克菲，说那不是她待的地方，何不到城里的工业区工作呢？那里月薪按时发，凭自己的能力吃饭，大部分又是搬迁来的人员，也好相互照应。何茜不点头也不摇头。她沉浸在与董霄走在一起的美好憧憬里，那种温暖，那种幸福，像波涛一样翻滚在心田里。

董霄问她，你听我说什么了吗？

何茜像是猛然惊醒，嘴上说，哦，我在听着呢。

董霄苦笑一下，接着还是滔滔不绝地详细介绍工业区里几个适合她工作的公司。他从公司的环境、工种、工作轻松和繁重、工薪等一一做了讲解。她似听非听，偶尔"嗯"地应付一声。她的心思又飞了起来。

两人借着月光，不知不觉已远离喧闹的市区。到了一个江湾处，董霄停了下来说，我们回去吧。何茜终于回过神来，笑自己自作多情。她松开挽住董霄的手，望了望那灯火如萤闪着微光的县城，垂着头跟着董霄往回走。

<h1 style="text-align:center">六</h1>

第二天一早，何茜默默地煮好早饭，然后给父亲熬泡脚的中草药，趁着这空儿跑旁边的菜市场买菜。回来时父亲已起床洗漱好，坐在那张起皱皮的五合板餐桌边吃粥。父亲盛粥的小钢碟是从山里带来的，以前是用来盛菜的。小钢碟底下有一个针尖大的沙眼，何茜要丢开，何月大不让，他用棉花给堵上当碗用。

小时候，何茜看何月大吃粥总感到父亲嘴巴厉害。一碗热气腾腾的热粥，在何月大嘴边嗦噜噜转个半圈就吃下了一大半。那时她托着下巴吞着口水望着父亲说，爸爸，粥不热了吗？何月大停下来说，热啊，吃惯了就感觉不热了。她说，爸爸，为什么不让粥凉一些再吃呢？何月大摸摸她的小脑袋说，爸爸要赶石场啊，爸爸要赚好多好多钱给茜茜买好吃的。你在家要听话啊。

现在，何茜看到父亲还是过去吃粥时的样子，眼里顿时溢上泪儿。

爸，慢慢吃，别呛着。

何月大抬抬头看了看女儿，笑了笑说，我吃惯了，不会呛。你也要注意身体，别只想着挣钱。

打理完家务活，给父亲泡脚按摩好，何茜像往常一样回房间补觉。也不知过了多久，迷迷糊糊中，她听到房间外有女人嘤嘤的轻泣声。她爬起床打开房门，客厅里，父亲正与一个衣着艳丽的女人相对坐着说话，何茜一眼就认出女人是迈克菲老板冯菲。冯菲手里拽着一件发黄的陈旧婴儿衣，何茜一眼就认出是父亲对她说过抱她时，她身上穿的那件连体婴儿服。

只见冯菲边吸鼻子边说，我以为今生再也见不到女儿了，老天有眼，遇到您这样的好人，把我女儿照顾得这么好。

父亲说，大妹子你别这么说，我汗颜哪。茜茜很聪明，我家穷，完成义务教育就无法供茜茜继续读书了。她为了照顾我，至今还不愿嫁人，村里与她一样年纪的，孩子都两三岁了。说完，瞥了一眼何茜房间，见何茜正站在门口呆愣愣地看着他们。

何月大叫道，茜茜醒啦？你过来，看谁来了？

她站着一动不动。

冯菲看到了何茜，茜茜……我的孩子……我终于找到你了。

她疾步走过去，伸开双臂想把何茜搂进怀里。

何茜脑海里忽地闪过姐妹们议论她与周健的事情，心中顿生对她的厌恶。

何茜一闪躲开了。

她冷冷地看着冯菲，一脸严肃地说，老板，别认错人了，我可是你的员工。

何月大说，茜茜，别犟！她是你亲生母亲啊，快叫妈。

何茜看着面前这个眼里还噙着泪花的女人，不敢相信她就是自己的生母。可父亲的话？父亲从来没骗过她啊。

何茜感觉眼眶似乎有泪水要涌上来了，赶紧用手揉了揉。她对父亲大声说，爸，别相信她。我只有你一个亲人。说完，一转身冲进房间带上门，趴在床上呜呜地哭了。

茜茜，我真的是你妈啊。门外传来冯菲凄凄的呼唤声。

七

天渐渐暗了下来。何茜呆坐在床上两眼无神地望着窗外，手里拽着那张珍藏了二十多年的泛黄的纸片，心情难复平静。

我该认不认她？她的心像猫爪抓了一样生痛。她多么希望冯菲不是她生母，不要来惊扰她的家。父亲（养父）终身不娶，茹苦含辛把她抚养大，还落下一身病痛，她要好好照顾他，给他养老送终。

唉！得去上班了。她长叹一声，准备下床把那张纸片夹回日记本去，忽然她停住了。

我还要去上班吗？她苦笑了一下，摇了摇头。她怅惘地看向窗外。窗外，天完全黑了下来，偶尔传来小区里孩子们做游戏的嬉笑声，不远处那盏太阳能路灯泛着炽白的光。那路灯悄然变成了一支微微旋转的水晶蓝玫瑰，闪着蓝色弧光悠悠向她飘来，飘进窗里，飘到她的面前。她伸出双手想捧在手心，蓝色玫瑰冉冉升了起来。她的目光追随着它，正要站起身子想把它捧在手心里，突然化作一道流星消失在角落里了。

何茜眨了眨眼，晃了晃头颅，知道刚才是幻觉，轻叹一声，摸摸索索下了床，准备到卫生间洗把脸给头脑降降温。打开房门，她顺手打开客厅里的电灯开关。客厅里，何月大还坐在那张凳子上勾着头一动不动。何茜看着弓着背、瘦嶙嶙的父亲，叫她好不心疼。

爸！何茜扑了过去，跪在地上拥抱着父亲痛哭起来。

何月大搂着女儿，抚着她的长发，眼里泛起红潮，许久才说，孩子，她给了你生命，她就是你的亲生母亲啊，你不认她也改变不了这个事实啊。

八

第二天是双休日，何茜正在用中草药给父亲泡脚按摩没多久，董霄拿着扶贫资料出现在她家门口了。何月大见董霄来了，笑呵呵地叫他快进来，说有好消息告诉他。何茜勾着头，一言不发地给父亲搓脚按摩。她知道父亲要说什么。

董霄笑着走进来，顺手扯过一张凳子坐下来说，伯爷有什么好消息啊，快告诉我！何月大看了看何茜，又看了看他说，茜茜找到她生母啦，你知道她是谁吗？她就是茜茜上班那个店里的老板，叫……对，叫冯菲。这下，我终于放心了。何月大虽然口齿不清，董霄还是听清楚了。

冯菲是何茜生母？董霄倒吃了一惊，不过很快，他呵呵地笑了，说道，恭喜啊伯爷，何茜以后又多一个人疼爱她，您也不用那么操心了。

怎么不操心呢？快二十六了，还没嫁出去呢。何月大又看了看何茜，对她说，茜茜啊，你就别挑三拣四了，你不急我急呀。

一直默默无语的何茜这时抬头睨了父亲一眼，说，爸，别逼我好不好。这事情得讲缘分。

昨晚，父亲把冯菲对他讲女儿如何丢失的经过一五一十地告诉了何茜，何茜已释然。现在，她对父亲急着要她结婚满怀惆怅。她对周健不再有一丝好感。她不急着嫁人，往后要好好照顾父亲，不离不弃报答他的养育之恩。

好好好，我不逼你。你最好快点啊，别让我两腿伸了，连外孙都没见过。何月大嘿嘿地笑着。

这时，屋外传来呼唤何茜的声音，是周健在叫她。

董霄笑着对何茜说，你看，是不是缘分来了？

何茜睨了他一眼，没有说什么。

她站了起来，气呼呼地向门口走去……

遗忘的情诗

我和雪在正午的阳光下碰上了面。

九月的步城，大街上鱼贯的车流来来往往。我正走在街边流连于五光十色的车流和广告招牌，雪开着一辆白色的奥迪在我面前停了下来。

"嗨，好久不见，老同学。"她戴着墨镜从车窗探出头来像背某节目台词似的向我打招呼。

开始我有些茫然。当她摘下墨镜向我笑时，我吃了一惊，叫道："雪!?"

雪在某电视台做综艺节目主持人，以前我只能在电视上看到她，现在突然出现在我面前真叫我吃惊不小。我想她也是来步城母校开九十华诞庆典的吧。

雪从车上走了下来。阳光下，她一身绿油油的旗袍像一片绿油油的树叶，很亮眼。也许由于脚上穿着高跟鞋，性感的身材有些飘飘悠悠的感觉。

她向我伸出了手。

我握了握她那白嫩嫩的手，调侃地说："三十多年不见，你还是那么靓丽。"

171

雪笑了笑，其实她脸上天生就是那种含笑的表情。她的皮肤就像她的名字一样亮白亮白的，让我有些睁不开眼睛。

雪说："现在在哪儿工作？"

"乡下。"我毫不忌讳地说。

"不会吧，我们班的大文豪竟然去了乡下？"她有些吃惊。

我摊摊手，苦笑了一下，说："你呢？现在过得还好吧。"

雪没有回答我，而是抬头看了看天上的太阳，然后盈盈地笑着说："去咖啡厅坐坐吧。"

她打开车门，不容我分说。

——雪的性格一点没变。

我钻进了她的奥迪。

咖啡厅里，客人稀稀落落，一个披着长发的男歌手坐在昏暗的角落里弹着吉他唱着歌。虽然是白天，厅里依然开着各种情调灯，给人一种如梦如幻的感觉。

找一张偏僻的桌子坐下，要了两杯咖啡。雪轻轻呷了一口，看看我说："还记得读高一的时候吗？我悄悄拿了你的《问君可知否》那首诗在班娱活动时间拉你上来一起朗诵，结果'问君可知否'就成了同学们的口头禅，现在想起来还觉得可笑。"

"一首蹩脚诗，你应该问过我才……"我顿了顿，回忆过去有些感慨，"出我洋相了。"

雪垂下眼睑，好像歉疚似的。一会儿，她抬头盯着我说："有个问题还想请教一下。你那首诗是写给谁的？"

写给谁？怎么说呢？

——明知故问！

"也许……当时……胡乱写下来而已。"我囫囵地说。

沉默，沉默。整个咖啡厅里似乎只有长发男歌手抒情的吉他音乐声。

雪在我刚考入步城高中新学期开学没几天，她也来到这所学校插班了。那天早晨，雪跟着班主任从教室前门走进来，然后，静静地站立在讲台边对着同学等待班主任发话。她穿着花色连衣裙，扎着两条马尾巴，白皙靓丽的脸上含着微笑。她背着厚重的书包，像一只竖立的蜗牛背着重重的壳似的。她双手紧紧抓住胸前那两条背带，并尽量向前拉着，好让后背的重心往前移。班主任走上讲台对大家说："我们班来新同学了，大家掌声欢迎新同学雪加入我们高 8607 班。"雪在掌声中给大家深深地鞠了一个躬，然后说："我是雪，来自新南市第五中学，很高兴与各位同学一起学习，希望以后多多关照。"

雪有一口标准的普通话，说起话来甜甜的带有磁性。她的自我介绍一出口，大家都投去倾慕的眼光。

接着，班主任安排雪坐在我仅隔走道的座位。她背着那个大书包向我走来，停留在她的座位边上，一股沁人的香水味扑鼻而来，叫我不由得多看她几眼。雪发现我注意她，对我笑了笑，然后把包里的书籍一摞摞拿出来放到抽屉里或架在桌面上。

"你为什么不留在新南市读书呢？反而跑这偏僻的步城来？"雪的同桌芳小声问雪。

"我妈调这里来了，所以我就随她来了。"

"跟着爸爸也可以啊，何必呢？"

"我爸很忙，很少管我的，我妈就把我带身边。"

雪的到来，让死气沉沉的班级增添许多生气。原先大部分同学只顾埋头啃书本，当文艺委员的雪在班会上向班主任提议每个星期是否搞一次自娱自乐的活动以缓解压力时，班主任和大部分同学立即应和赞同。于是高 8607 班由雪组织、班干监督的星期三晚读前的自由活动改为班娱活动的独特课目油然而生。

星期三是雪最开心活跃的日子。她从早上就逐个提醒同学做好表演的节目，下午又逐个问要报的节目名儿。然而谁都想当观众，自告奋勇上去表演的没几个。雪自有办法，她一边主持，一边留意还没上来表演过的同学。在你津津乐道时，她就不经意来到你身边，把你拉上来与她进行表演或互动。

雪终于注意上了我，在我被她讲的笑话忍不住开怀大笑时，她飘然来到我身边，把我拉了上去。我有些不知所措，愣愣地看着她。雪大大方方挨着我小声地说："你那本子我拿上来了，我们就朗诵你写的一首诗吧。"于是，也不容我同意，就报起幕来："下面请欣赏我和强朗诵的诗歌《问君可知否》。"

我的天！千不选万不选为什么偏偏选这首诗呢？那是我的蹩脚情诗！

我慌了，脸"唰"地从脖子红到耳根，正想阻拦雪换一首时，她紧紧挨着我，放声朗诵了起来：

你是一只百灵鸟
悄然飞到陌生的枝头
你在这群刚栖落的群鸟中
唱响第一首心灵之歌
歌声融入你和我
问君可知否

你是一只百灵鸟
群鸟们学着你鸣叫

你在真挚无瑕的爱抚中
朗诵一首心灵之歌
诗歌融入你和我
问君可知否

你是一只百灵鸟
群鸟们跳起了舞蹈
……

　　我萌动的心魂一下子被赤裸裸地爆晒在同学们的目光里，真想找个地缝钻进去。我脑海一片空白，也不知自己是怎么回到座位上的。

　　这首《问君可知否》的蹩脚情诗在班娱活动朗诵后全班哗然。男同学常常把"问君可知否"挂在嘴边笑话我来着，女同学倒是直截了当，直接说我对雪有意思。我叫苦连天，真想打雪几嘴巴。可是我心里对雪真的有那种萌动，这叫我几次鼓起勇气去发一次疯却又望而却步。

　　入冬了，我准备趁着周末回家取几件冬衣御寒。最后一节下课铃一响，我就急匆匆奔出教室冲出校门往车站赶。这时，雪骑着自行车从后面追上了我。她很霸气地说："快坐上来，到我家去。"

　　"不去！我要赶时间搭车回家。"

　　"快坐上来！别让同学再笑话我们。"她命令似的，边骑着车边说。

　　我无动于衷，继续走自己的路。她有些火了，把自行车在我面前一横，左脚撑着地，伸手把我的背包夺了过来挂在她的肩上。我回头看了看学校，许多学生正向我们走过来。我咬咬牙，坐上了她的自行车后架。

雪像打了胜仗似的，用力一撑自行车，车子很快就消失在同学们的视线中。

穿过两条大街，拐过国贸大厦就到了她的家。这是工商局单位宿舍区。我跟着雪来到二楼的一个门户停了下来，她掏出钥匙开了门，叫我进去坐。

这是一个布置整洁的客厅，虽然不大，却不显拥挤。一台电视机，一排布沙发，沙发上面罩着白色的镂空针织纱巾，两个花色小包枕躺在沙发上像熟睡的娃娃。墙壁上有一幅装裱好的横幅书法"学以致用"，一看落款，原来是雪写的。

雪给她妈妈打电话从房间里出来，看见我在欣赏她的作品，就说："我胡乱写的，请批评指教。"

我归心似箭，哪有心思去聊她写的东西。我说："你为什么要我到你家来，还想让同学再笑话我是吗？"

雪说："对不起，我真的不知道读你那首诗会有这样的轰动效应。"

"那是出我丑。你气死我了。"我气呼呼地说。

"我给你赔不是还不行吗？"雪语气带着哀伤，可怜兮兮地看着我。

"好了好了。"我把手一扬，算是原谅了她，又补充说，"从现在开始，我们井水不犯河水。以后不要惹我，如果再……"

"呵，小伙子，你还真有个性。我女儿欺负你了？"人还没进屋，声音就飘了进来。

我愣了一下，只见门外走廊黑影一晃，一个中年女人就出现在门口。她一脸微笑，模样与雪一点不差。我忙叫道："阿姨好。"

"哎，"她应道，"这才是我女儿的好同学。"

阿姨拉着我坐到沙发上，看着我说："听雪儿说，你学习不错，还能写诗是吧。以后得多多帮助雪儿，把她功课补上去好不好？"

我说："我学习也不是很好，可能……"

"咦，你太谦虚了，过于谦虚等于骄傲。"她打断我的话说，"以后周末就来我家和雪儿一起学习，好吗？你看，我也忙，你也要赶车回家，就不留你吃饭了。嗯，就这么定了。"

不容我答应不答应，真是母女同出一辙。最后阿姨叫雪从卧室里拿出一小袋饼干糖果之类的东西交给我说："阿姨没有什么东西给你，拿回家给弟弟妹妹吃。"然后招呼女儿送我去车站，就又匆匆赶回去上班了。

雪待她母亲一走，就高兴地蹦到我面前对我说："你得给我补课啦。"

我气冲冲地说："补你个大头鬼。"说完，蹭蹭蹭跑出她家。

"哎哎哎，发什么脾气啊。"她冲出来一把拉住了我，"算我错了好吗？我送你去车站，背上你的包，还有我妈给你的东西。别让我妈回来骂我。"

"你妈是什么东西？"我没好气地说。

"我妈是工商局局长。"

我嘲讽地说："我还以为是公安局局长呢。"心里却暗暗羡慕雪能出生在这么好的家庭，自己与她相比，那可真是天差地别。

知道雪有一个当局长的母亲，我对雪的那种青春萌动黯然消沉。我不敢对雪再有什么企望或奇迹能发生在自己的身上。

我规规矩矩去雪的家给雪辅导几个周末功课，雪的局长母亲总是微笑着看我与雪共同学习做作业。雪对物理这门功课几乎不感兴趣，当一学习物理，她就打哈欠，闹困。我不厌其烦地给她讲解，不到十分钟，就伏在桌子上睡着了。我摇醒她，她就说，学习也应该劳逸结合吧，总是学学学，一点意思也没有。她常趁着母亲不在家，叫我朗诵几首我写的诗给她听，或叫我评评她的书法，或要我学她跳舞，或放几首邓丽君的歌听听。我无奈地摇摇头，最后只好向阿姨"引咎辞职"。

雪说："你这是欺负我。"

我说："我无能为力。"

雪说："我对理化不感兴趣，学不好但没有埋怨过你啊。"

我说："阿姨是叫我来辅导你的，不是来与你闹的。对不起，我得走了。"说完，我离开了她家。

雪在后面叫着："你是个大笨蛋。"

任凭雪怎么骂我，我头也不回地走了。走到国贸大厦，轻轻叹了口气，心里却失落落的，好像失去了什么。我把手插进裤袋里，沉闷闷地垂着头往学校走去。

快期末考试了，有一天，雪趁着放午学给我一张纸条，上面写道："希望考物理时不要用手挡着好不好，毕竟你辅导过我，别让我妈说我成绩不提高。我真的希望你给我开这个后门。"我苦笑了一下，摇摇头，把纸条撕得粉碎。

我鼓动她高二分班读文科，雪就去了文科班。

她说："你为什么不读文科呢?"

我说："不为什么。"

"你是不是怕我又出你丑?"

我没有回答她，说："到了新班级要好好学习，别开小差了。"说完，转身走了。

身后传来了她甜甜的声音："你也要努力学习，别让我失望啊。"

我们走出咖啡厅，准备找宾馆住下。

雪问我："你那年为什么不参加高考呢？"

我说："临高考时得了急性阑尾炎，做了手术就耽误了。"

"你上了大学为什么不联系我呢？"

我看看她，说："都过去这么久了，何必还提这事呢？"我不能把她的局长母亲伤害过我的话告诉她。

……阳春三月，我们迎来了高一的第二学期。雪像春来的燕子，见到我就远远地打招呼。她完全忘了上学期同学们对我们的指指点点，发现许多同学向我们这边看来时才恍然大悟，赶紧收住脚步，踽踽地走着。我怕同学们又要误会我了，急得拔腿就跑。我跑回宿舍，暗暗发誓，这学期再也不理雪了。

开学一个多月后的一个周末，我到新华书店正准备买些学习资料，雪悄然出现在我面前，她用手压着我正想捡的资料，说："告诉我，这段时间为什么不理我。"我看看她，又看看身旁，发现有几个人向我们看来。我悄声说："小声些，别这么大声好不好？"雪倒无所谓的样子，声音比刚才还大些："怕什么？难道人家敢吃了我们？"这时，许多人好奇地抬头向我们看来。我无地自容，丢开刚拣的资料，气呼呼地走了。

走出新华书店，不管雪怎么纠缠，我愤怒地把她甩在一旁不理不睬，大踏步地向学校跑去。

星期一晚自习的时候，我和雪被班主任叫到办公室训诫，说是我和雪搞"地下党"（早恋）。雪的母亲也来了。在一番训诫后，我依然矢口否认与雪谈恋爱，雪看看我也说没有这回事。班主任最后向我们宣读步城高中校规后就叫我们回教室继续晚自习。我回到半路猛想起落在办公室里的笔记本，就又折回去。当我刚来到门口，就听到雪的母亲对班主任说："我相信雪儿不会看上他的，一个农村娃，学习虽然好，素质始终跟不上城里人……"我一听，真想冲进去评评理：你以为我想高攀你雪儿了？我农村人怎么啦？农村人素质就不好？我飞快跑回宿舍，伤心地哭了整整一个晚上……

香格里拉大酒店是步城最高档的酒店，雪把几个同学都安排在这里住下。

芳见到我和雪时，很诡谲地对我笑了笑。她是雪的同桌，一起转读文科班，现在在市人民医院工作。印象中芳是个特开朗活泼的女孩，就是肚里藏不了半点东西。后来我才知道，我和雪的来往就是她向班主任告的密，雪却非常信任她。

我对雪说："为什么安排芳一起住呢？"

雪听出我的弦外之音，呵呵笑着说："过去的就让他过去吧，何必牵肠挂肚呢。"

我不置可否，苦笑了一下。

晚宴在酒店三楼举行，雪以主人身份笑盈盈地逐个碰杯。酒过三巡，雪提议进行古诗"飞花令"喝酒。这里大部分都是文科出身，唯我是学理工科的，我忙说："不行不行。"雪说："强，别扫雅兴嘛。喝不下我帮你喝。"全桌呼应。

"那就以你名字的'雪'字开始吧。"我顿了顿，然后开了头，"长安大雪天，鸟雀难相觅。"

雪看了看我，笑了笑："孤飞一片雪，百里见秋毫。"

大家都叫好。

芳说："岁云暮矣多北风，潇湘洞庭白雪中。"

"不知近水花先发，疑是经冬雪未销。"

"草枯鹰眼疾，雪尽马蹄轻。"

"欲将轻骑逐，大雪满弓刀。"

"半夜倚乔松，不觉满衣雪。"

"西风满天雪，何处报人恩。"

……

我喝得酩酊大醉，第二天醒来时，雪穿着睡衣正坐在梳妆台前化着妆。我大惊。她似乎知道我醒了，头也不回地说："你啊，喝点点酒就醉。"

沉默，我没有回答她。

雪转过头，脸上有些严肃，幽幽地说："我们都老了，再也找不回中学的时光。唉。"

她叹着气，然后轻轻走到我床前，双手叉在我身边，伏着头目光炯炯地盯着我说："强，你信不，要是当时你在班主任面前大胆承认我们两搞'地下党'，我会死心塌地嫁给你。"

我愣愣地看着她，想了想说："都过去这么多年了，想这么多干吗？我们都是有家室的人了，何必纠结过去呢。"

"不，我放不下。"她仰起了头，很霸气的样子。她站直了身子，顿了一会儿，最后还是像瘪了气的皮球，软软地说，"是我害了自己，我也许太自高自大，太任性跋扈了吧。如果……如果……"它说不下去了，眼泪从眼眶里溢了出来。

我静静地看着她。许久，雪恢复了平静。

她说："你知道吗，我离了两次婚，现在我独自生活着。别以为我每天在电视上与嘉宾嘻嘻哈哈有说有笑唱唱跳跳，其实我心里很空虚啊。女儿长大了，她有自己的工作，一年就两三次回家。现在我才知道，什么叫幸福。钱算什么东西，能两厢厮守白头到老才幸福啊。像你，虽然现在还工作在乡下，但你能过得安宁，不为权贵所左右，不为迁升所烦恼，有空写写画画，怡然自得，多舒坦!"

雪有些语无伦次。她的话让我想起苏格拉底叫柏拉图摘麦穗的故事：苏格拉底让柏拉图到麦田里去摘一棵最大最金黄的麦穗，期间只能摘一次，并且只可向前，不能回头。结果柏拉图两手空空走出麦田。

雪也许跌进了这个寓言中。

我说："其实我过得很平庸，不像你说的有那么光鲜。我只是面对现实，过着知足常乐的生活；而你却不同，你要地位、荣誉，你要高人一等。所以我们是不同一个等级的人。"

雪有些激动，靓丽的面容似乎有些失色。她似乎又想哭，用手捂着嘴巴，侧过身去，最后幽幽地说："也许你说的是对的。我就是窝囊，为什么抓住某种东西就死死不放呢？生不带来死不带去的。"说完，急匆匆走出了房间。

母校九十华诞庆典开得很隆重。雪不仅是特邀嘉宾，还是庆典的主持人。她从上午九点忙到晚上的十一点，尽情发挥了她的文艺特长。而让我吃惊的是，在晚上的文艺汇演中，她的独唱《问君可知否》竟然轰动整个会场。

"各位领导，各位来宾，老师、同学们。今晚是个值得我们重拾校园时光的美好夜晚，我想起在步城高中时那段让我至今难忘的过去。那时，我快乐，我幸福。今天借此机会，献上一首由强作词、雪作曲的《问君可知否》给大家，希望你们喜欢。"雪的台词浑然天成朗朗上口。

雪开始唱了起来：

我是一只百灵鸟
悄然飞到陌生的枝头
我在这群刚栖落的群鸟中
唱响第一首心灵之歌
歌声融入你和我
问君可知否

我是一只百灵鸟
群鸟们学着我鸣叫
我在真挚无瑕的爱抚中
朗诵一首心灵之歌
诗歌融入你和我
问君可知否

我是一只百灵鸟
群鸟们跳起了舞蹈
我在欢快激情的乐曲中
舞动婀娜多姿的青春
青春融入你和我
问君可知否

问君可知否
我们一样青春年少
知识的海洋让我们遨游

山城高中有了你和我

你我疾步前进吧

问君可知否

　　她把诗里的"你"改成了"我"。她如痴如醉地唱着。

　　芳就坐在我身边，她说："都过去三十多年了，雪对你那首诗依然念念不忘，还谱了曲，真是煞费苦心啊。"

　　我默默地听着，没有回答她的话。

　　芳又说："你知道吗？雪是个很固执的人。那时，她为了让你记住她，叫我给班主任报告你俩在谈恋爱。我不肯，她就以与我绝交来胁迫我。结果……"

　　"结果恰得其反。"我补充说。

　　"你不怨我吧？"她说。

　　我沉默了，我应该早就知道雪的秉性。想想自己也觉得可笑，农村娃为什么就没有资格爱上城里姑娘了呢？不过我很庆幸自己没有被雪左右，也许这就是命运吧。

　　我对芳说："谢谢你告诉我。其实我与她就像凉亭里的偶遇一样，留下的不过是一段不值一提的往事而已。"

　　第二天一早雪就离开了香格里拉大酒店。她的不告而别让我有些失落落的。芳把一封信交给我，说是雪离开时叫她转交给我的。我打开信，清新飘逸的隽秀字迹跃然纸上：

强：

　　原谅我不告而别。真的，我不敢再面对你，我怕自己控制不住自己的感情。在这里，请允许我对你说声对不起。

你对我说的话让我深深懂得，知足常乐才是莫大的幸福。可是，你不知道，我打拼了大半辈子付出了多少心血，包括肉体，甚至生命。我不能就此罢休啊。

许多同学认为我是做主持人的料，能一帆风顺做主持人，其实你们错了。我高考时考进的是一所财经学校，学校有个播音室，老师看中我普通话说得标准，就推荐我给学校做播音员。大二的时候，某电视台到学校拍宣传片，一个导演看上了我，说如果我愿，他可以把我安排到电视台或电影制片厂做配音员，还给我留下电话。我当时欣喜若狂，以为遇上伯乐了。但是我错了，我掉进了他早已设计好的陷阱中。

他夺去我的贞操后，我就暗暗发誓，我要做一个让人们羡慕的人，包括你，我真怕你看不起我。

我的婚姻过得一团糟。第一任丈夫是个摄影师，在我刚刚入行做电影配音员的时候，他看上了我，很快，我们结婚了。第二年有了女儿，他就叫我做全职太太。可我不愿做个坐享其成的人，女儿半岁后我就耐不住了。我找了那导演，要求他帮忙在电视台找一份"露脸"的工作，正好电视台正在拟做一档综艺节目招聘节目主持人，我历尽千难万苦终于挤了进来。在这过程中，我付出了我的所有，包括失去丈夫，失去女儿，也失去我脑海中的你。我已豁出去了，我要让自己成为你们永远倾慕的明星。

协议离婚后，我全身心投入到我与里里主持的综艺节目中。功夫不负有心人，一年后，我不但站稳脚，还获得观众评选为最佳主持人。可是，你不知道，我失去的怎么能用荣誉补回来呢？绝不能！

我的第二任丈夫是个珠宝商，他家囊万贯。死死追了我一年。我不稀罕他有钱，我要的是一个安稳的家。可是自从与他生活在一起，我才发现，原来他是个色魔狂。他经常搞所谓的派对，勾引许多想进入电影电视行业的女孩。有一次在游艇上，一个女孩因为他差些跳江溺亡……

从此，我失去再婚的勇气。

强，我真的羡慕你现在的生活。你的随遇而安，你的与世无争，你的坦坦荡荡让我悟出活着如何幸福的道理。我知道你不为名利不为美色所惑，你才是个名副其实的好男人。

昨天晚上，你醉乎乎的，我偷看了你的手机相册。从你的全家福里，我认识了你的妻子，一看就知道她是个贤惠的女人，我自愧不如；两儿子长得挺帅的，听你说都大学毕业有工作了，祝贺啊；你还是老模样，目光炯炯有神。我发现相片中你的眼睛总是盯着我，好像要看透我似的，叫我有些心慌。我还是我，可是，我已不是三十多年前的我了。我失去了太多太多，不能再找回来了。

本以为这次回母校再拾起一些什么，看到你的全家福，我只有祝福了，衷心祝福你一家幸福平安。

雪　即夜

我看完雪的信，真想要对她说些什么。我飞快地跑到大街上，寻找那辆白色的奥迪，那辆有一个女人戴着墨镜穿着绿油油旗袍的白色奥迪。可是，大街上，留下的只有那来来往往的鱼贯的车流。

抬头看看天，碧蓝的天空上，一只落队的孤雁正忧伤地飞向远方。

逃离黑夜

一

天渐渐黑了下来，豆大的雨点毕毕剥剥敲打着窗玻璃。下雨了，莫祖冠躺在重症室的病床上，目光呆滞地望向窗口。雨水蚯蚓般在玻璃上爬行，他似乎看见窗外的夜幕吞噬掉天边最后一丝亮光，苍白的脸上更显苍白了。

病房里的灯光明亮，呼吸机在运转，输氧软管插进他鼻子里；点滴架上，输液瓶里的茶色药水慢慢降低水位，从他的左手臂输送进他的身体。

他进医院才两天就进了重症室。他没有见到郝大花。这十多天，他在死亡中挣扎。昨晚，他在鬼门关转了一圈，现在还心惊肉跳。

昨天夜里，他差点没醒过来。他的呼吸越来越困难，喉咙里似乎有个面团堵着，想咳都咳不上来。他晕了过去，迷迷糊糊中，他发现自己掉进一个沼泽深坑里，淤泥没过脖子，流质般的泥浆正往嘴巴里灌。他想闭上嘴巴，上下颚却怎么也使不上劲，像有两只无形的大手强掰着；流进嘴里的泥浆停在咽喉处，怎么也咽不下去，堵得他喘不上气来，想呼救却叫不出声来。正绝望

时，郝大花似乎向他呼叫："你要挺住!"有一只手伸了过来，他
像抓住了生命稻草似的紧紧拽住，不敢放松。不久，泥浆不再往
嘴里流，呼吸也通畅了些许，身体渐渐浮上沼泽面……醒来的时
候，他发现打点滴的那只手正紧紧抓住女护士的左手。女护士见
他醒来，用右手轻轻抚着他的手背，柔声说："放心，我一直在
你身边。"

这话像他女朋友郝大花说的一样温柔、亲切，满是浓浓的体
贴。他想说声谢谢，可是，话到嘴边就被心中涌动的情感淹没，
鼻子一酸，化作两行清泪从眼角处淌了下来。女护士赶紧用纸巾
给他擦干净，安慰他说："你会好起来的，别担心。"

女护士一直看护他，从十天前被确诊感染到现在，每天都护
理着他。在他无助的时候，她握住他的手，像有一股清新的空气
从他手臂上源源不断地传输到病变的肺里，让他轻松、舒心。他
常常看到护目镜里那双明亮亮的大眼睛，那双犹如盈盈秋水的大
眼睛，眼神是那么亲切含情，像他的女朋友郝大花的眼神，柔柔
的，暖暖的。他不知道她长啥模样，全在密实的防护服里隐藏
着。他想象她一定是个美丽的女人，希望出院时能看看她的
模样。

近段时间发生的事情叫他有些措手不及。本来是高高兴兴从
打工地带女朋友郝大花回来过春节的，没想到一回到家就碰上疫
情，让他和郝大花像牛郎和织女一样硬生生分开，现在他的心情
还难复平静。

想起那天晚上也是像今晚这样的时间这样的天气，天慢慢黑
下来，外面渐渐沥沥的雨点毕毕剥剥敲打着窗玻璃。他站立在自
己家里的窗前，看着夜幕慢慢吞噬掉天边最后一丝亮光，他决定

破窗出逃，去医院看看郝大花。

他没有拉亮电灯，在黑咕隆咚的房间里，摸索着走到床边，怕惊扰别人似的，悄悄躺下，把双手垫在后脑勺，闭目听着窗外的雨声。雨声越来越大，像是郝大花急促的脚步声在向他奔来。

"花，你要挺住！"他叫了起来。睁开眼，黑麻麻的天花板上似乎出现郝大花痛苦扭曲的脸，他眼圈红了。

他不能让郝大花痛苦，他宁愿自己得这病也不能让郝大花痛苦。可是，这病毒喜欢郝大花而不喜欢他。

郝大花和他在表哥的装潢公司上班。腊月二十的时候，表哥给他们放了假，说是让他随郝大花回家见未来的岳父母，过好最后这关。他有些忐忑，怕她的父母看不上他这个未来女婿，毕竟他的家境不富裕，年纪比郝大花大十岁。郝大花安慰他说，就是父母不同意，我也跟定你了。就这句话，他发誓要疼她一辈子。那天，两人一早兴冲冲坐上回广西的动车，下午四点回到了桂林。在等候班车时，他提议是不是在桂林玩几天再去她家。郝大花知道他的心思，似嗔似笑地说："就你喜欢拖拉，随你吧。"于是，找了家旅馆住了下来。

在桂林卿卿我我一个多星期，不觉已到腊月二十八。郝大花带他见了父母，父母见女儿带了个高大帅气的男朋友回来，很是高兴，但一了解他的年龄和家庭情况后，便显得不冷不热了。第二天早上，郝大花送他上车，对他说："正月初六去你家，记住，你到县城接我，不见不散。"

"不见不散。"躺在床上的莫祖冠叫了一声，抹去眼里噙着的泪水坐了起来。明天就是正月初六了，他要到县城去。

二

大门外，张阿狗在值守，即使在这下雨夜，即使伸手不见五指，也不敢松怠。李大山说了，守住莫祖冠就是保住夹里村几百条生命不被感染。

他和莫祖冠是最好的朋友，村里三十好几的男人就他俩没有成家，许是同病相怜，两人黏在一起无话不说。

从腊月二十六开始，夹里村就有流动宣传车来叫嚷了：凡外出打工回来人员必须自觉在家待着，不得外出……

莫祖冠一回到夹里村，就成了要自觉在家待着的观察对象。

他父亲离世早，母亲跟人跑了，留下他跟着奶奶生活。他用打工挣来的钱建了两层水泥楼，满怀希望娶妻生子，却没一个姑娘看上他，正垂头丧气时，开装潢公司的表哥一个电话打了过来，说来我这里吧，只要你够"跳"，不怕没有妹子喜欢你。去打工的前一天，他把张阿狗叫到家里吃了顿饭，说他要去湖北打工，顺便带个妹子回来，叫他帮忙关照一下奶奶。

张阿狗好赌，他跑广东打工时，工钱都丢赌洞里去了。两年前，父亲身体不好，母亲糖尿病，父亲中风摔在家门口差些没了命，他才不再外出打工。他听莫祖冠说要去打工找女朋友，也蠢蠢欲动起来，只可惜要照看父母，不得不打消念头。莫祖冠安慰他说："兄弟，心急吃不了热豆腐。我先探路。麻烦你先照看我奶奶了。"张阿狗说："成，都是兄弟，安心去吧，"

腊月二十九那天，张阿狗正蹲在村口那棵大樟树下听李大山说怎样预防病毒。莫祖冠一回到村口，就看见了他，向他打招呼。张阿狗见了他，嘴巴打起了哆嗦，很久才挤出一句话："祖冠，我……我们……你……你先回家吧，等一下我去你家。"莫祖冠见他畏畏缩缩，说话结结巴巴的，也不放在心上，心里挂念着奶奶，就匆匆赶回家里去了。

奶奶七十五岁了，身体还算硬朗，每天都到菜地里侍弄青菜。她心里想着孙子如果带女朋友回来得办几桌酒席，种些蔬菜可以省下几个钱。那时，她听孙子对张阿狗说要带个妹子回来，把话放在心里呢。你看菜地里，鲜嫩的芹菜油麻菜菠菜黄芽白种了一畦畦，如果不办事，足够他家吃上大半年。

回到家，见奶奶不在家里，他放下行李后就要出门找奶奶去。这时，只见张阿狗和李大山戴着口罩匆匆赶来了，他们把莫祖冠叫住。李大山说："莫祖冠，你得好好待在家里，不能乱走了。"莫祖冠有些吃惊，说："凭什么？"李大山说："凡从外地回来的人员必须自觉在家里待够十五天，这是上头要求。"莫祖冠一下懵了，这时，奶奶正好从菜地摘菜回来，莫祖冠叫了声奶奶，正想迎过去，李大山大手一指，像孙悟空用金箍棒在地上画了一道框一样，命令他收住脚。莫祖冠站在那里，愣愣地看着他们。李大山对他说道："你奶奶先到张阿狗家住着吧，免得她也被感染。"说完，叫张阿狗扶奶奶去他家里。奶奶不知就里，以为孙子犯事了，说道："这怎么回事？我孙子犯法了？你们行行好，冠儿从不做坏事的。"李大山安慰她说："大嫂，没事的，过几天就给你和祖冠聚一起了。这事等下再慢慢跟你说。"奶奶被张阿狗搀着往家走，她一步一回头，对莫祖冠说："冠儿啊，有什么事就和大山说了，别憋着啊。"莫祖冠点了点头，目送奶奶走远，最后叹了口气，转身回家里，把大门哐当关上了。

三

夹里村像是被毒气笼罩，人心惶惶。随着村里喇叭不停地播放疫情的严重性，人们出门摘菜都戴上了口罩，来去匆匆，生怕病毒追着自己跑。

当天，莫祖冠见张阿狗戴着口罩在他家门口走来走去，打开门，想出来与他聊天，前脚刚踏上门槛，就被张阿狗叫住了。张阿狗说："你别出来！李大山说了，你要好好在家待着。你一出来，我不得不向他汇报。"莫祖冠收住脚步，不满地说："阿狗哥，你就信他们说的，我有病毒带回来？你看看，我身体强壮得很，我有病吗？"张阿狗说："祖冠啊，耐着性子吧，从外地回来的都要这样。其他事情我不管，就这事我不得不管。"

莫祖冠骂他不够兄弟，给李大山当狗腿子。张阿狗不理不睬他，装作没听见。莫祖冠见他一言不发，问起奶奶在他家的情况。张阿狗说："你十二个放心，你奶奶就是我奶奶，我尽量照顾好她。若你心疼奶奶，就别让她接触你，否则连奶奶也被连累，闹出病来不好办。"莫祖冠终于静下心来，想：到时间证明我没有带病毒再好好教训你们。这时，莫冬梅背着一个药箱走来了。她初中毕业去读了卫校，七月份才在镇卫生院做护士。她戴着口罩，头上罩着个一次性蓝色薄膜防护头套，只露出两片眼镜片子，见了莫祖冠，身子有些发抖，颤声问："冠哥，你……有咳嗽，感冒，身体乏力吗？"莫祖冠翻了翻白眼没好气地说："美国人才感冒乏力呢。"莫冬梅不气不恼，机械般完成她的职责，从药箱里拿出个体温测量仪对着他的额头照了几秒，再看看火柴盒大的显示屏，然后说："你好好在家待着，早晚测量一次体温；

有咳嗽乏力不要隐瞒，早治疗早出院。"说完，背起药箱急急地走了。莫祖冠盯着莫冬梅扭着屁股远去，肚里骂她不会说话。张阿狗见莫祖冠眼勾勾目送莫冬梅，对他说："喂，别歪心思啵，她可是你同太爷的妹妹。"莫祖冠白了张阿狗一眼，嗤了他一声，把门关上了。

第二天就是除夕，奶奶在张阿狗家住了一晚，一早，就闹着要回家过年。李大山匆匆赶来，把利害关系说了，依然拦不住她。她说："冠儿如果出了事，我活着还有什么意思？我们祖孙俩命连着命，他有病我得照顾他啊。"也不顾人们左阻右拦，蹬蹬蹬往家里去，到了家门口，掏出钥匙开门，打不开，原来是莫祖冠在里面上了反锁。莫祖冠听到奶奶在门外喊他，来到门边对奶奶说："奶奶，你安心在狗哥家过春节吧。我也想通了，真不知道自己是不是带有病毒回来。过了这几天，没事了再回来住吧。"奶奶说："冠儿啊，你去你表哥那里一去就是大半年，我就想和你唠嗑，心里才舒坦。"莫祖冠说："没事的，我们隔着门也可以唠嗑，反正回到家了，您就放心吧。"李大山见莫祖冠这么自觉，放下了心，叫张阿狗拿来一张椅子给奶奶坐下，交代他几句，然后悄悄走了。

莫祖冠告诉奶奶，他有女朋友了，是郝家沟的，本说好正月初六村里惯节带回来的，现在疫情防控管得严，还不知道怎么办呢。奶奶听说孙子有了女朋友，高兴得热泪盈眶，她说："冠儿，奶奶这下就放心了。你要好好的，如果身体真的不舒服，就早点治疗，冬梅妹子不为难你吧？"莫祖冠说："没有，你放心吧。"

四

床头边上，静静地躺着扳手螺丝批和一截生锈的耙齿。莫祖冠伸手摸去，感到那堆工具冷冰冰的。一股寒气从手心沁入骨子里，他抬起手活动了一下手指。

伙计，就靠你们给我开路了。他心里说。

到今天已有半个月了，他不发烧不咳嗽，一点症状都没有；而郝大花在正月初二那天出现咳嗽发烧胸闷，去医院一检查，被确诊感染疫情，在医院接受治疗，她的家人也被继续留家观察。

他揣摩郝大花染上疫情是不是在桂林感染上的。不对啊，她感染，我为什么没感染呢？是不是她村里有人得了这病，才感染上的？他这样想。

他心里放不下郝大花，她的病情怎么样？好些了还是重了？在医院里，她寂寞难过吗？从正月初三开始，郝大花就不再上微信，发去的信息再也不见回；打电话，电话总是关机。这两天，他不停地打电话，电话里依然传来："对不起，您拨打的电话已关机，请稍后再拨。"他急得眼泪都出来了。

他掏出手机打开微信，翻看这几天的聊天记录：

（1月24日晚上10：36）

莫祖冠：花，想你了。

郝大花：（笑脸）一样一样的。

莫祖冠：大过年的，这害人的疫情，叫我们寸步难行。

郝大花：有什么办法呢？

莫祖冠：那我们的约定怎么办？我好想你呢。

郝大花：（笑脸）。

……

（1月25日早上8：03）

莫祖冠：520（三朵玫瑰）1314，鼠年快乐！

郝大花：520（三个笑脸）1314。希望我们鼠年发大财！

莫祖冠：还记住我们的约定吗？

郝大花：初六，放心里呢。

莫祖冠：伯父伯母对你管得紧吗？我怕你出门难哪。

郝大花：他们才不管我呢，还埋怨我回家过春节。冠，别理我爸妈，他们管不住我，我死也跟定你了。

……

（1月26日下午2：12）

郝大花：我咳嗽，有点发烧和气闷，是不是被感染了？（哭脸），现在正在县人民医院。冠，你救救我。

莫祖冠：（吃惊脸）不会吧，早上和你聊还好好的，一下就中招了？

郝大花：是不是我们都被感染了？你要好好的，别出事啊。

莫祖冠：我没有。你要注意身体，有我在，别怕。现在医疗这么发达，没有治不好的病。

（停顿约五分钟，郝大花没有聊话）

莫祖冠：怎么啦？花，被确诊了？

（过了四分钟）

郝大花：没事，冠，我不会有事的。初六无法去你家了，你一定要照顾好自己啊，别出门。就这样吧，下了。

郝大花被确诊后，莫祖冠整天心神恍惚，坐立不安，像一只刚被捉住的麻雀，焦急、烦操、苦闷、惊慌失措又无可奈何。他叫张阿狗把李大山叫来，说有话对他说。李大山一来到，两人说不上几句话就吵闹起来，说李大山有意刁难他。李大山说："你回来才几天啊，别动不动就想出门接触人，如果感染人，这不是闹着玩的。"他不管莫祖冠争辩在桂林逗留多少天，一律不算，必须自觉待家半个月。莫祖冠气得脸红脖子粗，气咻咻拿拳头捶着大门。

当晚，他发现张阿狗搬来一只躺椅和他那张满是汗臭味的被子，守在他家门口了。

那张满是汗臭味的被子莫祖冠曾经盖过。两人同病相怜后，张阿狗晚上时而到他家凑一起睡觉说悄悄话，有天他觉得对张阿狗不够兄弟，就去他家住了一晚，没想到这张被子的汗臭味熏得他直想呕吐，回家又怕张阿狗说看不起他，只得硬着头皮用衣服捂住鼻子度过那一夜。

现在见到那张被子，莫祖冠喉头就想泛酸水。

他不敢往外瞧，对外面的张阿狗说："狗哥，你怎么不信我呢？也与李大山同个鼻孔出气。"张阿狗说："祖冠，想开些，都是为了你好、我好、大家好，就不差这几天了。""可是，我与郝大花约好，后天初六在县城见面啊。本来想快刀斩乱麻，趁她对我热乎接回家，你这样守着，是不是眼红我有女人了？"莫祖冠隐瞒郝大花已感染，这样对阿狗说。张阿狗立即发誓，他从没这思想，并拍着胸脯，说他如果有半丝这样的想法，遭五雷轰顶。莫祖冠偷着笑，知道阿狗把话当了真。不过，他还是继续逗他说："我给你们打乱了，如果我与她散了，狗哥，有话说在先，你和李大山也没好日子过。"张阿狗忙辩解说："这与我无关啵，我只是按李大山要求去做。你要走，我也不拦你，只要你走出这个门，我告诉李大山就是。"莫祖冠心里打起了小九九：好，我不从大门出去，看你张阿狗守得住我！

五

已是晚上十一点钟，从窗口看出去，目之所及，夹里村家家户户都是瞎灯瞎火的，想必大家都睡觉了。莫祖冠蹑手蹑脚来到大门边，侧头从门缝看出去，张阿狗盖着脏被子打着呼噜蜷缩在躺椅里，嘴巴时而吧嗒一下，像在说梦话。躺椅上空斜挂一张红蓝白相间的篷布，中间挂着一盏节能灯，白灿灿地亮着。雨似乎停了，不时从篷布边低凹处滴落下来一两颗水珠。

莫祖冠悄悄回到卧室，把床头的工具抓在手上，来到窗口，悄悄拆下那两扇窗玻璃。窗户外沿是防盗网，一条条拇指粗的304铝合金像栅栏一样坚固地竖在窗口，发出微亮的银光。他不敢开灯，竖起耳朵，细听外面是否有声音，确定无人后，摸索着开始用扳手扭起右下角第一颗固定防盗网的螺丝。他在表哥的公司给人安装过防盗网，做起来顺风顺水。但在黑咕隆咚的夜里，又怕被人发现，就连张阿狗的一声轻咳和语无伦次的梦呓都叫他停了停手。原来预算不过十多分钟就完成的工作，他却花了半个多钟头才拆完。当他把防盗网拆下，放到窗外的墙根下时，时间已是夜里十一点四十七分。

窗外的雨停了，天空似乎露出几颗星星。莫祖冠像幽灵般从窗口跳了出去，消失在夜幕里……

第二天早上，莫冬梅到他家例行检查体温，发现莫祖冠不见了。

全村人哗然，李大山急得左蹦右跳，骂了一顿张阿狗后，立即打电话上报，组织村民追踪，安抚恐慌群众……张阿狗像做错事的孩子耷拉着头颅，连气都不敢喘。奶奶知道莫祖冠夜里拆窗走了，急得浊泪横流，嘴里不停地说："冠儿啊，你怎么丢下奶奶不管了呢？"

李大山在村口集中村民去追寻莫祖冠。在探讨莫祖冠可能去的地方时，张阿狗说："有七成跑县城去了。"李大山问："你怎么这么确定？"张阿狗说："他告诉过我，今天要和他相好在县城见面。"

"妈妈的，疫情这么严重还敢去会相好。"

李大山把手一挥，七八辆摩托车突突突往县城进发。

六

莫祖冠从家里出来后，沿着公路奔跑，到了有村子的地方就放慢脚步，悄悄溜了过去。

大部分村子夜里有人在村口值守，莫祖冠从夹里村跑到下一个村寨时，才发现沿着公路不好走。他怕被人发现，只好远远从田间拐过村子，然后再绕上公路。

正是春寒时节，黑茫茫的夜，萧萧寒风呼呼地吹着；田垌里，丢荒的田地下了雨，有的蕴着水，有的看似没水，一脚踏下去，鞋底却粘上一层厚厚的泥巴，走起路来十有八九会摔倒。莫祖冠借着微弱的星光，深一脚浅一脚地走在田间里，把脚上穿的跑鞋弄得一团糟。还好，他的眼睛慢慢适应夜里的环境，能分辨出微亮的地方是有水的田块，没水的地方要看准稻草根，踩在稻草根上，鞋底才不粘上泥巴。

来到另一个乡镇，已是凌晨三点多钟。他发现，公路边几乎每个进村道口，守岗人员都躲布棚里睡觉去了。于是，他放开手脚，一路狂奔起来。

以往这凌晨时分，公路上已有早起的商贩的摩托或微型车开着大车灯呼啸而过，现在却冷冷清清，只有他一个人在奔走。冷飕飕的寒风刮在他脸上，身体倒是暖乎乎的。天空的乌云不知跑哪儿去了，露出满天繁星；公路两边的行道树朦朦胧胧的，分不清哪是椴树哪是七叶树。他一边奔跑，一边给自己打气：快点，快点，就要到了。双腿像上足了发条的摆钟，不知疲倦地拨拉；呼出的口气像一团团白雾，从脸上拂过，凉凉湿湿。他脑海里不时闪现郝大花被病魔折磨的样子，心里这样道：

"花，我来了，我来了。你要挺住。"

"你不能离开我，我要你一生一世陪着我。"

……

七

李大山张阿狗他们开车来到县城的时候已是中午九点二十分。他们把摩托停在时代广场一棵榕树下，放眼望去，只看到一些来去匆匆的人们买了菜蔬后就消失在居民巷道或小区里，大街上的店铺几乎紧闭，时代广场空荡荡没一个人影。莫祖冠消失在县城里，无影无踪。他们茫然地左顾右看，不知往哪儿找他。

李大山问张阿狗："他对你说在什么地方见他相好吗？"

张阿狗摇了摇头。

这时，一个身穿荧光马褂的中年男子向他们走来了，当知道他们是要追寻一个逃离人员时，也热心起来。他指点去菜市场、医院或一些工地去看看，只有这些是盲区。于是，大家散开，两人一组向这些地方去找寻。

早晨七点五十八分，莫祖冠终于跑到了县城。他的内衣湿透了，躲进一个废弃的房子里把内衣脱了，然后整理好衣服鞋子，戴上口罩，学着城里人晨跑的样子进了城。

他直奔县人民医院。

医院里的发热门诊，一个女医生穿着白大褂，面戴医用口罩，头上戴着一次性薄膜罩子，坐在就诊桌边整理材料。莫祖冠往里看了看，被女医生发现了，问他是不是来看病的。莫祖冠鼓起勇气走了进去，说他是郝家沟郝大花的男朋友，郝大花初二住了院，能否告诉他住在哪个病房？女医生一下警惕起来，是她接诊郝大花的，眼前这个人是不是她的密切接触者。她问他是否与郝大花在一起。莫祖冠撒谎说，他和郝大花是一起打工，八月份就回家照看父母没有下去了。现在还没碰过面呢，所以出来看看她。她又问他是否咳嗽感到乏力什么的，莫祖冠摇摇头，说没有。女医生拿起桌上一个体温检测仪，走过去对准他的额头照了照，发现体温正常。她对他说："她被确诊了，上头有规定，为了避免交叉感染，不能去探视。请回吧。"莫祖冠还想纠缠，被女医生训斥了一顿，只好垂头丧气地走出发热门诊室。

无论如何，我要见一面郝大花。他这样想着，往住院部走去。住院部有三栋楼，他从第一栋开始，逐一查看每个病房。他碰上有护士询问，就慌说是某病房的陪护家属。在来到最里面的第三栋楼时，他正想靠近那个玻璃门出入口，保安人员老远就对他叫来："快走开！这里是疫情治疗区，不许接近。"他收住了脚步，心想郝大花可能就在里面了，见不远处有个凉亭，走过去坐下来，仰着头仔细查看每一个楼上窗口，希望能发现郝大花。果然，顶楼最右边的窗口出现了两个背影，一位穿白色防护服的医生正扶着一个女人站起来。穿着防护服的医生像一名宇航员一样全身包裹得严严实实，双手扶住那个穿着蓝白相间衣服的女人正准备往里走。他看到女人扎在头上的马尾长发，那头长发染成了金黄色，是那么的熟悉，那么的勾他心魂。是她，是郝大花！他一阵激动，连滚带爬跑出凉亭，摘下口罩，用手做成喇叭状，罩到嘴边呼喊道："郝大花，我来啦。你还好吗？"那个女人转过头，循声望了过来。他赶紧向他招手，说："我在这里。"女人在医生的搀扶下转过身，也向他摇动着手。

他似乎听到她说："冠哥，我看见你了。我会好起来的。"

"不许大声喧嚷，快点走。"保安冲了过来。

"你要好好治病，我等着你。"

"……"

莫祖冠被保安和防控队员拽走了，他没有听清最后她说了什么话。被扭送到医院督查室时，他心里还这样念叨着：我终于没有失约，我终于没有失约。

这时，李大山和张阿狗来到医院，见了莫祖冠，嘘了一口气。

八

他一夜都没有合眼。天亮了，他看见女护士正给他检测体温。她高兴地告诉他，他的体温降下来了。他深呼吸了几下，感到呼吸不再有这么困难。他又想说声谢谢，伸出手想与她握握。她知道他的意思，轻轻捉住他的手说："加油！你已度过危险期，身体会越来越好的。"

量血压，抽血化验，送 CT 室拍胸片……在去拍胸片的路上，她告诉他，郝大花出院后，捐献了血浆。是她救了他。

下午，女护士说，他可以转普通病房了，叫他放松心情，配合治疗，出院的日子已不远了。

他又激动起来，这十多天是她忘我地"服侍"他，嘘寒问暖，不嫌弃他是个被立案审查的人；他无聊时，给他讲故事、读文章、说笑话，甚至给他唱歌，让他开心快乐；他的每一声呻吟都触动她的神经，鼓励他，安慰他，叫他加油，说一定会好起来的；他还看到，他最虚弱的那一天，她握住他的手鼓励他时，护目镜里那双美丽的大眼睛里闪着同情的泪光。

他终于抑制不住心中的澎湃，哽咽地说出了那两个字：谢谢！

他在心里说：不会有黑夜了。

隐翅虫

隐翅虫又叫影子虫，她像影子一样困扰你。那个曾经的影子，你放下了吗？

——题记

一

何欣躺在床上，凌乱的秀发像黑色的金鱼尾巴散满了半边床，刚套上的那件兰花碎色睡袍胡乱地包着身子。刚才，她与刁有胜在紧张刺激和害怕中，满足了自己的心理需求。现在，她心里还怦怦乱跳，怕有人发现他们。

已是秋后寒露时节，一到夜晚，寒意有些袭人。室内虽然关了门窗，外面萧萧刮起的寒风还是从缝隙处明目张胆地钻了进来。外面月朗星稀，虫鸟噪声，月光没遮没挡地从窗户跳了进来，霸占大半边席梦思床，霸占着何欣大半边身体。何欣让月光躺在身上，听着外面的风声，心里涌起莫名的懊恼。这时激情已过，刁有胜离开房间已有半个多小时了吧，她的脑子和身体同时被寒意唤醒，赶紧爬起来把睡衣裹了裹，系上衣带，嘴里骂了句：妈的，我是不是吃错药了。然后扯过被子把自己埋在里面。

刁有胜租住在城东某栋楼的一楼，离她租住的房子有一公里。那天晚上十一点钟左右，何欣从迪吧出来，撑着雨伞走在大街上。天上下着小雨，街灯在雨中像蒙着面纱的眼睛望着她。路人早已跑回家睡觉去了。她睡不着，丈夫谢小峰出差在外还没回来，觉得回家太寂寞，便信步溜达，却鬼使神差来到了刁有胜家的窗外。她停了下来，心里骂自己是不是得了梦游症了。这时，噢，天哪，里面传出莫丽激奋的吟哦声。她竖起了耳朵……

自从认识刁有胜，她就暗恋他。她和莫丽大专毕业来到这座南方小城的时候，一起在碧峰名庭售楼部做售楼小姐。那天，刁有胜陪着公司经理来咨询，何欣就被他英俊的外表和健硕高挑的身材吸引住了，以至错把他当了经理，弄得自己很尴尬。而一旁的莫丽趁机插了进来，把经理弄得服服帖帖。莫丽是个很有心计的人，她也被刁有胜吸引住了，在接待好其貌不扬的经理后，要了经理电话。几天后，她从经理那里弄到了刁有胜的电话，就与刁有胜联系上了，用了不到半年时间就把刁有胜收服在自己的石榴裙下。何欣一肚子醋意，但面对莫丽和刁有胜挽着臂弯出现在自己的眼皮底下又不敢耍露小心眼，为了保全颜面，全然一个高傲公主的派头。不过莫丽很快察觉她的不快，悄悄叫刁有胜把他公司跑业务销售的谢小峰介绍给她。谢小峰虽然比刁有胜健壮彪悍，但在何欣心里，谢小峰是粗遢的，刁有胜是文质彬彬的，觉得谢小峰永远没刁有胜那么有魅力。人就是这样，当自己喜欢上的东西，就是一片残叶也觉得是最美最好的。她与他苟合后，却发现这个让她掏心掏肺的男人也如一潭寡水平淡无味。现在，反倒给自己心里增加了负担。

何欣躲在被窝里像一只蜷缩的刺猬，咬着食指开始后悔了。

我为什么要走出这一步呢？她问自己。

昨晚，她跑到琳琳酒吧找了个临窗的座位坐下，观察着对面刁有胜上班的写字楼。这两天，莫丽总在她面前抱怨丈夫加班，常常十一二点钟才回到家。说者无意，何欣像是抓住了什么，一下班就跑到琳琳酒吧，抢占了那个临窗位置。谢小峰出差在外，她早已渴望有这么一天与刁有胜卿卿我我一场。她慢慢品着鸡尾酒，目光却死死盯着对面那扇玻璃门。十点刚过，刁有胜从公司出来。她赶紧离开座位出了酒吧，装作喝醉酒的样子摇摇晃晃向对面走去。

刁有胜做经理助理不容易，这几晚或赶材料加班或去应酬，弄得莫丽对他怨声载道。今晚，他来到大街旁等出租车想早些赶回去，见何欣跟跟跄跄过来，就上前扶住她。何欣说她喝多了，不知怎么就来到了这里。他闻到了何欣呼出的酒气，见有一辆出租车经过，就扬手叫停，把她扶进车子里送回去。

何欣心里暗自欣喜，依着刁有胜，任车子往她的住处开去。

从出租车下来，刁有胜一手挽着她的腰，一手拉着搭过肩膀的手，一步一步爬楼梯。何欣住在三楼，他掏了她的钥匙开了门，进去后用脚把门带上。刁有胜把何欣扶进卧室，正准备放她躺在床上时，不经意看到床头柜上搁着一框二十多英寸大的何欣的写真照。照片里，何欣坦然地侧着身体坐在一张绿毯上，一只手撑着头颅，一只手顺然地放在侧身上面。她微笑着，几缕长发掠过娇美的脸庞，纤长的美腿像两条海豚绞在一起，那该有的山峰和丛林一览无遗地呈现在刁有胜眼前，叫他有些心慌意乱。

刁有胜心猿意马地把何欣扶到床上，给她褪去鞋子，准备打开被子给她盖上的时候，何欣的双手蛇般缠住了他的脖子，把小嘴印到了他的唇上……

二

刁有胜回到家里已是夜里近十二点钟。他从何欣那里出来后就在大街上漫无目的地游荡，他骂自己没有定力，不该做对不起朋友的事情。

莫丽早已睡下，侧着身子脸朝里面躺着，那头秀发像黑金鱼的尾巴披散在枕头边上。刁有胜蹑手蹑脚来到床边，悄悄把身子往床上移，怕扰醒她。当他刚躺下，莫丽梦呓般地说：就你要加班，我苦呢。说着，翻过身把手臂搭了过来，落在他的脖子上。刁有胜不敢出声，躺着不敢动。这时，莫莉伸手摸到床头灯按钮。"啪"灯亮了，她睁开眸子看着他，说：为什么不加个通宵呢？这话带有埋怨的味道。刁有胜说，没办法啊，吃人饭受人管，我们得互相理解。说着，伸手把床头灯关了，然后，亲昵地把莫丽搂在怀里佯装睡觉。

窗帘拉得特严，卧室黑麻麻的。他睁开眼盯着天花板，真想掏支烟烧，想想还是放弃了。他心里骂自己不该浑谢小峰外出摸他水鱼，毕竟两人同时应聘到这家公司工作。谢小峰跑业务，说是趁年轻跑业务有提成，攒了钱在这里买房子。他却没这么想，觉得做个文员轻松自在，虽然挣钱没有谢小峰多，但安逸于没有风里来雨里去的辛苦。每次跑业务，谢小峰都叮嘱他照看好何欣。自从刁有胜介绍何欣给他，他就把刁有胜看作是自己最信任的哥们。

以后我怎么面对谢小峰！刁有胜在心里叫道，我是塘角鱼不见得饵啊，分明里面藏着钩，怎么也张嘴往肚里吞呢？

三

何欣来到售楼部的时候，莫丽早已坐在电脑前整理材料。她抬头向何欣看去，发现何欣今天没精打采的样子，就说：你是不是身体不舒服？去看看医生吧。何欣笑了笑说，没事，昨晚睡不好觉，起来头脑有些涨。她一晚都不合眼，起床后用冷水洗把脸就赶来上班了。莫丽笑她说：是不是想小峰了？何欣嗔她道：就你最坏，总爱挖人心思。两人于是呵呵笑了笑。

整个中午，何欣都担心自己说漏嘴，怕莫丽抓了把柄。有人来咨询时，她宁愿拿少些提成，把客户让给莫丽她们去接洽；实在忙不过来，她才出来应付。她时不时往莫丽身上瞧，好像这个与她相处了五年多的掏心掏肺的朋友始终是她一道看不厌的风景。莫丽靓丽大方，鼻梁上架着一副金丝眼镜，显得文质彬彬的，与刁有胜很般配。不过，何欣每次揽镜梳妆时，觉得自己并不比莫丽差。她有一双双眼皮大眼睛，她不近视不需戴眼镜，她也有娇美的身材，偏偏刁有胜就娶莫丽而不是她。现在，她再审视莫丽，似乎发现莫丽还有一种气质，一种冷傲的、叫她害怕的气质，她现在正被莫丽这种气质笼罩着，提心吊胆地活在她的眼皮底下，这叫她不寒而栗。想起昨晚与刁有胜疯狂的一幕，颤然叫她身子抖了一下——我怎么不顾莫丽的感受？我真不要脸啊。

她想，如果莫丽知道，不把她吃了?！

下午，何欣请了假，闷在家里与心里的莫丽打着架。

她模拟被莫丽知道后，如何与莫丽争辩解决，如何大事化小，小事化了。她还想到丈夫谢小峰与刁有胜是不是也有一场龙虎之争。她心里说，一定有的。

这种模拟之争弄得她焦头烂额。她始终被莫丽那种叫她害怕的气质打倒。她从卧室走到客厅，又从客厅走到卧室，坐坐走走，走走坐坐，后来干脆躺在床上，挣扎在云里雾里不能自拔。直到她下床不经意走到阳台，看到西斜的太阳，才放弃这种无为的纷争。

唉，何必呢？船到桥头自然直，该来的躲也躲不开。

她随手理了理头发，拿出手机给谢小峰发微信：

老公，想你了，何时才回家啊。

一会儿，谢小峰来了回信：

老婆，我忙呢！这是个大单，拿下这一单就有十多万提成，也许这十天半月无法脱身了。等做好这一单，我在家陪你一段时间好不好？

不好！你出差半个多月了还不回来，我要你现在就回来。否则，别怪我……

她专门用了个省略号。

谢小峰顿了一会儿才回她：

呵呵，我知道你想说什么——量你也没那胆量。

何欣看了，心里像有某种东西堵了一下。她咬了咬唇，回了他一句：你以为我不敢？你别后悔！

谢小峰说：你看着办吧。我必须完成这大单。下了。（打了三个扬手的笑脸）

何欣下了微信，抓起坤包出了门。

四

大街上正是下班高峰期，来来往往的车辆像甲虫一样慢吞吞地爬着行走。夕阳的余晖撒在大街上，行人和车流像是发光体，放射金色的光芒。何欣依着街道旁往琳琳酒吧走去，尽量避开夕阳的照射，或者说，她走在阴影里，像一只逃窜的老鼠。

她一路想着，得与刁有胜谈谈。

可是，谈什么呢？她这样问自己。谈过去自己对他的暗恋才有的这次出轨？谈出轨后自己得与他一刀两断？谈如何应对莫丽谢小峰他们？她觉得都应该谈一点。毕竟走出了这一步，该有个处理的好办法才行。

何欣来到琳琳酒吧的门口，往那个能看到写字楼的窗口位置看去。那里已坐着一个男人，他左手握着手机搁在桌面上，右手托着下巴看向窗外，好像被窗外的什么景象吸引住了。

男人虽然侧着头，但何欣一眼就认出是他。

怎么会是他呢？不是说十天半月不会回来的吗？何欣差些惊叫起来。她正想转身退出去，谢小峰说话了：

来了就坐下来吧，刁有胜等一下也来的。

他没有回过头，像是对窗外说话，声音嗡嗡的。

何欣听得一清二楚，有种说不出的滋味噎在心头。

她给自己壮胆，很快调好了心情，装着吃惊又埋怨地叫道：谢小峰?! 还说十天半月没办法回来，你就知道欺负我呀！边说着边奔过去，扬起粉拳想撒一下娇，见酒吧人多，只得放下手，小心地挨着他坐下来。

谢小峰转过了头，像盯着小偷似的在她脸上身上扫来扫去。他烈烈的目光，看得何欣心惊肉跳。

他伸出食指轻刮了一下她的鼻梁，脸上才堆起了笑容，说：你看你，见了我还一脸阴晴不定，不喜欢我回家吗?

何欣还差没吓掉眼泪，见丈夫脸上有了笑容，吊着的心才稍

稍放了下来。她不敢正视他炯炯的眼神，小心地说：你回来应该
告诉我一声，或者直接回到家。微信里还骗我，你真坏！

谢小峰哼笑了一下说：我不可以突然袭击吗？也让你长记性
或者忽然高兴一下。

何欣脑海里过了一下他的话。她开始学会揣摩别人的话语
了。她斟酌了一下才说：你不信任老婆了？就因为微信那句话？

见谢小峰默不作声，拿起手机玩起来，她又补充说：我微信
说，你以为我不敢，我敢吗？

谢小峰把目光从手机屏幕移向她的脸，盯着她的眼睛说：为
什么总说这些呢？你该问问我这次出差有什么收获才对啊。

何欣感觉自己脸上有些发热。她忙避开他的目光，伸手挽住
他的手臂，撒起娇来：我就是想你嘛。

这时，刁有胜从写字楼出来了。他一身西装革履，健步往琳
琳酒吧走来。将近酒吧时，谢小峰向他打招呼。何欣看见了刁有
胜，刚刚平复的心又怦怦乱跳起来。她怀疑丈夫是不是早已回到
小城，或者没有离开小城，他是等刁有胜来就揭底了。想到这
里，何欣不淡定了。她赶紧掏出手机胡乱地玩了起来，心里叫
道：刁有胜你这傻蛋，不来不可以吗？

刁有胜在酒吧外看见何欣时，心里也颤了一下。他以为像以
前一样，谢小峰一回来叫他聚聚，说些男人杂七杂八的事情，从
不带何欣在身边的。多了何欣在一起，他心里就打起鼓来了。

其实他心里早就打鼓了。下午三点刚过，他接到谢小峰约他
的电话，心里就开始烦躁不安。他不敢拒绝谢小峰的邀约——谢
小峰每次出差回来，都叫他到琳琳酒吧聚一聚的，这已成了惯
例。所以，他一接到电话，就顺然地应了下来。接着他就后悔
了，他无颜面对谢小峰。他想起两人从不同的大学毕业，来到这

家公司工作。这几年里，一起同甘共苦亲如兄弟，并且还超越了兄弟关系。他与莫丽结婚的时候，谢小峰调侃他说，有胜哥，莫丽与何欣亲如姐妹，我们是连襟了。我们是兄弟加连襟，亲上加亲，比兄弟还亲了，哈哈……就谢小峰这句话，以往有应酬，他都抽时间脱身去碰面。他本想回个电话推脱的，再三斟酌后还是放弃了。

我不该进他们的房间。刁有胜回忆昨晚的经过，梳理了个大概，知道自己是被何欣套了。但他无法说服自己，毕竟一只手掌怎么拍得响呢？

在下班前去琳琳酒吧那段时间，刁有胜陷在自责的痛苦中。他后悔昨晚的冲动，后悔不该陷入何欣的温柔乡里。

我真是个混蛋！我吃了窝边草。

他不安地走进琳琳酒吧，来到谢小峰的桌子，坐到了他们对面。何欣还是低头玩着手机。谢小峰说，有胜哥来了也不打声招呼？何欣略略抬了抬头，挤出一丝笑，对刁有胜说，不好意思，玩手机入迷了，莫见怪啊。刁有胜知道她是有意避开尴尬的，就笑了笑，对谢小峰说，每次回来都是你请客，今天让我来了。说完，招呼服务员过来，挑了一瓶5888元6升装的罗马康帝酒庄葡萄酒。谢小峰也不说话，看服务员拿酒来，开瓶，倒酒。服务员离开后，谢小峰拿起高脚杯，盯着杯里血红色的葡萄酒，幽幽地说，也许，杯里盛着的是你的……他没有把话说完，"叮"地与刁有胜碰一下，仰头就把葡萄酒倒进肚里。

刁有胜呆愣地看着谢小峰。何欣也呆愣地看着丈夫。以往，他们喝葡萄酒都是一摇二闻再品尝的。现在他却像喝烈酒般一口闷，这不是明摆着谢小峰心情不好嘛。

他们不敢说话，只是默默地看着谢小峰把酒喝完。谢小峰喝完了杯中酒，见他们看着自己，就说，喝呀，看着我干吗？刁有胜不得不打起笑脸，说，小峰，给你弄糊涂了，以前我们都慢慢品，现在叫一口闷。呵呵，行，听你的，一口闷。说完，仰头也把杯里的酒往嘴里灌。

谢小峰对何欣说，你也一口闷吧。

何欣说，放过我吧，你们斗酒得有个人清醒才是。

谢小峰盯着她大约有两分钟，最后叹了口气，不再说什么。

何欣看着丈夫与刁有胜斗酒，叫她如坐针毡，心里祷告着，希望不要有事情发生。

三杯过后，刁有胜搅在心里的郁结像被激活了。他张了张嘴，想一吐为快，把糗事抖了，好让自己别憋屈。他想：我既然做了这种事，就得面对，就是打死我也认了。但当他看到坐在谢小峰身边的何欣时，他又把话吞了下去。在谢小峰还没有兜底前，他不能捅马蜂窝啊。谢小峰如何处置何欣是个未知数，他不想伤害何欣。他抿了抿嘴唇，站了起来，给高脚杯倒上酒，说，小峰，身在江湖不由人啊。也许，许多年后，我们再回忆过往，一定骂自己孬种。

谢小峰说，冤家都是有来头的，苦日子也会过去的。来，喝酒！说完，拿起酒杯又灌了起来。

刁有胜也仰脖灌自己。

他们就这样喝着，有时两人不说话，有时说些过去在一起的事情；有时像是嘻嘻哈哈笑着，脸上的笑却很僵硬；有时互相握着手一脸阴郁，却发现他们眼眶里噙着泪，眼角处似有一只隐翅虫趴在那里不愿离开。

何欣看在眼里，心里五味杂陈，粲然在告诉她，他们在苦苦挣扎着。

五

第二天，何欣来到售楼部，没见莫丽的影子。

她也要好好与莫丽谈谈。

昨晚，她也苦苦挣扎着。酒吧里，丈夫和刁有胜以斗酒传达各自的痛苦。她看到了两个男人在情与欲、爱与恨中的抉择。她痛恨自己不该沉湎在"欲"中不能自拔。丈夫的苦苦奋斗，并不是没有七情六欲，而是为她和家庭牺牲"情"和"欲"，是她打灯笼再也找不到的好男人。回到家后，她尽量做好妻子的本分，好消弭心里的阴影。她要用行动弥补自己的过错，争取得到丈夫的谅解。她给丈夫灌满一浴缸的温水，又忙着洗干净他换下的衣服；睡觉时，她像小鸟般依在谢小峰的怀抱里。谢小峰怅怅然看着天花板，最后，还是搂着她安然入睡了。天一亮，何欣赶紧起床弄早饭。她熬了一小锅丈夫最爱吃的莲子八宝粥，端端正正放在餐桌上。她轻轻走进卧室，准备叫他起床吃饭，这时，她发现还赖在床上的谢小峰的眼角处淌着两行未干的泪痕。她又看见了隐翅虫，落在丈夫的眼角处。隐翅虫咬着她的心，咬着她的不检点的神经。他知道，丈夫虽然闭着眼，但一定是醒着的。她的眼圈红了。

一切都写在丈夫的脸上了，不容她质疑。她转身轻轻走出卧室，把将要哭出的声音咽进肚子里。

她不能原谅自己。她做好了准备，希望丈夫和莫丽狠狠揍她一顿，让自己心里舒服些。

整个上午，莫丽像空气一样看不见抓不着，却在无情地撕咬着她的心。

莫丽比她早到售楼部，接客户看房去了。午班将下班，她回到了售楼部。

何欣拉着莫丽到售楼部一旁的老友粉店吃午饭。

何欣边吃河粉边说：丽姐，昨晚他们俩斗酒，你丈夫告诉你吗？

说了。我问他为什么是不是又加班了？他说与你小峰喝酒。怎么啦？你男人没有喝醉吧？莫丽睁大眼睛看着她。

听口气，刁有胜还没有把糗事告诉她。

何欣想了想说：没有，他好好的。回来还要我煮一碗面给他吃呢。

说完这谎话，她看着莫丽吃着河粉，改变了主意。她说：

丽姐，你知道吗？有些事情，我们做女人的，有时就像借着月光走夜路，眼看前面平平坦坦的，却有个水坑看上去像是石板。一脚踩过去，溅起水浆后才知道那里是不该走的，结果弄了一身脏。我就是这样的人。

莫丽夹起河粉刚送到嘴边，听了何欣的话，停了下来。河粉刚被她嗦着，像一挂瀑布，仿佛她的嘴巴就是瀑布口，那口大碗就是瀑布潭。她提眉抬眼看着何欣，不知她说的之所以然。她松了口里的河粉，让瀑布落入碗中，伸手摸了摸何欣的前额说，你是不是病了？要我陪你去看看医生吗？

何欣苦笑了一下，叹了一口气说，唉，是的，我今天是怎么啦？总喜欢说些屁话。

不过，她吐出了这些话，感觉自己轻松多了。

六

谢小峰斗酒后的第五天，带着何欣离开了南方小城。他们来到了偏远的步城开了一家广告公司，生意很红火。

半年后，刁有胜与莫丽离了婚。

何欣听说他们离婚了，非常难过。她本以为走这一步的是她和谢小峰，但谢小峰没有这么做。现在她已怀上了孩子，谢小峰每天对她疼爱有加。

她小心地问谢小峰：他们为什么离了呢？都过得好好的，为什么要离呢？

谢小峰看着何欣，反问她说：你说，为什么呢？

何欣发现谢小峰的目光凌厉地罩在她脸上，脸忽地红了，羞愧地吐了吐舌头。

谢小峰说：还记得隐翅虫吗？就是我们在南方小城租房子住的时候，在夏天夜里喜欢躲我们放凳子上衣服里的那个虫子。那一次我起床穿上衣服，一只隐翅虫从我脖子爬到左脸上。我以为是只蚂蚁拍了它，还顺势把它搓得粉碎，结果我的左脸和左手都出现了红肿，还起了水疱脓疱。中毒后，那火辣辣的疼痛叫我一生难忘。后来，我上网查了才知道，隐翅虫又叫影子虫，她像影子一样不经意就困扰你，以至使你困惑、难过、伤心甚至痛不欲生。可是，谁能告诉我，谁又没有影子呢？我相信，用互省互谅的方法才让自己或对方的心灵得到净化，或者说美化。我做到了。他们却没有做到。

何欣哭了，泪水盈满眼睑。

谢小峰看着何欣脸上倏地淌下了两行清泪，像两只隐翅虫从

眼眶跳出来爬行在脸上，再掉到前襟不见了。他伸过手把她拥进
怀里。

　　过去就让它过去了，人无完人，谁又没有犯错呢？谢小
峰说。

　　他仰起头，眼眶里也跳出了两条隐翅虫。

蓝天飘过一团云

一

一连两个多月不下大雨了。这晚下起了大雨，一下就是大半夜。

张大炮的鱼塘像一面打得稀巴烂的镜子漂满了死鱼。他一早来到鱼塘看到这番景象，眼都直了。奶奶哟，鬼偷吃了！他伏下身子捞起一条白鲢鱼掰开鱼鳃查看，暗红的鱼鳃里有黏糊糊的泥液，泥液里还夹带着血。凭着十几年的养鱼经验，他一眼就看出这鱼是中毒而死的。谁这么缺德，竟然这么狠心给鱼塘下毒！

放眼看向七八亩大的鱼塘，塘里大大小小还没翻白的鱼儿都在冒头张嘴残喘，似乎在向他呼喊救命。有些鱼在水面上开始转起了圈圈，像喝醉酒似的晕头转向，想必不久会死去。必须尽快换水！否则就会翻塘。张大炮身上激灵灵起了一层鸡皮疙瘩，不敢再往下想，拔腿就向金鸡溪跑去。

金鸡溪是村旁唯一一条山涧溪水，水质清凉甘甜，全村人都在饮用。自老祖宗定居金鸡巢，金鸡溪水就是他们的命根子。前人在临村口处掘了一方二十平方米左右的长方形水井，井栏都用长条形的石条镶嵌起来。左角边是溪水引进口，那里有一棵大樟树，树冠如一把大凉伞把水井上方遮得严严实实。清朝进士张瀚明给村里人立下"金鸡甜泉恩天赐，吾辈立命哺涧林"的石碑就在大樟树的树根旁，它昭示着全村人护林立命是根本。

张大炮的鱼塘坐落村旁，离金鸡溪约一百米。以往，那条通往金鸡溪的水沟经常流着清凌凌的活水。每当下雨，他都把溪水堵住，以免鱼塘暴涨逃鱼。昨晚下大雨，张大炮也到引水口堵了水口。他跑到引水口把那块堵石搬开，望着清凌凌的溪水前呼后拥跳进鱼塘，吁了一口气。

引进的溪水不算大，要想把鱼塘的水换个遍得三两天，这可急坏了张大炮。

引水口上方有一个水坝，那是建村时先人筑就的。水坝分为三个支水流，一支引进村口的水井，最大的一支引到村右面那垌水田，而从大坝溢出的水流便是鱼塘的流向。若把三支水流聚在一起，犹如开足十五匹马力的抽水机水头，不出半天就能把张大炮鱼塘的水换了个鲜。

这时，村民们正在汲水弄早饭，张大炮跑到金鸡溪上的拦坝处，眼里盯着那个排洪闸，他犹豫了。往年打开排洪闸，一般都在农历六月初一这天，为的是清理大坝和水井的淤泥，否则很少开启排洪闸。排洪闸闸门可是一块三米多长一米多宽三寸多厚的大青石板，紧密地咬着两边的凹槽。大青石板上方凿有两个圆孔，人们把开闸轳辘搬来，把铁钩钩进圆孔里，一摇轳辘，大青石板就会缓缓升起，大坝里的水便像万马奔腾喷涌而出。

而今，已是农历七月下旬，按老传统是不能开闸放水的。祖训曰：水为财，村之财宝也。溢之旺，竭之危，故四方井得年年月月日日时时盈溢，方兴未衰……张大炮有些沮丧，像发瘟鸡一样勾着头往家里走去。他心里诅咒下毒的家伙，脑海像放电影般过了一遍村里的每个人，是谁下的毒呢？可是，全村一百多户人家，他都和睦相处，几乎没有与谁家发生过口角，并且，每年春节开塘都少不了各家的份子鱼，哪有谁害他的理由？

回家经过宗祠门口时，张大炮顿了一下，侧头往宗祠看了看。那个开闸辘轳就放在宗祠的门楼上，他不由自主地走了进去。他爬上了门楼，看见那只如凳子般的辘轳架静静地躺在楼板上。张大炮摸了摸滑溜溜的摇把，侧身背起了开闸辘轳。

张大炮背着开闸辘轳往大坝赶。他身材矮小，辘轳凳子有一米二三高，扛在肩上时常把凳脚碰到高些的地面。他摇摇晃晃来到拦坝处，把辘轳凳子架在排洪闸门的青石板上方，扯下辘轳钩子钩进青石板上的两个圆孔，然后抓住摇把摇了起来。随着他用力摇动，青石板缓缓升起，大坝里的水便像挤爆的水球，从下面喷射而出。张大炮只开了五厘米左右的水闸，便插上固定摇把的楔子，坐在一旁边抽烟边观察四方井来来去去的人们。不过很快，村民小组长张大苟匆匆赶来了，要他立即放下闸门，否则别怪金鸡巢的父老乡亲按族规对他处理。

张大炮坐在辘轳摇把旁，并没有关闸的意思。他对张大苟说：鱼塘的鱼中毒了，如果不换水，年终的份子鱼谁家也没有了。

张大苟说：你别忘了祖训，这关系到金鸡巢兴旺的事，别因为份子鱼坏了规矩。

这时，几个青壮年匆匆跑来，要把张大炮拉开拔掉楔子。张大炮无奈，知道拗不过他们，只得放下闸门，丧气垂头地扛着开闸辘轳放回宗祠门楼里。

张大炮失魂落魄地回到家。天井里，几只前几天才买回来的小鸭子嘎嘎地闹着吃，他心烦意乱地向那几只小鸭子瞅了去。突然，他看见天井边沿漂着一圈黄色的东西，伸手捏了捏，放鼻子嗅了嗅，一股鸡蛋臭味钻进鼻孔，嘴里不觉叫道，硫酸雨！天井出水口昨晚用一块断砖堵住，以防鸭子钻进去。现在天井里面淹着几厘米水，那是昨晚下大雨积存下来的。张大炮似乎知道了什么，飞快地跑上水泥楼楼顶。

楼顶上的挡风墙边缘也有一溜黄色东西，像用黄色粉笔在墙边缘画了一圈似的。张大炮抬头看着不远处那个正冒着浓黑烟雾的巨大的烟囱，它像一只妖怪吐着妖气把个蓝天白云遮得不见天日。他嘴里冒出一句：造孽，矿炼厂不顾老百姓死活了。

二

这事发生在 1999 年，金鸡巢村的村民都说张大炮做事从不过脑，意气用事。他开始吹响了一个玩具哨子，像村民小组长张大苟一样在村巷吹了起来，招呼大家到水井旁的大樟树下开会。人们从家门口探出头来，好奇地看着张大炮，以为这单身汉是不是疯了，敢明目张胆夺小组长吹哨。果然，张大炮才吹唤过一条小巷，张大苟就把他截住了。张大苟说：你开什么会？是不是刚才你开闸，叫大家对你按族规处理？张大炮瞪起杏眼叫道，鱼塘的鱼被矿炼厂毒死了，今年春节份子鱼如何办？还有，金鸡溪上的树木都病恹恹了，树冠已泛黄，不出两年，我们的金鸡溪就要断流。这都是那个烧硫化砷的矿炼厂害的，这会你说开不开？说完，他把张大苟冷在一边，又吹起哨子来：

大家听清楚了，等下十点钟，每户集中到大樟树开会，商议村中大事，没来的别说我春节不给份子鱼。

大樟树下，村民陆陆续续到来。张大苟也夹在村民中间向张大炮张望。他知道今天不是他唱主角，也不敢得罪张大炮，毕竟张大炮有一个在省城工作的胞弟张大峰。以前，张大炮都很低调的，从不显摆自己。今天，他却大张旗鼓招呼大家开起会来，这不明摆着有个张大峰给他撑腰么？不过，他倒是性情中人，当他接过张大炮递过来的香烟，便呵呵笑着接受张大炮的邀请，来到临时搬来的一张长板凳坐下。

张大炮对张大苟说：你今天主持会议，商量如何解决矿炼厂污染我们村之事。我来说鱼塘和山林受害的例子，然后组织村民到矿炼厂讨说法。

你乱来啊？这会我不能主持。张大苟说，矿炼厂是乡财政税收的支柱，你这样一闹，不但得罪许多人，对我们金鸡巢也不利。

如果树木枯死，我们金鸡巢没水，这不等于把我们赶尽杀绝？现在金鸡溪受污染，每天喝着毒水，得罪谁我都不怕。张大炮说得头头是道。

张大苟还想再辩解，见张大炮扬手制止他说话，轻叹一声，闭了嘴。

张大炮不再指望张大苟主持会议，他对乡亲们说话了：各位族亲，我本无能，今天召集大家在大樟树下开会实属无奈。我张大炮管理的鱼塘今天出事了，就是鱼死了一大片了。鱼为什么死呢？我养了十几年鱼，为什么在今天就死鱼了呢？告诉大家，是有人放毒了。所以今早没经过大家同意，搬来开闸辘轳开了一会儿闸放水救鱼，请大家原谅。

说到这里，张大炮躬身道歉。

大家静默着，似乎原谅了他。突然有人说：是谁这么缺德？这等于从我们嘴巴上抢份子鱼啊。顿时，下面开始叽叽喳喳声讨起来。张大炮掏出一支香烟，用打火机点燃，慢吞吞地吸着，看着人们叽叽喳喳地议论。有人等不及了，向张大炮问是谁这么缺德，把他揪出来，按村规民约处理。

张大炮吐掉哽在喉咙里的一口痰，又清了清嗓子，然后说，我也不掖着了，告诉大家，放毒的是矿炼厂！矿炼厂炼的是什么？砒霜啊！今天早上，我跑上楼顶才猛然醒悟，矿炼厂那条大烟囱每天冒着黑烟，把我们金鸡巢的天空弄得乌烟瘴气。现在开烧才三个多月，我们金鸡巢上的树木就一片灰黄，你们可以放眼看看，我说的是否有假？山上的树木枯萎了，金鸡溪就会断流，我们喝水就困难了。

几个年长的老人开始背诵张翰明的诗句和祖训："金鸡甜泉恩天赐，吾辈立命哺涧林……""水为财，村之财宝也。溢之旺，竭之危，故四方井得年年月月日日时时盈溢，方兴未衰……"

张大炮听了老人们的吟哦，有些激动，说起话来更是慷慨激昂：矿炼厂离我们村只有一公里，最先深受其害的是我们。先不说鱼塘死鱼，就山上的树木，如果都枯萎了，金鸡溪断流怎么办？我们还能住金鸡巢么？大家商议一下，这事该如何解决？

顿时，会场像捅着的马蜂窝熙熙攘攘起来。有村民提出与矿炼厂沟通，若行不通就一级级上访，直到解决矿炼厂问题为止；更有急性子的村民提出买炸药把矿炼厂炸了，十几个血性男青年呼喊着响应，大有立即跑矿炼厂实施爆破的冲动。这时，张大苟看着张大炮，埋怨地说，你看看，你捅马蜂窝了，这事怎么消停？张大炮说，我召开的会，出什么事我负全责。张大苟睨了张大炮一眼，真想拍拍屁股走人，但他是村民小组长，得把控村民激动的情绪，只得站了起来，对大家说：大家静静，大家静静，我说几句话。这会我不该掺和的，虽然来了，就说说我的观点。

矿炼厂虽然对我们村的生存环境有一定影响，但不至于到断我们水源的程度；树木的树冠有部分出现灰黄，但不至于树木枯死，因此，金鸡溪的水源不会断流。呃，关于矿炼厂对我们造成的损失，我明白，可是乡财政大部分收入靠矿炼厂上缴的税来支撑，我们得罪不起啊。

张大炮叫道：这是无稽之谈。我们生活在这样的环境里，寿元大打折扣，你们愿意吗？一个月前，大叔公张可佩就问我，我们村谁这么缺德，把臭鸡蛋丢他家门口，让他经常闻臭鸡蛋味。当时我并不介意矿炼厂时常给风送来的这股臭味，现在想起来才知道那是害人的气味。

炸了矿炼厂，坐牢我去坐。一个男青年举手说。

一群男青年接着也跟着呼喊起来。

张大苟跺了一下脚，叫道：你们喊什么喊，不能莽撞！大家听我的好不好？这事先到这里吧，等我与上面协商沟通，然后再商量怎么解决。大家散了吧。

张大炮还想说什么，被张大苟用手死死捂住了嘴巴，并恶狠狠地说：你就知道教唆，没一点头脑。要不是看在张大峰的面子上，你现在就蹲派出所里了。

三

张大炮把这两天捞上来的死鱼足足装了大半人力车。他把死鱼拉到矿炼厂门口，准备推进去时被门卫李秃头拦下。李秃头说：这里不是菜市场，你拉到菜市场去吧。张大炮气呼呼地说：我不卖，是送给你们的。李秃头看了一眼人力车上的死鱼，那上面有几十只绿头苍蝇像轰炸机似的嗡嗡地飞来飞去，一股浓重的腥臭味冲进了他的鼻孔，叫他差些呕吐起来。李秃头拧着鼻子挥手叫道：快把它拖外面去，我们不要这些鱼。张大炮冷笑一下，趁着李秃头转过身吐唾沫的当儿，他用力一推人力车，车子就冲进了厂里。李秃头见张大炮把车推了进去，赶紧追了过来。张大炮一鼓作气推了十多米，李秃头才截住他，张大炮把车柄往上一撬，白花花的死鱼便从人力车上滚滑到地上，顿时，地上像突然下了一场雪，在阳光的照耀下白亮亮地分外扎眼。

已是下午三点多钟，一丝风也没有，白晃晃的太阳照在那堆腥臭的死鱼上，加速了死鱼的腐烂和腥臭。顿时，矿炼厂的空气里到处充满死鱼的腥臭味。张大炮和李秃头争吵起来，惊动了厂里的所有人。他们见两个老头推来推去，都跑了过来。今天张大苟也跑到矿炼厂与厂长龚子谦商讨金鸡巢受污染之事，正说到张大炮的鱼塘死了鱼如何安抚他时，就听到外面的争吵声。他随龚子谦从办公室走出来，见了张大炮，吓得傻了眼了——昨晚不是说好了吗？他代表村里与厂长协商解决受损失问题，怎么还不到半天就耐不住性子了？他急忙奔到张大炮身边，叫道：你怎么搞的，竟然拖着一车臭鱼倒在厂里。快把它收拾好，拖外面去。说完，又小声对他说：这是有意扰乱工厂秩序，是违法的。快点，别给他们抓了把柄。张大炮说：我就是专门拉来这里让他们看看的，他们毒死我的鱼，还给不给老百姓活？

龚子谦这时走了过来，对张大炮说：这位老哥好像是有意想在这里耍猴戏的是吧？听你说我们矿炼厂毒死你的鱼，可惜你找错地方了，矿炼厂是经过上面批准才建的厂，想耍猴戏找上面耍去，别在这里耍横！

张大炮说：蚂蟥锥牛脚哪有锥犁铧的。我的鱼死了，责任是谁你心里比谁都清楚，别踢到上面去。矿炼厂才开烧三个月，山

上的树木就灰黄了，你们难道没看见吗？张大炮一时来气，又叫
嚣道：我拿老命来赌，这次我要是不把矿炼厂闹停绝不罢休。张
大苟吓疯了，悄声对张大炮说道：你别惹事好不好？快收拾鱼拖
出去。又转过身子对龚子谦说：张大炮老糊涂了，嘴巴没遮拦，
别与他计较。按刚才商量的，我回村里开个会，商讨解决。龚子
谦哼了一声，不理张大苟。他对张大炮说：你好大的口气，这里
不是你耍横的地方，快把这些鱼拖到外面去，否则别说我不给面
子。张大炮说：不关掉矿炼厂，这臭鱼就让它在这里生根了。龚
子谦一听，火了，他叫道：来人，打电话给彭所长，把他给我抓
了。他扬手叫大伙各干各的工作，自己与张大炮对峙着。张大苟
走过去规劝张大炮，叫他向龚子谦认错，别把事情闹大。张大炮
把脸别过一边去，也不理张大苟。不久，彭所长开着警车匆匆赶
来，不由分说把张大炮抓了。张大炮怒目瞪着龚子谦叫道：抓我
就怕了吗？你们只顾自己的利益，伤害我们老百姓，就是我死
了，到地府也要告你。张大苟"唉"了一声，对着远去的警车摇
着头说：真是一根筋啊。

四

　　张大炮被关了一夜，第二天回到村里，躲在家里生闷气。他
骂自己怎么这么窝囊呢？有理反而被关了一夜。

　　张大苟与矿炼厂是否谈妥了？鱼塘的损失他们怎么赔？金鸡
溪山上的树木遭受的损失怎么赔？如果金鸡溪断流，村里无法生
存他们怎么赔？就是赔了，我们怎么在金鸡巢生活？张大炮杂七
杂八地想着。

　　这时，张大苟跑到他家通知开会，商议矿炼厂赔偿事宜，见

张大炮生自己的气，以为他是反省昨天做的事，就安慰他说，厂长宰相肚里能撑船，从不计较的。张大炮说：你知道什么，我是没有扳倒矿炼厂生自己的气。张大苟瞪大眼睛盯住他说：你又胡来了，这是你说要扳倒就能扳倒的吗？我跟你说，你是拿鸡蛋碰石头，别自讨苦吃。张大炮听后，脸红脖子粗地叫道：厂子给你多少钱了？啊!?你还是金鸡巢的人吗？你还是张翰明的后人吗？忘了祖训你最好离开金鸡巢！张大苟被张大炮吼得眼仁都暴了出来，他生气地站了起来，气呼呼地丢下一句："真是好心没好报，好柴烧烂灶。"拂袖愤然离开他家。

张大苟离开后，他没有去开会，呆坐在凳子上。突然想起弟弟张大峰，该不该给他去个电话，把村里受污染之事告诉他？

弟弟张大峰比张大炮长得高大英武，两人站在一起，犹如武松和武大郎。张大峰高中毕业参了军，后来上了军校，在部队里结婚生子一待就是八年。转业后，他先在县里干起，再到市里干了十多年，最后调省里去了。他特别关心哥哥张大炮，听说他曾给张大炮娶过一离婚女子，不过两人在一起不到一年那女的就跑了，说是张大炮那方面不行。张大峰知道后，就给哥哥到处求医问药，然而还是医治不好，最后打消给哥哥再续娶的念头。父母辞世后，张大峰只有每年清明才回来挂青，其他时间很少回来。前几年，张大峰叫张大炮把老房子拆了，出资建了现在的两层水泥楼，好让哥哥晚年有个安稳的归宿。他见张大炮年纪越来越大了，劝他不再养鱼——养鱼除去每户的份子鱼和投资，自己赚的也不多，辛苦。但张大炮舍不得丢，自从分田到户，他就侍弄鱼塘，与鱼塘有了难以割舍的感情。因此，他嘴上答应弟弟，却放心不下其他人管理，每年都把鱼塘揽了过来。他只有一个念想，每年春节，张翰明的后代都能拿到份子鱼，他就知足了。虽劳累些，但他乐此不疲。

张大炮想，今年鱼塘里的鱼死了近一半，到春节人们的份子鱼也就打了折扣。他第一次感到对不起村里人，不知用什么话语向村里人交代。他召集大家到大樟树开会，把死鱼拖到矿炼厂闹事，就是为了告诉大家，他张大炮的鱼是矿炼厂毒死的。本来，他想这样一闹，算是给人们一个交代了，其他的事由大家解决。可是，他被关了一夜，心里就有了一股倔气，觉得要为自己出出这口气，要把矿炼厂闹个天翻地覆。他想，张大峰在省城工作，官比他们大。他说一句话，顶我们说一千句，应该能处理这件事吧。

张大炮这样想着，决定向弟弟求助。他拉开抽屉，窸窸窣窣从里面翻出那个用了几十年的语录本，里面的扉页记录着张大峰的办公电话和家庭电话。他拿起话筒拨了过去。电话很快接通了，张大炮直奔主题，把矿炼厂影响金鸡巢的事说了，只是不提鱼塘遭受损失的事。张大峰顿了一会儿，才说：呃，这是个问题……呃，矿炼厂没了，乡财政也养活不了几百号职工啊……呃，这事得想个办法……这样，中秋节我回去看看，车到山前必有路嘛……到时候再说吧。张大炮听了张大峰的话，知道弟弟也左右为难，又聊了几句家里的事情，就把电话挂了。

晚上，他喝了几两二锅头，把自己弄得醉醺醺的。他躺在床上想，还是等张大峰回来再做打算吧。这样想着，便呼呼睡了过去。

五

中秋节很快到了。这天，张大炮在村口翘了一上午脑袋，没有看到张大峰回来的影子。他以为弟弟回来一定是与上面商讨矿炼厂污染金鸡巢的事了，到晚上才回到家。可是，直到晚上八点过了，也没见张大峰回来。张大炮抓起话筒，拨了弟弟的家庭电话。电话那头是弟媳的声音，一问才知道，张大峰没回来，正在洗澡呢。怎么把正事忘了呢？等张大峰洗完澡拨回来，张大炮开口就数落张大峰，说你还是金鸡巢的人吗？你是不是忘本忘根了？如果不回来处理好矿炼厂的事，就别回金鸡巢了。张大峰说：这段时间特别忙，没办法脱身，有空一定回去看看。他还开导张大炮，说他过问了，环保局已要求矿炼厂停工，做好排烟净化处理才能准开工。叫张大炮放下心，不要鲁莽行事。张大炮对着话筒吼道：如果还烧，我拼上老命算了。说完，狠狠挂了电话。

张大炮脑子像炸开了一条裂缝，痛得晃着脑袋在电话机旁打转。他本指望张大峰回来处理好矿炼厂这件事的，现在看来是没指望了。他失落落地坐下来唉声叹气。

六

张大炮想了一夜，第二天匆匆吃了早饭就赶矿炼厂。他想，张大峰说环保局已要求矿炼厂停工处理排烟问题，现在矿炼厂做了吗？他要去看看核实一下。

张大炮急急赶到矿炼厂时，门卫李秃头刚好去小解，他悄悄溜了进去。龚子谦正在召集工人在一个工棚里开会。龚子谦滔滔不绝地说着如何做好矿炼厂防范工作：……矿炼厂的治安谁也不能粗心大意，不管是来打工的还是管理人员，必须时时刻刻提高警惕。从今天开始，任何外来人员都不允许进入或带入矿炼厂，凡违反者不但要扣薪水，出现问题由违反者担责一切后果。上一次张大炮拖臭鱼打闹矿炼厂就是教训。我们要注意一下张大炮，这家伙嘴巴硬得很，做事没过脑子，开口闭口都要拿命来赌矿炼厂。我与彭所长沟通了，派两名警员驻扎在这里，有事情就向他们汇报……

张大炮躲在工棚外静静地听着。当他听到龚子谦要防范他时，心里不由得咯噔一下。他气得脸色铁青，回头看着那条巨大的烟囱。烟囱如一个妖怪张着血盆大嘴吐着浓烟，浓烟翻滚着飞到半空中，然后打着跟斗悠然自得地往金鸡巢方向涌去，大有与张大炮作对似的。

不是说停工处理排烟问题吗？怎么还烧呢？张大炮心里道。

谁也没有注意到张大炮已悄悄溜进矿炼厂。龚子谦还在滔滔不绝地讲着话。张大炮来到大烟囱下面，真恨自己没有炸药，要不，他一定不顾后果把大烟囱炸了。他围着大烟囱转了个圈，发现大烟囱上有一溜弯成的"口"字形钢筋架像一把云梯直通烟囱顶上。他伸手抓住头上的一个钢筋框，抬脚踩上最低的那一个，这样，他就一步一步往上攀登。才攀上几步，就被烧火的那个值班工人发现了。

你上去干什么？快下来。工人说。

张大炮不理他，继续往上爬。

工人赶快跑到工棚里汇报。开会的人员全跑出来了，抬头往大烟囱望去。龚子谦一眼认出是张大炮，知道他又找碴来了，忙向他叫道：张大哥，快下来，危险！

张大炮停了下来，转过脸对下面的龚子谦说，你不是说要防范我吗？我来了，并且上了你们的大烟囱。

龚子谦说：张大哥，听我说好不好。你先下来。矿炼厂会在近段时间购买排烟净化器械处理烟尘的，你快下来。

哼，谁信？矿炼厂永远被你们当作宝贝护着，现在还不停地烧。为了金钱，不顾老百姓死活，你们在杀人哪。张大炮说完，又往上攀登了一步。

龚子谦赶紧安慰张大炮，说，有话好说，你先下来好不好。说完，悄悄派人打电话通知彭所长和张大苟，叫他们赶快赶到矿炼厂。

张大炮站在大烟囱上面俯视着他们，古铜色的脸上变得异常严肃。他不理龚子谦在下面说破口舌，凛然如一只爬山虎般攀在那里不动。有几个工人想爬上去把张大炮抓下来，见他又往上爬了几步，龚子谦赶忙制止那几个工人。

就这样对峙着。不久，彭所长开着警车赶到了。接着，张大苟和金鸡巢的村民也匆匆赶了来。他们对张大炮不停地喊话，软硬兼施，张大炮就是不下来。

张大炮攀在烟囱上，放眼向矿炼厂周边看去，矿炼厂方圆一百多米的地方上的树木和荒草全都枯萎死了，凄黄黄的像火焰烘烤的一块块皮肉。远方的金鸡巢村子笼罩在弥漫的烟尘里，像是一个溺水的孩子在挣扎在向他呼救。

这时，龚子谦对张大炮说：大哥，矿炼厂一定进行排烟处理，绝不会哄你。你下来啊，我求你了。

张大炮不理龚子谦，他怅惘地看着附近的山山岭岭上那些像戴上红帽子似的树木，身体抖动得很厉害，似乎有抓不稳摔下去的趋势。下面的人们急得呼喊起来：大哥（大叔），快下来……

突然，张大炮像着了魔咒似的，站稳后就毫不犹豫地伸手往上攀去。这时，一辆灰色的轿车开进了矿炼厂，从车里跳下几个人，其中，一个高大魁梧的年轻人挤过人群，用手做成喇叭状，放到嘴边向烟囱上的张大炮喊道：张叔，我是环保局的小李，上面派我们来核查监督矿炼厂的排烟事情了，请您快下来。

张大炮低头看了看小李，他似乎看到弟弟张大峰回来，把矿炼厂关了。金鸡巢的天空又变成了蓝宝石，暖暖的阳光正撒在大樟树下聊天的人们身上……

郦山行

十多年前，那是个流火的夏天，上面派作家唐棠到步城考察，采集湘桂古道郦山段相关材料，市里安排我陪同协助。

见到唐作家时，他正坐在接待室的红木沙发上抽着烟。他身穿一件半旧的白衬衫，把衣襟扎进黑色的裤头里。头上戴着一个宽边褐色毡帽，像蘑菇盖样生稳在头颅上，这么热的天也不揭下来透透风。他见了我，站起身来，脸上堆满了笑容，与我握了握手说，有劳你大驾了。

郦山村位于广西与湖南交界处，离步城四十多公里。姑妈住在郦山村，每年我都去看她一两次。我男人离开我后，姑妈经常催促我再找一个，说，没有男人的家不像家。我嘴上答应着，心里感觉这样过轻松自由没人约束，挺好的。

姑妈见我带个男的一同来郦山，脸上笑成盛开的菊花。从她的眼神中，我知道她想的是什么。我笑了笑说，姑妈，唐作家是来调研湘桂古道的，这段时间就烦你照顾我们了。姑妈拉住我的手笑着说，哪里话，必须的。她又抬头看了看我身旁背着旅行包的唐棠，说，唐作家是吧，我们农村房子邋遢，不知道你住得惯吗？唐棠说，姑妈，叫我唐棠得啦。我也是农村长大的，哪有这么矫情？姑妈开始像查户口般与唐棠唠嗑，当她知道他还是一个人过生活时，便戳我小肚子一下，悄声对我说，原来是领导有意安排你陪唐棠来郦山的啊，你得抓住机会，千万别错过哦。

姑妈真是个见了乌龟就以为是鳖的人。她围着我絮絮叨叨半天，叫我有些心烦意乱。要不是要协助唐棠，很想立马跑回步城去。

我们在姑妈新房子吃了午饭，唐棠提议到姑妈的老房子看看。老房子坐落在古道旁，是一座砖木结构的板式建筑，房顶盖着密密匝匝的黛瓦。墙脚处的青砖有的起了白硝，有的爬满了青苔。这是一座三进铺间，临街的门头上隐约可见一幅白底蓝边的写意山水画，由于年代久远，画里的山水早已斑驳模糊，看上去似乎成了抽象画。从门口进去，第一间是铺面，再进去是客厅，最里面是厨房。厨房挨着客厅处有一把大板梯通上二楼。二楼有一条小过道，直通古道边的楼台。卧室的门都对着小过道，我数了数一共有四间。门面和客厅对上各分成两间，都是木板卯榫成墙隔开而成的。姑妈说，我在这里住了大半辈子了，现在每个月都要回这里住一两夜，心里才踏实。

唐棠查看完老房子后对姑妈说，姑妈，我喜欢住这里，我就住这里吧。姑妈说，这怎么行？老街很少有人在这里住了，虽然还通电，但人少走动阴气重，不行不行。唐棠提议，如果姑妈不放心，我们三人就试着住几晚，感觉不妥，再回新房子去。我很想说，姑妈的新房子不住，自己给自己过不去啊。但我不好搅唐棠的兴。姑妈轻叹一声说，好吧，就试着住几晚。妮妮，你得照顾好唐棠了，别给他人说姑妈没关照你们。

我住的卧室在唐棠的隔壁，只隔着木板墙。那是姑妈的有意安排，叫我哭笑不得。这房间里的空气有股浓重的霉气味，熏得我直想呕吐，好在身上带有瓶花露水，把卧室喷了个遍才勉强适应。卧室挂着一盏十瓦节能灯，房顶的架梁上留下几张破败的蜘蛛网；挨着客厅对上的这边墙上，原来批过的石灰白已变成灰黄色；床对面是那木板墙，那个搁在木板墙边的旧木箱上方，贴有一张电影《小花》的广告画，这张画发黄灰暗，上面留下虫子咬破的许多小洞洞，像长在脸上的青春痘，虽然贴了几十年，却还抓住木板不愿离开。看画里依稀可辨的刘晓庆手抚着长发辫子，似乎在看着我微笑呢。

睡觉还早，唐棠隔着木板墙问我是否去楼台坐坐。楼台外淡淡的月光洒在对面的老房子上，一溜溜的黛瓦上泛着青亮的光泽。习习凉风从古道上吹来，把白天的闷热吹散开去，坐在楼台上顿感清爽许多。

我坐在一只四脚矮木凳子上，看着外面抹了月光的夜色出神。心里想着女儿馨馨在学校是否听话，是否认真学习。馨馨在步城中学读八年级了，明年就要初中毕业，希望她不要辜负了我，能考上市重点高中。

坐在对面的唐棠见我托着下巴发呆，就对我说，何妮，今天姑妈说郦山的来由，你有什么想法？我回过神看了看他说，这是郦山村名的来历，村里人都这么说，你还有疑问？他笑了笑说，我是想，那个叫郦茹珺的女人带着孩子在这里开粥铺，在当时，清兵入关，天下大乱，这里可能也不安宁吧。她怎么能在这里落住脚，并且安然无事呢？你说，是不是有许多不为人知的事情发生在郦茹珺身上？我不假思索地说，郦茹珺能在这里留住脚，说明她有胆魄。至于当时发生什么事，只有她自己知道了。他说，假如你是郦茹珺，你能在这里安心等夫君吗？我瞪他一眼，心里道，怎么把我与郦茹珺比起来呢？我冷冷地说，别拿我比好不好，你最好去问问你老婆，她最清楚。唐棠知道我生气了，忙说，对不起，我只是假设，没想到会让你不高兴。又说，五年前与她离了婚。唉，她是个好女人，我对不起她。他垂下了头，有些狼狈。我有些吃惊，顿了一会儿才说，看来你是个有故事的人。他见我放下芥蒂，又高兴起来，说，谁都有故事，你也有，只是不愿说给别人听罢了。我想起与建的婚姻，不觉有股酸楚涌上心头。我把目光转向古道，噤着声不再说话。这时，迷蒙的远处，有一只流浪狗被几只家狗欺负，发出凄厉的叫声。顿时，整条古道上空充满着狗们相互厮杀的狂叫声。

楼台下，有一个羸弱的身影向狗叫声奔着碎步而去，我一眼认出那是姑妈的身影。

姑妈手上握着一根木棍，月光下那步子有些蹒跚。她一路唠唠叨叨数落狗们的无理取闹，飞舞着手中的棍子往前冲。远处的那群狗发现有人挥舞着棍子赶过来，都落荒而逃了。姑妈赶走了狗，回到楼下，抬头对我们说，没吵着你们吧。这些狗就是疯，晚上都跑这里闹，真烦人。唐棠说，姑妈，你就别操这份心了。狗就这德性，闹过后自会消停的。姑妈絮絮叨叨着走进屋里，好像还有许多怨气要发泄似的。

我陪唐棠走街串巷拜访郦山村里的老人。他一门心思想弄清楚那个叫郦茹珺的女人的故事。老人们的说法各不相同，都带有传奇色彩。有说郦茹珺是皇帝的一个嫔妃，与一个太医私奔，他们生下两个孩子后被官兵搜剿，太医被处死，她逃过一劫，携子藏到这里；有说郦茹珺本是一个劫富济贫的绿林好汉，在郦山专劫官镖的，后来清兵入关，改朝换代，她收了心，在这里安家落

户了；而李姓的老人们大多说的是郦茹珺寻夫逃荒来到这里，但
对她的丈夫失踪却有不同说法，或说皇帝招上京师议国是路上被
清军杀害了，或说清兵破京师时遇害了等等。有个老人说，我带
你们到郦氏太婆墓去看看吧。

郦氏太婆墓就在那个叫郦山的半山腰，郦山脚下种着一片墨
绿的脐橙果树。我们穿过果树林，从山脚往上攀去。来到郦氏太
婆墓，蹲下来细细品读那个高大的墓碑后，发现碑文说的是"寻
夫至此，隘口谋生，育有二子，子承祖业，发扬壮大……"云
云，几乎没有提及丈夫失踪的事。再看墓碑落款日期，竟然是光
绪十六年。

唐棠站起来说，这是后人立的大石碑，那两百多个募捐人的
名字就告诉我们，这是后人重修墓穴时写的碑文。

回去的路上，老人边走边说，他小时候，祖父对他说过，郦
茹珺是南阳人。有一天，他的太祖李朝上京赶考，路过郦茹珺家
时已是日落西山，便进去讨宿。她的父母为人和善，应许了他。
他见郦茹珺知书达理，跟着母亲前忙后忙很是勤快，人又生得靓
丽乖巧，顿生爱慕之心。郦家父母知道他上京赴考，见他对女儿
有意，就放话说，考取功名日，茹珺出嫁时。李朝果然科举中
榜，在去广西上任时便把郦茹珺迎娶回家，后生下一对双胞胎儿
子。不久，清兵入关，李朝上京商议国是，这一去就不见回来。
郦茹珺便携子上京寻夫，这时，京师大乱，或将改朝换代了。郦
茹珺猜测夫君凶多吉少，怅怅然原路返回。她来到这里时，盘缠
已剩不多，见过往客商都停下来边休息边整理货物担子，就想，
这是夫君回家必经之路，何不在这里卖些茶水小粥养儿度日，说
不定丈夫大难不死会从这里回来。于是，她搭起草棚卖起了小粥
茶水，每天翘首祈盼着。她这一盼就是几十年，丈夫没见回来，

生意倒是越做越大，从卖小粥茶水到开饭铺卖茶叶瓷器布匹之类的。两儿子长大，娶妻生子，郦茹珺过世后，他们继续经营生意，郦山后来就成了远近赶闹的集市了。

唐棠说，郦茹珺都知道丈夫凶多吉少，这么一个柔弱女子在这里宁可受罪，为何不找个好人家嫁了呢？

老人咳了一声，说，太婆是个痴情人。我们常教年轻人牢记祖训："勿厌旧，好洁身；宁屈委，以感恩。"看好自己，做个不辱祖上的人。

郦山村的古建筑林林总总有近三百多座，古道两旁就有一百多间铺面。村里还建有古戏台、古庙、古祠堂等等。村前的小溪上有一座木梁桥型的风雨桥，我每天领着唐棠这里走走，那里看看后，就跑到风雨桥与这里乘凉的老人唠嗑收集资料。

晚上，唐棠开始忙碌起来，躲在卧室里整理白天收集上来的材料。

这几个晚上，楼台上只有我一人看着冷冷清清的古街道发呆，我的脑海里时常闪现与建在一起的时光。

建与我同一所高中学校毕业，他到湖南长沙上大学，我在南宁。五年的马拉松恋爱，最终两人走在了一起。馨馨四岁的时候，他公司有一个非洲援建项目，建就报了名去了非洲。他是学土木工程的，是一名建筑工程师。我不敢阻拦他。

他这一去就是五年。

五年后的一天，建发来邮件告诉我，他说他去非洲的第一年就染上艾滋病了，所以一直不敢回来。他提出与我协议离婚，说离婚事宜他会通过律师与我协商的。我顿感天旋地转，哭得死去活来。办离婚手续那天，他还是从非洲回来了。在走出民政大厅的时候，他把一张银行卡放到我手上说，这是六十万人民币，馨馨以后读书的费用。你要好好管教她，希望我在天堂能看到她无忧无虑快乐地成长。我抱住他哭了。我说，你会好起来的，现在科学这么发达，什么病都能医治好的。他轻轻推开我，苦笑了一下，说声保重，就头也不回地走了。

建与我办好离婚手续回到非洲，第二年就去世了。

我没有按建的遗嘱把他丢在非洲，而是把他的骨灰接了回来叶落归根。

我相信他在天堂一定看着我，我把心思放在馨馨身上，以不辜负他对我的嘱托……

姑妈陪我们住了几天老房子后，干脆把我们丢在这里，晚上再也不来了。

唐棠每隔三两天都放下手中工作到楼台陪我聊聊天，说是怕我太孤单对不起姑妈的关照。

我嗤他说，你别狐狸给鸡拜年好不好，你不出来我还得个清净。他是一个话痨子，每次与我聊天，聊着聊着就扯到自己的故事里去，"一想起大学那段经历……"我立马叫停，拒绝听他说下去。我最讨厌别人对我自吹自擂和诉苦咬舌根讨同情。我不是长舌妇，所以唐作家找错倾诉对象了。我盼望双休日，可以回步城休息两天，顺便检查或督促馨馨的学习，到了星期一才赶回郦山。

唐棠知道我的脾性，在我面前不再提他的过去，每天匆匆忙忙，收集材料，整理材料。每隔一两天，他到楼台时总抓一叠材料给我看，问我还有什么补充。

这一天，我从步城回来，发现他莫名其妙踢大板梯出气。他一边踢一边叫道，我为什么这么傻？为什么不去告她？

他见我进来，大板梯也不踢了，瘪着嘴巴看着我。我说，和谁生气了？是不是姑妈要赶你走？他说，一想起华我就把持不住自己，现在好多了。我睄他一眼说，什么乱七八糟的，一生气就找东西踢，搞坏姑妈的东西怎么向她交代？他瞪起眼睄一下我，转了身子，蹬蹬蹬上了楼，躲在卧室里睡觉去啦。

傍晚，他依然关在卧室里，我叫了几遍去吃饭了都不理我。我只好帮他打饭回来。

已是晚上八点了，唐棠终于走出了房间。他上了趟卫生间。回来时我堵住他的去路，说，饭菜都凉了，总不能跟自己过不去吧。他说了声谢谢，接过饭盒又把自己锁进房间里。

这一晚，他再也没有走出房间。我觉得他挺可怜的，坐在楼台数着古道上空飞来飞去的萤火虫打发时间。

第二天，趁着唐棠在风雨桥与老人聊天，我跑姑妈家把唐棠踢大板梯的事告诉姑妈，姑妈说她上几个双休日就发现唐作家踢东西了，说我不在他身边闷得慌。姑妈笑着说，他对你很在意，你得抓住机会啊。于是姑妈又絮絮叨叨做我的思想工作。我忙解释道，不要把我与唐棠搅在一起好不好？他说一想起华就把持不住踢大板梯的。姑妈说，华是谁？你怎么不问问他，她对他怎么了？我说，我懒得理别人的事。姑妈又絮絮叨叨起来，我赶紧逃之夭夭。

第三天，吃午饭后，姑妈叫我留下来说有重要的话对我讲。唐棠走后，姑妈对我说，妮妮，我给你讲讲唐作家与华的事吧。我说，我不感兴趣。说着，就要起身走。姑妈叫住了我，说，你要走，最好听完再走，别让我不高兴。我回头看看姑妈，知道她真的生气了，只好又坐了下来。

姑妈开始讲起唐棠大学时的经历。她说唐棠在大学时被一个叫华的女生喜欢上了。华家是个有钱人家，父亲种植药材和贩卖药材拥有几百万家产。正因为家里有钱，她和他在一起不到两个月，就一副大小姐派头，对他专横跋扈不讲理，如果不顺着她，她就大吵大闹，有时还拿起家里的东西向他砸来。特别是她与一些社会懒散人员有交集，时常带到她租的别墅来喝酒搞派对，一闹就是大半夜。他受不了了，就向华提出分手。华不依，说，有本事你丢下我试试?! 他知道她不好惹，只得忍气吞声。

大三放寒假回家的路上，华出了车祸。司机当场毙命，她右腿骨折，肋骨断了三根，颅脑大面积积血，当场昏迷不醒，还好，经过抢救，捡回了性命。他以为华再也不来上学了，就喜欢上了她的闺蜜。到了毕业前夕，华突然出现在他们面前。她知道他和她闺蜜好上后，似乎显得很随和，还笑呵呵向他们送祝福。在他们毕业准备离校的前一天，华邀请他们到她租的别墅吃饭，说是送别宴，却是鸿门宴。结果，她把他们关禁起来。他被关在地下室的一间房子里，每天早晚都被几个高头大马的汉子灌喝一杯茶色的汤药，那汤药喝下来后会让他全身燥热，欲火难耐，像桀骜不驯的发疯公牛。华就在窗外浪笑着，看他在里面出洋相。

五天后，华把他们放了出来。华把一大沓相片丢给她的闺蜜说，看看吧，这就是你未来的老公。你们可以走了，以后我绝不惊扰你们。

姑妈说，唐作家抢过相片时，看见相片里自己如畜生般的各种样子，脑子里突然像有根弦"嘣"地断了……从此，他成了一个性无能的人。

她说唐棠要去报警。女朋友拦住他说，以前是他们欠她的，现在与她两不相欠，算了。

唐棠说他恨自己当初为什么听女朋友的话，没有去报警呢，让他痛苦一生。女朋友陪他看了不少医生，包括心理医生，他的病依然不见好转。他与他女朋友（前妻）相处了八年，最后他们才分开……

听完姑妈有些凌乱的叙说，不敢相信唐棠会经历过这么古怪离奇的事情。姑妈说，唐作家是个可怜的孩子，我可怜他，但我不希望你与他有交集了。记住，与这样的人过日子，只有痛苦，没有快乐的。

如果唐棠的故事是真的，他确实是个既可怜又糟糕的男人。我叹了一口气，对姑妈说，姑妈，您就不用费心了，我知道怎么做。

接下来的日子，不知为什么，我对唐棠多了份挂心，每天想着怎样让他抹去心中的苦痛，时常逗他开心。

到了双休日，我还是回步城看看馨馨。到了星期天送馨馨回学校后，我就急着赶回郦山。

到了郦山已是晚上八点多钟，开了门，就听见厨房的洗澡间传出哗啦啦的流水声，我走到客厅往里一看，洗澡间里亮着灯，门却敞开着，狭小的洗澡间里，唐棠赤身裸体正站在花洒下用毛巾搓洗身子呢。花洒喷着几十条弧形的雨线，他站在雨线里，双手抓住毛巾的两端，像拉锯那样搓背。那晶亮的水珠在他身上汇成了十几条溪流，像蚯蚓一样滑溜溜地从他宽厚的胸前窜下，滑到他微凸的肚子上，或砸到地上。我看到米开朗琪罗雕塑的大卫一样的唐棠，顿感心速加快，呼吸急促。他在里面发现了我，赶紧把门关上。我蹬蹬蹬上了楼，似乎还听到自己砰砰的心跳声。

这家伙，怎么不关好门就洗澡了呢？我在心里嘀咕道。

唐棠洗好澡后，把自己关在房间里。我以为他不会去楼台了，当我洗完澡用干毛巾搓弄着湿漉漉的长发走向楼台时，发现他已坐在那里。他的面前放着一盆切好的西瓜，见了我说，吃西瓜吧。我坐了下来，也不客气，伸手就拿起一片西瓜啃了起来。唐棠不敢看我，把目光投向外面，嘴上说，你不可以偷看我洗澡的，这样不好。我停下咀嚼，含着口中的瓜瓢看着他，心里说，这怪我吗？是你自己不关门的。我扑哧一笑，逗他说，这不怪我，是你不关好门的。想了想又说，当然，你也可以偷看我，以后我也不关门。他把目光从外面收了回来，看了看我后，又把目光移向外面，说，希望你别看上我，我是个没用的人。我知道他说的是什么。我似乎被他的话激活了，对他说，你得相信自己，走出阴影，你就是个健康的人。

姑妈发现我近来与唐棠有说有笑挨得很近，警告我要记住她的话，别自找苦吃。我笑着对姑妈说，以前你恨不得我和唐作家好上，现在又要棒打鸳鸯了？姑妈您是不是吃错药了？不过，您放心，我会掂量轻重，您就别为我操心了。姑妈说，我是为你好，别不听话。我双手护着姑妈的肩膀，撒起娇来，好，妮妮听姑妈的，好了吧。姑妈这才放下心来。

其实我已喜欢上唐棠了。我像是一名医生，又像是一个哄孩子的母亲，用心关照呵护他，希望他走出阴影，找回曾经的自己。

唐棠有一晚对我说，妮，我知道自己的病根，那一张张狼狈的照片就像幻灯片一样在我脑海里不停闪现。它像刻在骨子里，像阴魂不散的厉鬼附在我身上，我怎么也抹不去那印记。

我安慰他说，相信自己，忘记过去，抹掉过去，你会好起来的。

我陪唐棠在郦山住了近四十天，走访古道边二十多个村子，收集到十几万字的一手材料。要离开的前一天晚上，我们聊起在郦山的所见所闻和所发生的事。当又说起郦茹珺的故事时，他突然有了男人的激情。这一晚，他终于挣脱了多年禁锢在心底的枷锁，成了真正的男人。

姑妈叫我们有空就来郦山看看，这是姑妈礼貌送别的顺口语，唐棠却当真了。他对姑妈说，姑妈，我爱上你老房子了。以后我来步城，就来你老房子住一住，您没意见吧？姑妈只好顺着说，看你说的，欢迎欢迎。姑妈似乎对我不放心，悄悄对我说，妮妮，记得我对你说的话呀，做事要三思而后行。我苦笑了一下，对姑妈说，我知道了，您就别费心了。

搭班车回步城的路上，唐棠默默地看着窗外。我问他，想什么呢？他过了一会儿才说，我回省城后，希望你多保重，别只顾关心别人，忘了照顾自己。

我说，你也一样，要照顾好自己。说完，伸手搂住他的腰。

他看了看我，想说些什么，最后没有说出来。

窗外，满垌是金黄的稻田。我在心里说，稻子熟了，该是收割的时候了。

郦
山
行

山洞人家

肖可立夹在开往战场的队伍里心里颤得慌。他身上没有枪，在集中营里穿上军装只训练了半天就赶战场了。三天前，团总来抓壮丁，他躲在地窖里被揪了出来，还挨了几枪托，现在身上还隐隐生痛。想起绝望的母亲泪流满面和躲在门角落里惊恐地看着他而吓得身子筛糠的跛脚哥哥，肖可立心里就操起团总祖宗十八代来。

已是深秋，上弦月挂在夜空，一堆乌云从东北方滚了过来，很快把头顶压得满满的。骑在马背上的军官板着马脸从他身边经过，提着大嗓门催他们加快步伐。一大队人马借着混沌的月影在坑洼不平的山路上一脚深一脚浅地行走，大家像聋了似的任由他喊破喉咙依然不紧不慢。两边的树木被秋风吹得哗啦啦作响，像在唱一首挽歌。肖可立尿急了，溜身到路旁的一棵大松树下掏出尿管棒儿，憋了大半天的尿水像扭开的水龙头哗啦啦喷射出来。待自己打了个尿颤，把最后一滴尿挤出来时，抬头看向队伍，尾巴已在五十步开外了。逃！他脑里一闪念，晃身钻进树林里，赶紧往他们相反的方向跑去。不多久，身后传来军官带着一队人马赶来，叫道："当逃兵，就地枪决。"肖可立吓得没命地往前跑，顾不了身旁荆棘利草、深涧沟壑了，像被鬼追赶似的疯过一山又一山。也不知跑了多久，等到天蒙蒙亮时，他跌坐在一个山谷里，再也走不动了。

肖可立脸上手上被荆棘利草划得到处血条条的，在过一条深沟时又崴了脚，肚子发出咕噜噜的叫声，显然是饿了。他发现冲溪处有几棵野生的芭蕉树垂着些生芭蕉，就一瘸一瘸地走过去。吃了野芭蕉，他随手抓来身边一些鱼腥草放嘴里嚼碎敷在扭伤的脚踝处，用芭蕉叶包好，拿青藤绑了，然后爬到一个半坡上，躺在一丛荒草里，眼皮打着架，不久便睡了去。

午末时分，"嘭"的一声枪响把肖可立从梦中惊醒，他警觉地支起身子往枪响的方向望去。透过草隙，见一个干瘦的山民提着火铳奔向一只倒在地上的黄猄。黄猄被击中了，在那里哀哀地号叫着。山民跑过去用枪托砸了几下黄猄的头颅，黄猄便直挺挺地躺在那儿不再动弹，背好猎枪，两手抓住黄猄的四肢，用力一摔便上了肩膀，然后兴冲冲地扛着黄猄走了。肖可立嘘了一口气。

他不敢再睡，坐了起来，心里失落落的，把目光游向前方。面前是一座座高耸的山峰，不远处有一座山，上面张着一个洞口，像人张开的嘴巴似乎在呼唤他。那山像一个女人的头颅，山后连着一个斜坡如女人被风吹散的头发延伸到另一个小山去。他寻思着何不躲到山洞里养伤，等养好伤，再做打算。

找来一根杯口大的枯枝做拐杖，下坡，经过那几棵芭蕉树时顺手摘了一缀芭蕉扛在肩上。蹚过沟溪，费了好大的劲爬过两个山坳，终于来到洞口下。洞口下有个六十度左右的斜坡，爬上去抬头往上看，他倒吸一口冷气：陡峭的山壁，洞口离地面还有十四五米呢，怎么爬得上去？心想，也许还有其他入口吧。于是围着它一瘸一瘸地搜寻。

　　肖可立从山洞后坡艰难地搜寻着，走到半山腰，已是气喘吁吁大汗沾衣，不得不依在一块突兀的山石上休息。秋风摇曳着不远处的树林，太阳已近西沉，红红的，像一个血柑挂在远山的山坳里。他长叹一声，想，或许这山洞根本就没有别的入口。正怅惘失落间，山上不远处似有群蜂的嗡嗡声。他循声小心地攀爬上去，声音越来越大，待接近时，才发现那声音是从几个磨盘大的乱石里发出来的，却不见一只蜜蜂飞出来。他俯下身子，感到一股凉飕飕的阴风从石缝里吹到脸上，再往石缝里看，眼前出现一个水桶般粗大的洞口，洞口处有一棵小杂树，里面荡出来的凉风吹得树叶唑唑作响，像群峰的嗡嗡声。他一阵惊喜，赶紧把那几个磨盘大的乱石花尽全力挪开；拔了那棵小杂树，俯身往洞里看看，石洞斜斜地往下延伸着，里面黑森森的，什么也看不见；捡了个拳头大的石头丢进去，石头骨碌碌滑进去跳荡了几下就没了声音；也不多想，抓过野芭蕉和拐杖，匍匐着身子就往洞里钻，眼前顿时漆黑一片，手触之处都是光滑的石壁。才不到四五米，他的手再也触碰不到石壁了，正想抓住什么东西时，身体"吱溜"往下滑去，像滑滑梯一样"嗖"地掉到了里面。惊恐间，双手"噗"地撞到一块坚硬的东西，而身体失去了支撑也随之落下，"咚"的一声，硬邦邦突兀的石地底摔了他个四仰八叉，疼得他龇牙咧嘴。他慢慢爬起来往上看看，洞口外的光线照得洞壁泛着青光，自己离跌落处不过两米多。他庆幸身旁有一个四米多高的巨石挡住他不再往下滚，巨石上空荡荡黑漆漆一片，猜想这是个大洞厅。他站在巨石旁待了一会儿，借着巨石石壁反射的微弱光线，隐隐看到脚下似有一个乱石斜坡通到下面。他捡拾好掉散的野蕉，顺着乱石斜坡往下爬去。下了坡，摸索着转过一个四五米左右长的石缝，他听到有水滴滴落下来的声音，再往前摸索了十多米，前方忽然出现了亮光。他躬身穿过一个狭长的扁形洞口，眼前突然亮堂起来。呵，他看到了那个呼唤他的大洞口了，脸上顿时漾起了笑容。

这时，天慢慢黑了下来。

大山上温差大，天黑不久，温度便骤降下来。肖可立蜷缩着身子双臂抱着前胸躲在洞口一个角落里，见难以支撑，只得钻到洞里面去。

里洞暖和了许多，他摸索着正想找一块挡风的大石头坐下，发现不远处有火光闪动，吃惊地探头往里看。只见另一边的侧洞深处，一个中年男子和两个孩子正烤着火。透过火光，肖可立一眼认出那男子正是今天打猎的山民。那山民四十多岁，头发乱蓬蓬的，干瘦的身材穿着破旧的靛蓝色衣裤，脚穿草鞋，坐在一个石头上，叉开双腿，把双手平展展地伸到面前的火塘里。他的左边，坐着姐弟俩，六七岁的样子，衣衫虽然破旧但还算干净，正静静地坐在一堆茅草上也伸着手烤着火。

肖可立愣了一会儿，决定过去讨火烤，用拐杖挑着那缀野芭蕉走了过去。

中年男子听到有响动，警觉地往肖可立这边看来。

"谁?"

"我，一个落难者，想过来讨火烤。"肖可立一瘸一瘸地向他们走去，脸上堆满笑容。

中年男子瞪着眼睛看他走来，手上多了一条手腕粗的木棍。两个孩子也睁大眼睛惊恐地看着他。

肖可立来到离他们有两米多远的地方停下脚步，说："我是钟州茶山村的，被抓征兵昨天路上逃跑来到这里，见这里有个山洞便躲了进来。"

"你茶山村的?"中年男子惊愕地用钟州话问道。

肖可立也吃了一惊，中年男子会说钟州话！他赶忙自报家门。当中年男子听到"肖可立"这三个字，眼睛睁得更大了，清瘦的脸上在火光的映照下随着激动的嘴唇颤动显得更亮堂了。

"你是……肖可立?……小名木弟?"中年男子激动得声音都颤抖着。

"你是……"

"我是你爸肖铁农啊。"

肖可立也惊愕了，目不转睛地看着面前这个清瘦的中年男子。依稀中，他终于辨认出小时候印在脑海里父亲的形象。是父亲！他有些激动。父亲在他五岁的时候给别人做担脚（挑夫）就再也没有回来，母亲拉扯着他和哥哥吃尽风霜。哥哥十三岁的时候上山砍柴摔断了腿成了跛脚哥哥；他呢，才十六岁就被抓去当兵……想不到十多年不见，在这异乡的山洞里父子能团聚。

"亚莲亚山，快叫哥哥。"肖铁农高兴得忙叫孩子认亲。两孩子特别听话，站起来向肖可立叫了声哥。肖可立走过去摸了摸亚莲亚山的头，把野芭蕉分给他们吃了。

肖可立说他进洞时怎么没碰上他们。肖铁农告诉他，在山上打到黄猄后，背到洞对面的黄伯伯家宰了黄猄吃了晚饭才回来。

肖铁农把拿回来的黄猄肉上锅煮了，让肖可立补补身体。

肖铁农发现肖可立崴了脚，就找来药酒，边给他擦崴着的脚踝边诉说离家后的情况。他说他离开钟州茶山村给县里开杂货铺的大鼻子做担脚，在一次回来的路上，碰上日本兵的狂轰滥炸，有一个炸弹落在他前方不远处，"轰"的一声，就什么也不知道了。等他醒来时已躺在一张床上，床边站着一男一女两个人，这两人后来就成了他的岳父和妻子。他的妻子白英的父亲医治枪伤创伤很是内行，肖可立在他家住了大半年，白英也照顾了他大半年，于是他做了上门女婿。一年前的一个黄昏，十多个大兵经过那里，留宿在他家。他们酒足饭饱后，一个军官模样的人带着几分醉意要与他妻子白英同房，他骂了那军官几句，那军官就叫士兵把他绑了，吊到门前那棵老梅树上，用皮带打得他遍体鳞伤。下半夜，妻子悄悄从房里溜了出来，叫上父亲，把他从梅树上解救下来。她把两个孩子交给他，叫他先带孩子躲到山上去，他们随后就到。他也不多想，带着孩子就往对面山赶。当爬上对面一个山岗时，家里便传来嘈杂的人叫声。他停下脚步往回看，只见熊熊大火已在他家门口及四周燃烧起来，两个身影正在屋外举着火把围着木房子一路点着火。他知道，那两个身影是妻子和岳父，他们为了尊严，舍弃木房子，要把这些狼心狗肺的官兵葬身火海。可是不久，那里就传来了几声枪响，两个影子倒下了。只见那个军官带着三两个士兵冲出了火海，军官哇啦哇啦地叫着，大火很快吞噬了整座房子。

"要不是带着孩子，我真想冲回去把他们都杀了！"肖铁农噙着泪，牙齿咬得咯咯响。顿了一会儿，他看了看孩子，继续说道，"为了亚莲亚山，我只得忍着悲痛，拉着他们向山上逃离。"

肖可立默默地听着，父亲的遭遇使他无比心酸，既感伤又同情。他丢下他哥俩和母亲入赘为婿，但他又为了亚莲亚山一路流离失所，无家可归。他有说不出的酸楚在心里涌动。借着火光，他环视四周，原来山洞的这一边，像一条死胡同，面前不出五米有一潭清凌凌的水，他和孩子坐着的茅草后面有一个宽大的空间，地上铺满了厚厚的茅草，一个角落处叠着一张靛青麻布被，另一个角落处堆着一小堆番薯，依然一个家的样子。

"……我带着孩子流浪来到这里，看到美人山山洞冬暖夏凉就把它作为家安顿了下来。这里的山民对我们很好，常常资助我们，唉，我和孩子们穿的衣服，都是他们给的。"肖铁农说。

肖可立看着父亲，喉咙里像有东西噎着，不说出来心里总感到不舒服，终于说："爸，如果您当时走出大山回到家，也许就不会发生这么多的事。"

肖铁农垂下头，拿起一条茅草放到嘴里咬着，心里似有千语万言，许久，他才长叹一声，说："可立啊，有些事情以后你会慢慢理解爸的。"

翌日，肖可立醒来时，父亲已起来生了火。一个铁鼎架在三块石头上，鼎口用一块杉树皮盖着，火苗满满地舔着锥形的鼎底。他活动活动一下手脚，发现昨天崴着的脚踝好了许多。

肖铁农把切好的番薯倒进铁鼎里，对起了床坐在身旁的肖可立说："近来，高头山里的土匪经常出来抢东西。你就在洞里养伤，给我看好孩子，不要到洞外去玩，以免土匪发现这个山洞的入口。"肖可立问："高头山离这里远吗?"肖铁农说："就七八里路，翻过上面那个山岗往里进去就是了。"肖可立听了，有些乱了神。肖铁农拍了拍他的肩膀说："可立，你也不小了，要学会遇到问题胆大心细，千万要照顾好亚莲亚山啊。"肖可立看着父亲点了点头。

孩子还没有醒来，肖铁农煮好番薯汤，又把昨晚炖的黄猄肉温热，粗略吃了些东西，再三交代后，才走到不远处那块大石转身出了洞。肖可立悄悄跟了过去，才发现拐过那块大石就有一个A形的石缝，刚够一个偏瘦的大人侧身出入。石缝外不出几步，长着几棵低矮的杂树，虽然深秋了，依然郁郁葱葱蓬蓬勃勃。绕过那几棵低矮的杂树，他发现昨天休息时的那块突兀的山石离他不过五六十步，心里笑自己摔个半死都是被眼前那几棵杂树给骗了，又想起父亲说土匪的事，赶紧攀上自己摔进去的那个洞口，把那几个磨盘大的石头移回原位，然后才按原路返回洞里。

吃了早餐，肖可立带着亚莲亚山到大洞口去消磨时光。他们并排坐着，看山洞外蜿蜒起伏的原始森林。亚莲指着前方不远处的那家草木屋说，那是黄伯伯家。草木屋搭在一个略平坦的坡岗，旁边的一个斜坡是几块梯田似的旱地，上面种着绿油油的作物。

亚莲说："爸爸经常带我们到黄伯伯家蹭饭吃。昨天和弟弟与亚芳姐玩了一整天，晚上吃了黄猄肉才回来呢。"

肖可立问："亚芳姐是谁。"

亚莲说："亚芳姐是黄伯伯的大女儿，她还有个小妹妹呢。"

正说着，对面山坡有一个姑娘正从坡上往坡谷下走。亚莲指着那人说："你看，那就是亚芳姐。"

肖可立往亚莲指的方向看去，他看到那个叫亚芳的姑娘背着背篓下坡岗。背篓里装着大半篓东西，上面用芭蕉叶盖着。她走到谷底，沿着谷底那条通往山外的小路走去，然后消失在远处的山坳里。

亚莲说："亚芳姐一定是赶盘家圩去了。"

肖可立问："盘家圩在什么地方？"

亚山抢着说："盘家圩很远很远的。要走几个钟头翻过许多许多山才到。"

肖可立抚了抚亚山的头笑着说："以后我带你们去好不好？"

"真的？"

"真的!"肖可立认真地说。

姐弟俩高兴得欢呼雀跃起来。

肖可立呆呆地坐在大洞口,目光漫无目的地看着外面的山山岭岭,不知不觉就到了黄昏,亚芳还不见回来。他似乎有些着急,问姐弟俩赶盘家圩是不是要住夜的。姐弟俩摇摇头,他们没有去过,都说不知道。这时,肖铁农回来了,来到大洞口,问起盘家圩时,他告诉肖可立,脚力好的人来去要九个多钟头,所以赶盘家圩要起得早,天麻麻黑可以赶回到家。肖可立猜测亚芳姐今晚是不会回来了,便随父亲回洞里面弄晚饭去了。

第二天下午,亚芳姐终于从外面回来了,背篓里装满了东西,像蜗牛背着重重的壳出现在肖可立眼前。亚芳走走停停,不时用衣袖擦擦额上的汗。肖可立目送着亚芳爬上了岗坡,来到她家门口,推门进去了。见亚芳进了屋,肖可立像是自己也背着重物终于能放下了似的,轻轻嘘了一口气。

肖可立来到这里的第六天,肖铁农终于带上他和弟弟妹妹去了黄伯伯家。黄伯伯与父亲一样清瘦,目光却炯炯有神,见了他们,呵呵地笑着,露出了满口洁白的牙齿,对肖可立说:"你就是肖可立啊,哟,长得蛮粗壮的嘛。"黄伯伯引着他认识亚芳。亚芳衣着朴素,那脸儿却如沾着露水的山茶花靓丽动人。肖可立也学着亚莲亚山叫她一声亚芳姐,亚芳的脸一下子就像火烧云似的染红了半边天。黄伯伯和肖铁农都笑了,经过年庚一排,亚芳比肖可立还小两个多月呢。

今天,黄伯伯猎到了两只野兔。厨房里,伯母炖了一大锅野兔肉,和亚芳妹妹一起抬了出来放到屋中央,大伙就围着锅吃起饭来。黄伯伯从里屋拿出一竹筒亚芳赶盘家圩从她外公家拿回来的木薯酒,与肖铁农喝了起来。他们边喝酒边说着话,什么 41

军解放桂林，40军进占贺县；匪军要逃进大山等等，弄得坐在一旁的肖可立一头雾水。

当晚，吃完饭回到美人峰山洞后，肖铁农对肖可立和亚莲亚山说，近来可能情况复杂，要求他们少到大洞口去，别让不认识的人知道洞里住着他们。

第二天早上，肖铁农交代肖可立，说他和黄伯伯要到盘家圩办事，可能过几天才回来，叫他不要走出山洞，在洞里看好弟弟妹妹，然后走了。

肖可立带着亚莲亚山按父亲的要求不敢随便跑大洞口去了，也不敢随便跑出山洞去逛。他刚认识亚芳，多想去亚芳家与她聊聊天，聊聊她到盘家圩见到的事情，可他不敢去，不敢违背父亲的要求。他感到自己多了一份责任，一份管好弟弟妹妹保护山洞的责任，心里沉甸甸的。

不知不觉又过了两天，肖铁农还没有回来。这天一早，对面山上传来叽叽喳喳的说话声。肖可立跑到洞口一看，只见一队人马晃晃悠悠从草木屋经过，他们有的背着枪，有的背着大刀，一路大摇大摆地走着。一个看似头儿的人腰挂一支驳壳枪，甩开膀子走在队伍旁。他们没有在草木屋停留，而是沿着那条弯弯曲曲的山路走下山谷，再向山外面走去。

肖可立趴在洞口看着他们从眼前晃过，心里暗暗叫道：高头岭的土匪果然到山下打劫来了。他把亚山亚莲叫醒，说土匪下山了，交代他们不能到洞外玩去。这一天，肖可立带着亚莲亚山躲在洞口等待那队人马回来，直到天将落黑，土匪们才从外面回来。肖可立发现，那队人马里多出十几个身穿军装的官兵。他吃了一惊，怀疑他们可是追自己的那个小分队？是不是追到这里来了？看他们背的背扛的扛，那方体的木箱子看样子像是军火，那些大袋子小袋子必是生活用品。他们一溜人浩浩荡荡穿过山谷，晃过亚芳家，向山上逶迤而去。肖可立看着他们消失在通往山上的路上，怦怦乱跳的心才渐渐平复。

一连几天，肖可立提心吊胆地带着弟弟妹妹躲在山洞里过日子，也担心着亚芳家有没有事。这天上午，事情还是发生了。亚芳的母亲带着妹妹去了盘家圩娘家，说是给老母亲吃寿酒的。亚芳送走母亲，准备过亚山亚莲这边好有个照应。亚芳刚下到坡谷，就碰上两个从山外晃荡回来的土匪拦住了去路。那两人一把抓住亚芳，就往她身上胡乱动起手脚来。亚芳吓得惊叫起来，连忙呼救。两匪徒急了，其中一人顺手抓起路边的一条木棍，照着亚芳的脑袋打了过来。亚芳顿时像一棵被砍倒的树瘫软在地上，直挺挺地躺着。一个匪徒把她抱起来，往一旁的树林走去。肖可立在洞口看得真切，叫亚莲看紧弟弟，抓起父亲的火铳就从山后出了洞，直奔山谷。这时，两个匪徒正得意忘形地在树林里对亚芳想入非非。肖可立端着火铳冲过来了，大声叫道："不要欺负我姐（他还是把亚芳当姐叫）！"两匪徒听到身后有叫声，回头见一个毛头小伙端着枪向他们冲过来，赶紧丢下亚芳往山上跑去。肖可立对着他们跑的方向"嘭"地一枪打过去，火铳里的铁砂像马蜂一样向他们飞来，跑在最后的匪徒打了个趔趄，想必吃中了几粒铁砂，还好离得远，他们飞快地向山上跑了。肖可立没有追赶他们，来到亚芳身边，背起亚芳，提着火铳赶回山洞里。

回到山洞，亚芳也醒了。肖可立想起刚才孤身下去救亚芳，都不敢相信自己有这胆量。亚芳满脸感激地看着他。他微笑着挺挺腰，像是告诉亚芳，这是他应该做的。

不知什么时候，天空已下起了秋雨。肖可立他们躲在洞里正在愁眉苦脸的时候，肖铁农和黄伯伯从外面回来啦。他们身上湿漉漉的，一进山洞就问起这几天发生的事情来。肖可立一五一十地告诉了他们。肖铁农拍了拍肖可立的肩膀，说，好样的，你长大了。

洞外，雨越下越大，稠密的雨点在天地间结成一张张雨帘筛来筛去，高山上涌起了浓浓的雾气，像是烧沤潮湿的茅草泛起的浓烟，把冈上遮得严严实实。

"他们肯定下山找肖可立算账的。看来，这洞必会暴露，不是久留之处了。"肖铁农说。他要求黄伯伯带着孩子们转移到山外，自己留下来以观其变。黄伯伯不同意，要求自己留下来。肖铁农把实际情况摆出来，最后说，

"……他们不会对我怎样，至少我有钟良益罩着。现在的形势已经很明朗，躲进大山里的残余势力还需要我等去消灭他们。我的孩子就拜托你去照顾了。"

黄伯伯还想说什么，被肖铁农扬手压住他想说的话。

"这是命令，趁着他们还没来，今晚就带孩子们离开。"肖铁农双手叉着腰，语气坚定。他走到站在一旁的肖可立身边，把右手搭在他的肩膀上，一顿一挫地说："可立，你带着亚莲亚山和黄伯伯亚芳一起离开这里，一路上要照顾好弟弟妹妹他们，千万不要出差错。"说着，变戏法般从腰间里摸出一把手枪递给肖可立，叫他收藏好用以防身。肖可立有些惊呆了，愣了一会儿才像接到命令似的把身子一挺，伸手接过手枪。肖铁农笑了笑，正想说些什么，突然，洞外传来了密集的枪声。他们往外一看，只见对面黄伯伯那间草木屋黑压压围着一圈土匪和穿着军服的人，他们冒雨正端着枪向草木屋扫射。一会儿，枪声停了，一个军官模样的人扬手命令那群人慢慢靠近草木屋。有人踹开了木门，一溜

人冲了进去。可是不久，他们都又端着枪跑了出来。一个士兵把情况向那军官报告，军官大踏步走进草木屋，不久也出来了。肖铁农果断地说："走!"折身返回洞里，带领孩子们穿过石缝转移到了山外。

才奔过山后的山坳，那队人马便呼啦啦冲了过来，围着山洞打转转。他们哇啦哇啦叫嚣着，从山脚搜寻到山顶，像寻找失物似的不放过一丁点蛛丝马迹。秋雨还在不停地落着，土匪被雨淋得像烫过水的公鸡，时而鸣几枪，时而大骂几句。肖可立和父亲他们趴在不远处的山坳里看着土匪和大兵瞎折腾，暗暗惊叹父亲处事果断英明。

天色渐渐暗了下来，那队人马折腾了几个钟头，还是无法发现进洞的入口，见天色将黑，就安营扎寨下来，想第二天再把美人山翻个底朝天。趁着夜色，肖铁农带领他们悄悄退走了。

雨不知何时停了，天上翻滚着一层薄薄的云雾，月光从云雾里透射下来，给大地似明似暗的感觉。他们走过一个山坡，肖铁农与黄伯伯肖可立亚芳告别，他抚了抚亚莲亚山的小脑袋，叫他们要听话，然后大踏步往山上走去。

借着月光，黄伯伯打前头，肖可立背着亚莲，亚芳背着亚山，一步一步向山下走去。

肖可立边走边想着父亲肖铁农。他觉得父亲像谜一样叫他捉摸不透。他像做梦般恍恍惚惚地过了这半个多月，而父亲的身份却叫他陷在云里雾里，怎么理也理不清。一路上他向黄伯伯左一句右一句探问着父亲的一些事来。黄伯伯早已看出他的心思，就把肖铁农做担脚后发生的事情一五一十地告诉了他。

原来肖铁农做担脚时已是一名地下党员，被日本炸弹炸伤晕过去后，亚莲的母亲白英把他背回了家。养伤期间，肖铁农知道白英也是一名中共地下党员。伤好后，上级要求他留在大山负责本地区的地下党全面工作，白英成了他的得力助手。火烧大兵后，白英牺牲，他带着孩子转移到黄伯伯家，隐居在美人峰山洞里。黄伯伯是肖铁农在本地区发展的一名地下党成员，在他的帮助下及时与上级取得了联系。这时，正好高头山土匪头子钟良益在围攻一个叫富竹的村子时被枪炮击中右胸，命悬一线。上级委派肖铁农给钟良益医治枪伤潜入高头山。钟良益在鬼门关走了一圈被拉了回来，对肖铁农感激不尽，与肖铁农结拜为兄弟，于是，肖铁农成了高头山任意出入的座上客。

黄伯伯最后说："现在，战火已烧到我们广西，桂系军阀节节败退，一部分逃到大山里，想负隅顽抗。为了消灭他们，你父亲还得隐藏在土匪窝里。"

肖可立对父亲的果敢与无畏油然起敬，边走边在心里祈祷着父亲能平平安安，希望早日打响高头山那一仗，好与家人团聚。

三个月后，攻打高头山的战斗打响了。黄伯伯已是第三野战军第四十军的一名连长，肖可立也成了黄伯伯连队里的一名军人。攻打高头山战斗在黄伯伯的率领和指挥下，于天亮前摸近土匪窝，只用半个多钟头一举拿下了高头山。

这天正是肖铁农四十大寿，钟良益专门为他的救命恩人举办寿宴，高头山里到处都是喜庆的寿宴装扮。他们清理战场时没有发现钟良益和那些国民党官兵的影子，也没有见到肖铁农，他们像人间蒸发一样了无踪影。难道他们早已料到有这一天？躲到更深更远的原始森林里去了？

押来一个小头目俘虏严加训问，得知钟良益他们藏在美人峰山洞里。

那次搜山，他们最终发现进洞的石缝，惶惶不可终日的国民党军官看上了这个山洞。山洞易守难攻，如一个碉堡并且比碉堡还紧固，以为是等待外援最好的庇护场所。他们储藏大量的食品，并把高头山大部分枪支弹药搬运到洞里。近半个月，钟良益他们似乎有所预感，几乎每晚都从高头山来山洞过夜。昨晚，肖铁农想利用钟良益给自己办生日宴灌醉他们，让他们留宿高头山一举歼灭。然而，已成丧家之犬的国民党军官半点风吹草动都吓出一身汗来，寿宴开席不到半小时，他就对钟良益耳语几句，要求钟良益下禁酒令，结果不得而知。

高头山被攻陷，有一个侥幸逃脱的匪徒跌跌撞撞跑到山洞报告高头山的情况，钟良益听后大吃一惊。立即在洞里做好防御工事，迎接解放军攻打美人峰。

美人峰山洞真是易守难攻，大洞口对着谷底和岗坡，一只苍蝇飞过都一目了然。山后入口的缝隙已筑起防护墙，只留机枪口，一把机枪虎视眈眈地对着山后的斜坡。黄伯伯带领连队来到这里刚露头，就遭到敌军和匪徒的猛烈攻击。肖可立向黄伯伯提出攻打方案，经连里再三斟酌，同意了他的对策。

下午申酉时分，黄伯伯一声令下，火炮在岗坡向大洞口进行猛烈的攻击，洞里的敌人开始惊慌失措，十多架机枪向洞外疯狂地扫射。绕到山后的肖可立带领小分队从山后斜坡进攻，在手榴弹的掩护下登上了山顶。他带着战友悄悄摸近第一次进洞的入口，与他们搬开上面那几个磨盘大的乱石。肖可立首先进去，他一蹙身就轻易滑进了里面。他一个一个地把队友接送进来，悄悄下了乱石斜坡，发现这里堆积着大量的食用品和枪支弹药——敌人把这里变成了储存库了。

山洞里如烧着的马蜂窝，兵匪们跑来跑去乱成一团。肖可立一眼就看见曾经父子相认的那个地方变成了敌人的指挥部。那里灯火通明，父亲肖铁农正若无其事地站在一张桌子边。桌子上放置一台发报机，一个士兵正坐在一旁发接电报。国民党军官正焦急地在发报员身后走来走去，钟良益则坐在一张凳子上吸着烟。

肖可立把小分队分成两路，一路突袭大洞口，一路攻打洞里的指挥部和里面的射击点。他把手一扬，小分队如两道闪电，同时闪现在敌匪面前，吓得他们抱头鼠窜，无还手之力。肖可立端着冲锋枪如飞箭般冲向指挥部，国民党军官一激灵，掏枪正要向冲过来的肖可立射击，肖可立一扣扳机，"突突突"几声枪响，国民党军官应声倒下。钟良益呼啦从凳子站了起来，肖铁农的枪口已对准了他光秃秃的头颅。钟良益惊叫道："兄弟，你怎么……"肖铁农把他的手枪缴下，说："你作恶多端，等着人民去审判吧。"

肖可立直接冲向里面的射击点，与战士们一举清除后山的障碍。

美人峰战斗结束了。第二天早晨，黄伯伯和肖可立跟着肖铁农来到大洞口，黄伯伯对肖铁农说："肖书记你看，我家离你家就这几步远。亚芳曾经说，到肖叔叔家比登天还难。现在消灭了敌匪，他们可以无拘无束地来往了。"

肖铁农哈哈地笑了，说："是啊，看秋风扫遍落叶，何处不是一片光明啊。"

说话间，肖可立看到，一轮红日从茫茫的原始森林中冉冉升起，眼前的天地间顿时红艳艳一片……

桃花怨

跨入二十一世纪的第一个春节，卢三花发现自己菜地里的莴笋即将抽花了。这几天，她在傍晚时分跑到菜地里看着那几畦莴笋干着急。夕阳下，莴笋像列队的方阵整齐地冒在地里争着疯长，那样子使她想起村小学里的孩子们在操场做体操的样子，也列着这样的方阵，仿佛那莴笋就是操场上的一个个学生，活泼健壮的身体压也压不住快速成长。

自从丈夫五年前去世后，卢三花菜地里种的蔬菜就再也吃不完，可她依然像以往一样去劳作。她和丈夫相携走过了四十三年，叫她遗憾的是没有给丈夫生下一男半女，现在老了发现自己力不从心开始哀叹老天的不公，可又有什么办法呢？她抬头望向天，夕阳下，漫天的云朵被夕阳染得红红一片，自己的莴笋也红红一片。红红的莴笋在向她呼唤着，告诉她得拔了。

她决定明早拔莴笋挑到集市上卖去。

第二天一早，卢三花来到菜地里拔莴笋。菜地在思富江畔，她把莴笋搬到江边的水泥桥下的一个小码头上——那是丈夫在世时给她用来挑水浇菜拿几根木头架起的码头。卢三花蹲在码头上一边削整去莴笋的根和老掉的叶子，一边洗去菜身叶子上的泥土，然后再把干净的莴笋装进菜筐里。她花了整整一个多钟头才把莴笋洗干净。她用双手撑着腰慢慢站了起来想缓缓气，刚支起身子，顿觉眼冒金花，胸口沉闷，身子摇晃了起来。卢三花赶紧伸手想抓住身旁的什么依靠一下，而右脚却不听使唤往前滑了去，身体顿时失去了重心。她一个趔趄摔了下来，一屁股跌坐在岸坡上。岸坡的小草满是露水，卢三花的身体沿着岸坡吱溜铲到江里了。卢三花吓得只喊出"啊"的一声，滔滔的江水就把她吞没掉。正是春寒料峭时节，刺骨的江水咬撕着她的皮肤。她在水里挣扎着，张开嘴巴想呼喊救命，那寒冷的江水却趁机钻进她的肚子里，下意识地赶紧闭上嘴巴。她飞舞着双手希望能抓住什么，可滔滔的江水没给她机会，反而推着她往江心更深处冲去。一会儿，她憋得难受极了，脑海一片空白，张口要呼吸空气。她呼出肚里那口闷气，就本能地吸起来，可吸进来的却是那刺骨的江水。这样几次后，她开始混混沌沌起来，意识到自己不行了。就在这时，她的手忽然触碰到了什么东西，正想抓住时，却不见了。她像失去了知觉，意识里感到自己的身体轻飘飘的，像天空中飘荡的羽毛一漾一漾地荡着。她以为是小鬼抬着她去见阎罗王了，泪水不由自主流了出来。接着，她恍恍惚惚间什么也不知道了。

醒来的时候，迷迷糊糊看到一个男人正跪在她的身边做着什么。她像睡了一觉似的，在迷迷蒙蒙中终于看清了身边那个男人——那是对面村的周高贵。周高贵见她回过气来，嘘了一口气。她下意识地用手护住胸前，惊恐地看着他。周高贵笑了，说，你怕什么，差点没命了你。刚才我还对着你的嘴人工呼吸呢，还这么要面子。她显得非常虚弱，有气无力地说，你给我……离远点。她想说滚，刚到嘴边，就改了回来。她知道是他救了自己，眼里向他投去感激的目光。

周高贵挪开两步，看着她艰难地用双手支撑起身子，赶忙过去搀扶她。这时，卢三花没有再赶他，而是把一只手搭在周高贵的肩上，让他把自己搀扶起来。

太阳从晨雾中露出了笑脸，温暖的阳光撒落在他们身上。两人全身湿漉漉的，这时他们才感到寒冷。周高贵说，到我家把衣服换了，再送你到医院去看看，我用三轮摩托搭你去。卢三花也不说什么，任周高贵搀着她向水泥桥路边停着的三轮摩托车走去。

卢三花住了整整半个多月的院身体才得以康复。这半个多月，多亏周高贵忙来忙去照顾她。

周高贵自从女儿成了家，每天就过得一点都不踏实了。他与女儿相依为命，女儿三岁时，老婆跟着一个来村里搞推销菜刀的外地人跑了，是他一把屎一把尿把女儿拉扯大的。女儿大学毕业后留在了上海工作并嫁了人。少了女儿在身边的周高贵就像老鹰折了翅膀，每天望着天空嗟叹着。

那天周高贵正去赶集，经过水泥桥时正好看见卢三花跌落到水里，赶忙停下三轮车跑下去救人。他救上奄奄一息的卢三花送了医院后，知道没有人照看她，就承担起看护卢三花的责任来。

他们在医院半个多月的相处，使卢三花对周高贵产生一种莫名的依恋。她像变了个人似的，出院后就时不时约周高贵到菜地里聊天。周高贵闲在家里正烦着呢，一接到卢三花叫他到水泥桥聊聊天的电话就赶紧跑了去。两个老人还真有年轻人的样子，这一来二去就分不开了。

卢三花住在龙头村，那条弯弯扭扭的思富江把个龙头村圈在东南面龙头山下，而思富江北面是周高贵的龙珠村，龙珠村村前有百十亩的水田。土改时，由于龙头村水田少，相关部门就把龙珠村前面的水田割让了一部分给龙头村人耕种，于是，龙头村的人们过江耕种因为放水问题与龙珠村发生了矛盾，两村争水一争就是几十年。

在卢三花的印象中，周高贵是龙珠村出了名的霸水大王，他给生产队看水，常常因为堵断通往龙头村水田的水路被龙头村这边的看水社员抓了现行。当时的队长古苟婥带领社员向龙珠村讨说法，龙珠村的社员以水是从龙珠山引来的属于他们管理为由并从此断了龙头村的水田灌溉。两村开始闹了起来，动手动脚时有发生，以致后来出现两村形成了械斗。由于这里比较偏僻，离乡政府又远，他们的械斗成了家常便饭却没人调理。有次两村械斗出现了重伤事故，终于惊动了县公安局，一下抓了十几个人关了起来，这事在当时轰动了临近的几个乡镇。两村争水成了他们结在心头的疮痂，从此互不结亲成了各村不成文的规矩。特别是周高贵，龙头村没有一个人不对他恨之入骨的。就是后来上级给龙头村搞了个排灌站，把思富江的水抽上来灌溉，不再出现争水现象，龙头村的人碰上周高贵依然投去鄙视的目光。

卢三花要先吃螃蟹想改嫁龙珠村，一下把龙头村闹炸了。她与周高贵才相处两个多月，村里人就向她投去毒辣辣而诡异的眼神。卢三花有些恍惚了，感到她与周高贵在一起的压力与渺茫。特别是有天古苟婥专门跑到她家对她发出严厉的警告叫她心上心下了。古苟婥是她丈夫的亲哥哥，他发现自己的弟媳与周高贵眉来眼去后就警告卢三花，说别败坏他的家门，若惹火了他，别怪按门规浸猪笼。

浸猪笼?! 现在都什么年代了，这种刑罚早已成了天方夜谭。但这古苟婥头脑一发热，对卢三花可能什么事都做得出来。

卢三花正在左右难拿捏时，周高贵也突然不再来水泥桥与她
聊天碰面了。卢三花想，这样也好，免得被人说三道四。可是，
几天后，她感到心里空落落的，不由自主掏出老人机给周高贵打
了过去。那边却关起机来，后来打通了，周高贵也不接。卢三花
知道自己离不开周高贵了，每天脑海里总闪现周高贵关心呵护她
的影子，她真想跑过去问个究竟，刚想迈脚又把脚收住了。古苟
啅的警告和村里人的眼神叫她踟蹰不前——如果每人吐一泡口水
就能把自己淹死的。

进入农历五月时节。这天，太阳刚从龙头村东边升起，卢三
花就提着篮子来到思富江畔自家的菜地里了。她明为摘菜，其实
是与以前一样想见见周高贵，哪怕瞅一下他的影子都心满意足
了。她躲在菜地里，蹲在高高架起的竹篱豆角棚下，透过浓浓茂
茂的豆角叶子，翘首向那座横架在思富江上的水泥桥望去。桥的
那一边是一条弯弯扭扭的机耕路，机耕路的尽头是周高贵所在的
龙珠村，周高贵的房子在机耕路尽头那几座房子的后面。卢三花
的目光追着机耕路来到龙珠村，却被那几座房子挡了回去，落下
一脑子的惆怅。她收回目光，骂自己自作多情，六七十岁的人了
还像年轻人情窦初开那样心里堵得慌，不觉脸上泛起了红晕。她
赶紧钻进一旁的玉米地里，想用忙碌来缓解自己觉得可笑的心
思。伸手想去拔草，地上的草却早已被她这几天拔光了，只有一
小些绒毛般的草尖儿趁她不注意从地底下冒出个头来。她有些失
望，干脆一屁股坐在地上，撑起一只脚用双手挽着跟自己赌起气
来，心里暗暗骂自己挖耳当招单相思。

卢三花相信周高贵不会不理她。开始，她本以为周高贵的女
儿不同意他俩在一起的。四月初的时候，她试探过周高贵，说他

女儿是否阻止他俩在一起。周高贵笑呵呵地说，女儿恨不得我找个伴呢，这样她才放心在上海工作啊。那时，卢三花就暗暗下定决心，以后和周高贵一起生活过日子，过好自己的后半生。她猜测古苟婼一定对周高贵像对她一样威胁过什么，以阻挠他俩的结合，要不，周高贵不会对她不理不睬的。她忽然想起上一次到集市卖菜，镇民政办的小宋对她说过，再过两个月，镇里的幸福院就竣工了。到中秋节这天，像她这样的空巢老人就能集中在幸福院里生活。卢三花心里顿时来了精神：是啊，到那时，两人就可以在一起了。逃离这山旮旯，看你卢苟婼还敢对我们怎样。

一想到这里，卢三花像吃了兴奋剂，浑身充满了无穷的力量。她"呼"地从地上站了起来，钻出玉米地，越过豆角棚，走上水泥桥，头也不回地往周高贵的村子跑去。

她豁出去了。

周高贵正在家里端着一碗粥就着一碗酸豆角蹲在灶台边吃早餐，忽然一个黑影从门外飘了进来栖落在身边挡住了光线。他抬起头来，发现来人是卢三花，惊得含在嘴里的粥都忘了吞咽，眼睛睁成了乒乓球，连话也说不出来。卢三花目不转睛地看着他，有些想哭。她终于控制不住自己，扬起拳头拍打起周高贵的肩膀来，埋怨地说，你好狠心哪，一躲就是近一个月，连电话也不接。你是想叫我死啊，如果是这样，那时你就不该救我。说着，老眼竟蕴上泪水来。周高贵回过神来，忙拉着卢三花坐下来，舀来一碗粥给她，说，你先吃饱肚子，我慢慢和你说。

原来周高贵去赶集，半路上碰上了也去赶集的古苟婼。古苟婼把他拦了下来，不问青红皂白揪住他就是一段暴打。周高贵知道古苟婼是冲着他与卢三花在一起才发这疯的，也觉得自己过去看水时做得太过分，因此没有还手。他想，只有这样，古苟婼才原谅他。古苟㪍发泄一通后，恶狠狠地丢下一句话，说，你再勾引卢三花，以后往死里打。然后骑上摩托车走了。周高贵擦去嘴角上的血迹，似乎也轻松了许多，也不去赶集了，坐上三轮车返回家里。

回到家后，周高贵整整想了一天。他知道古苟㪍这人的脾性，不想因为他而使卢三花受到伤害。于是，他便试着躲家里想慢慢消磨掉这段情缘。

现在，卢三花直接找上门来，他还真不知道怎么办呢。

卢三花说，你应该到派出所告他，否则以后他想什么时候欺负你就欺负你。她心疼起周高贵来。

周高贵说，算了，都过去这么久了。再说，天高路远的，人家跑来也辛苦。我是周瑜打黄盖一个愿打一个愿挨，只要他能原谅我就行。

卢三花不再作声。

周高贵想了想，对她说，你以后还是不要来我这里吧，他不会放过我们的。

卢三花眼泪差些又出来了。她说，你嫌弃我了？就是他浸我猪笼我都不怕，你倒怕起来了。小宋不是说了，不久镇里建好幸福院，到中秋节我们就可以搬到幸福院里住了。现在就差三个多月就到了中秋，我们熬过这几个月，到那时离政府近，有政府给撑着腰，谁还敢阻拦我们。

周高贵不再说什么。卢三花又说，只要你不嫌弃我，我跟定你了。周高贵看了看卢三花，喉结动了动想说什么，最后还是没有把话说出来。

卢三花在周高贵家住了下来，这一住就是三个多月。

每天，周高贵与卢三花像一对刚筑了巢的燕子快乐地一起下地一起回家。他们忌讳走过水泥桥，怕古苟婥找他们的麻烦。

一转眼，离中秋节还有几天了，他们接到小宋的通知，叫他们收拾好东西，在中秋节这一天入住幸福院。小宋还告诉他们，那天，县里领导将亲临幸福院看望他们，晚上还有文艺表演呢。这几天，他们沉浸在幸福之中，乐颠颠地整理好要拿的东西。

中秋节前一天，卢三花突然接到哥哥卢龙仁的电话，说九十多岁母亲病危，叫她回家再见母亲一面。

娘家在龙尾村，不近也不远，过水泥桥穿过龙头村再走五华里左右就到了。她心急如焚地要赶回娘家探望母亲，周高贵小心翼翼地把她送到水泥桥，看着她平安地过了龙头村在远处消失才依依不舍地返回家。

卢三花急急地往娘家赶，刚转过两座山岭，在一个山弯处，她看见卢龙仁正站在那里等着她呢。她急急地迎过去，问哥哥现在母亲怎么样了。卢龙仁没有回答她，而是用恶毒的眼神盯着她。她眼睛有些迷乱，心里有些惊慌。这是怎么了？小时候，哥哥最疼她了，在闹饥荒那个年代，哥哥总把好吃的让给她，比如吃个番薯，哥哥吃的是番薯皮和两头一小部分，中间大部分都让给她吃。她出嫁后，哥哥每年都会悄悄塞给她些钱怕她受苦。后来年纪大了，哥哥依然一年半载都去看望一下她。现在哥哥满脸怒容站在自己面前，叫她害怕起来。

母亲差些让你给气死了，你这个死不要脸的女人！以后不要认我是你哥！卢龙仁大声地说。这时，卢三花身后突然跳出五六个人来，为首的正是古苟婥。卢三花吓了一跳，连忙转身往后跑。那几个人一拥而上按住了她，拿了绳索七手八脚把她绑了。卢三花拼命挣扎拼命哭喊呼叫，古苟婥扯下搭在肩膀上的毛巾把她嘴巴堵了。她顿时哑了声，憋在嘴里的话从鼻孔冒出来，变成了呃呃的声音。卢三花哀哀地看向卢龙仁，希望他能放过她。卢龙仁转过身子，对古苟啍他们挥了挥手，说，带走吧。卢三花伤心极了，想对哥哥说些心里话去无法吐出来。她泪流满面，任由古苟啍他们推搡着自己往龙头村方向而去。

龙头村那间老旧的祠堂里，卢三花被两个近亲压着身子跪在大厅中央，面对着大厅里的祖宗牌位。她头发散乱，面容憔悴，塞在口上的毛巾像朵晒蔫凋谢的牛肚花耷拉着，五花大绑的身子显得更瘦小了。牌位前的香炉燃着三支大香，烛台上一对刀柄粗的蜡烛吐着血红的火焰，如毒蛇的蛇信像嗅到了什么似的，兴奋地跳荡着。

古苟啍沙哑的鸭公声在空气里飘来荡去。他数落一番卢三花后，发一声喊，卢三花不守妇道，败坏门风，给我装猪笼浸了。压着卢三花的两个人知道要浸卢三花猪笼，怕出人命，自己也脱不了关系，就大声对古苟啍说，不能浸猪笼，出事不好办。古苟啍说，出事我承担。她顽固不化，不浸猪笼收不了她的心。那两人说，你要浸猪笼，你自己处理，我们不管。说着，就要松手离开。古苟啍见大家都反对，只得作罢。

浸猪笼不成，古苟啍只得按大家的说法，把卢三花关禁三天三夜让她反省。于是，卢三花被关在祠堂的一间偏房里，绑在角落处一根粗大的松木上。卢三花知道古苟啍不会放过她，会想尽一切办法折磨她，甚至会害死她才罢休。她坚定自己没有错，追求幸福是她的自由，谁也不能剥夺自己的权利。不就是与周高贵在一起吗？是的，她也觉得如果换了别人，古苟啍可能会放过她。

天将麻麻黑的时候，关着卢三花的房门被轻轻打开了，一个身影闪了进来。他一手拿着一个瓷碗，一手提着一个提壶，像是给人送饭似的。卢三花认出来人不是周高贵，而是古苟婥。古苟婥说，喝碗鸡汤吧，只要你不再与周高贵来往，你还是我弟嫂。说着，从提壶里倒出一碗汤来，送到卢三花嘴边。卢三花扭开头，说，我不吃。古苟婥叫道，不吃也得吃，这是专门为你做的孟婆汤，你就好好上路吧。说罢，伸手掐住卢三花的下巴，要把那碗汤灌下去。卢三花紧闭着嘴巴，不停地摇晃着头颅，以挣脱古苟婥的束缚。古苟婥使出全劲压住卢三花的下巴，把卢三花的头颅挤压在松木上不给动弹，然后把碗口压到卢三花的嘴边，嘴里说，我看你不喝，你必须喝下去。卢三花被古苟婥弄得无法动弹，紧闭的嘴唇也被碗边压出血丝来，前襟被汤水洒湿一大片。就在这时，祠堂外传来急促的脚步声，很快，几道雪亮的手电光冲进了祠堂。古苟婥一愣，他看见一个村民带着两个穿着制服的警察和民政人员小宋以及周高贵冲了进来。古苟婥长叹一声，知道大势已去，仰起脖子把那碗断肠草熬成的浓汤喝了下去……

戒　赌

一

你好，我是董服平。你是从县里来的？姓李？哦，李领导好。来帮助我？好啊！

是的，我家就我一人，我娘两年前死了。舅舅不与我来往了，说是我娘是被我气死的，你信不？我一不偷二不抢，连放个屁都悄悄放怎么会气死人呢？你说是吧。

我赌博么？伯爷，你不要乱讲。我这是娱乐不叫赌。不要唬着眼看着我，伯爷。我不懒。李领导不要听他乱放鞭炮。

我初中毕业？不对，准确地说还有半年才毕业。那年元宵节真是走狗屎运了，放烟花放到人家的猪圈里，那几头猪就成了香喷喷的烧猪了。呵呵。

我不是故意的，伯爷。就因为你那几头架子猪，我连书都不敢读了。现在你就说些好话让李领导关心关心我，好吗？

打工？去过。我前两年才回来。广东、上海、杭州、重庆、三亚、内蒙古……我几乎跑遍大半个中国就是找不到好工作，不是老板不喜欢我就是我不喜欢老板。你说，他们骂我猪猡，还要我每天干十几个小时的工作，谁受得了？

对，我常换工作。哦，不对，我就进过两三家工厂。他们不留爷自有留爷处，我现在不是好好的嘛。

这两年回来虽然口袋没钱，却没受老板的气啦。李领导，我知道你菩萨心肠会帮我的。

伯爷，别害我嘞。我不是赌鬼，家里的东西是卖了一些，那是要吃饭啊，没钱不卖吃什么？你说是吧，李领导。……我不懒，真的，我打工回来把田地租出去了当然没事干啦，就和村里人打打牌娱乐娱乐……别打我，别打我，我与你无冤无仇，伯爷你不该在李领导面前出我丑……得得得，我听你的好吧，我什么时候不听你的？李领导不好意思，我伯爷就这德性，当村干部嘛就爱发脾气要不不像个官……好好好，我听你的，伯爷，打我嘴巴好了吧。

有什么打算？我有什么打算？守着三间老屋过日子呗……喔，你说是怎么发家致富？对，我想起来了，我们茶山村对面寨有个人博彩赢了三十多万，都建起三层洋房了，你给我些钱，保准半年……伯爷别……别打我，我是实话实说的……我知道后来他也输了……我知道是运气……我知道我晦气，我服了你了伯爷。

哦，我懂，天上不会掉馅饼的。对，勤劳致富。我一定改，一定。你放心，李领导，我说到做到。

利用剩余房子养鸡养猪？种蘑菇？利用院子？……唔……可以啊，可是我没钱。你给我钱？我养我种……伯爷，你不要影响我和领导谈生意好不好？不是不是，谈事谈事……喔，不是直接给资金……可以，提供种苗，饲料……可以，三百只鸡……凤尾菇也种……好，好，我一定不辜负领导的关心……不会不会，别听我伯爷乱放……乱说。请李领导放心，我一定努力勤劳致富，一定。

二

你这个败家子，趁我到县城治病，这半个月你偷卖多少饲料多少仔鸡子？连菌床也不管理，天天知道去赌博，你还是人吗？我打死你！……别逃，你气死我了。人家李杰辛辛苦苦跑几十公里来我们山冲旮旯帮助你，你还不知悔改，人家欠你的吗？啊？！不打死你我不姓董！

……

你这个败家子，开门，快开门，你躲在房里以为我就放过你了？我就坐在门口守着，看你出不出来。你拿镜子照照你那尖嘴猴腮的样子。你这孬种，油嘴滑舌的孬种，偷奸取巧的孬种，吃喝嫖赌的孬种，没心没肺的孬种。你娘白养你这么大，把家当都卖了，气死你娘还想气死我！你二十七八了，怎么不想想如何改变自己别让人操心呢？

你这个败家子，你以为我不知道。在外跑了十多年，把打工当作旅游，口袋有了些钱就咬你了，不是赌就是嫖；这个城市逛逛，那个地方游游。等口袋没钱了才找份工作混，做事拈轻怕重。你是老板啊，不炒你鱿鱼除非你是老板。难怪小芳说不愿嫁你，你就这副德行谁嫁你谁倒霉！

你这个败家子，你知道小芳怎么对我说的吗？她说你只知道赌博，从没关心过她。她说给你半年时间，你不改掉恶习，她就另嫁人了。你这个白吃白喝的家伙，没钱就知道问她。她去打工，你躲家里坐享其成，你还是个男人么你！

我告诉你，要不是你爸死得早，如果我不是你亲伯爷，我早就懒得管你了。那年你放烟花对着我的猪圈放，不就是说你几句不要与阿三阿四他们混吗，你就怀恨在心了。我的猪被你烧死，哪要过你家一分钱？你怕我揍你，连夜跑他们家，第二天就跑广东了。你不听我规劝，你继续学坏，在外面三天打鱼两天晒网，跟随他们以赌为业到处招惹是非。后来，你和他们跑到了杭州，因为赌博他们被人打残了，你才不得不找我儿媳进了厂。你在厂里认识小芳，我以为你改邪归正了，可你还是这样。她被你如簧的巧舌迷惑，赌性不改，不到半年就连她攒下的钱也输了进去。要不是我儿媳再三规劝，她早离开你了。你还不觉醒，还要去赌赌赌。为了扳回输掉的钱，你干脆炒了老板，一心放在赌桌上，结果越陷越深。小芳说，你就是狗，改不了吃屎，死磕着要扳回输掉的钱。你空有一身气力还要小芳养你，供你花销，哄骗她的辛苦钱。后来，你带着小芳回了家不再去打工，以为你安心生活了，我尽量去帮助你，可你还是赌性不改，气得小芳离开了你。还好，她还是去杭州打工，你大嫂硬生生把她留住。今年春节小芳回来，她对我说，如果你再不改，她真的不再回头，谁也拦不住。昨天，我出院了，你大哥大嫂上杭州前又再三叮嘱我要看好你，希望你这次在李杰的帮扶下改邪归正，等你学会挣钱了就给你和小芳完婚。没想到你这个败家子连仔鸡和饲料也偷着卖了，菌床也不管理了，你说，你是不是窝囊废想断子绝孙啊？

我不说了，我就坐在门口等你出来。你乖乖出来受死，看你改不改，看你还敢败坏我们的家风么。以后，别怪我不念亲情，直接铲出董氏家族算了。

戒赌

273

三

奶奶的，伯爷就是多管闲事。你做你的村干部，为什么总要
与我作对呢？我赌钱也是为了给小芳扳回失去的钱啊，关你什么
事啊。小芳要离开我早离开了，你狼哭羊羔——假慈悲，你恨不
得我早死好霸占我的房屋田地，没门！

想当初，我和阿三阿四跑江湖多快活，自由自在想咋样就咋
样。虽然有时口袋没什么钱，但总不会饿死，总没有现在在家这
么窝囊。我们可以一睡睡几天觉，一玩玩几个通宵。有钱时可以
泡泡妞上上酒店大快朵颐，没钱时就泡地下赌馆搞钱。阿四跟一
个赌王学过几招，他把学到的教给我和阿三，可惜不够精通，不
久就露了馅。那次被捞仔打了后，我们就辞了工，在深圳的许多
地下赌场打一枪换一个地方，赢了二十多万。要不是那次我们因
为贪念那老板口袋里的几十万，我们不会离开深圳的。唉，我们
宰了他十多万收手就好了，真是偷鸡不成蚀把米，不但被他打得
半死，还倒赔他二十万。

养好伤后，我们决定以赌为业浪迹天涯，南北东西到处走。
每到一个地方，在赌桌上凡被别人有一点点识破，我们就换一个
地方。那段时间吃香的喝辣的，甭提有多快活。

从内蒙古转战杭州，我们又一次失误。那满身珠光宝气的肥
佬真凶，竟然把阿三阿四给打残了。我是看风的，逃得快，被他
们追赶时跑进一条胡同，慌乱中钻入一间微开着门的出租房里。
真是巧了，这房正是大哥大嫂租的。大嫂上夜班还没回来，大哥
见到我吃了一惊，我忙叫他不要出声，等那些追我的人跑过以
后，我才告诉他自己的事情。我已无路可走，叫他收留我。大哥

大骂我一顿，真是父子同出一辙，嚣张得很。不过我不恨大哥，他嘴巴毒豆腐心。大嫂回来后，就叫大嫂安排我进她工厂里做工。大嫂是厂里包装车间的主管，第二天我就随她进了包装车间。开始那个月，我时常探望阿三阿四他们。他们真可怜，两人在出租屋里如同乞丐吊着那只被打折的手或脚过日子。大哥大嫂知道后，就把他们送医院。由于医药费贼贵，大哥大嫂就把他们送回家乡医治了。

　　我在杭州进了大嫂的车间，住进厂里的职工宿舍。我只做了两个多月就厌烦了，因为这里的工作实在是太累了。每天两班倒，如果要赶货十四五个小时也要你干。一个月辛辛苦苦干下来，就四千多块钱，还要扣七七八八的各种费用。我正想打退堂鼓，小芳出现了。大嫂把小芳往我怀里一推，我们就睡在了一起。一起上班，一起逛街，一起睡觉。我又在那里恍恍惚惚干了大半年，真的无法承受厂里陀螺般的工作，最后不得不离开厂，干起我来钱快的行业。

　　我小心谨慎地在地下赌场逛悠，因为不敢耍老千，怕重蹈覆辙阿三阿四他们的下场，所以输输赢赢赢赢输输混日子。但是不到半年时间，我就把小芳积攒下来的十多万块钱输得一分不剩了。那天我回到出租房又想哄小芳给钱时，小芳已哭成泪人，她说，我怎么就找你这个扫把星啊，我前世是不是欠你的。小芳话不多，我也非常难过。打那时起，我暗暗发誓，一定要把她的钱赢回来，她是我值得疼爱的姑娘。

　　我不再出去打工，我留在家里继续我的赢钱计划。我想好了，等赢回小芳的钱就金盆洗手，与她好好过日子。舅舅说我娘是我气死的，我怎么气我娘呢？不就是卖了些家产为赢回小芳的钱吗？伯爷也把我看成眼中钉，动不动就骂我，还要打我，我我我……唉，我总被你们嫌憎，真是人善被人欺，马善被人骑啊。

现在政策好，李领导来帮助我，伯爷却来搞鬼。哼，奶奶的，别以为我花过你万把块钱就教训我，那钱也是你自愿给的。得得得，我发了财还你！哼！

四

董服平啊，不是我说你，你伯爷教育你也是为你好啊。我知道你一肚子的不愉快，但是你想想，把鸡苗饲料卖了去做违法的事，合适么？

今天，阿金烧鹅王总公司董事长陶津介绍他的生平经历你也听了，有什么想法？你比他幸运啊，他因赌博伤人入过狱，左脚被打残。你都承认，他演示的出神入化的牌技比你高出不知多少倍，可他毅然决然戒了赌。他改过自新后白手起家，从养鹅开始，后来才搞起烧鹅店，发展到现在已有五十多家分店了，资产几千万。这是他戒赌后才有的今天啊。

如果你想让我帮你，就得听你伯爷和我的话。其他的我就不多说了，鸡苗饲料我帮你补上；这是给你的五百块钱生活费，你拿着；还有这个手机，虽然旧了点，你将就着用吧，等卖凤尾菇挣了钱再换个新的。我相信你不会让我失望的。

五

李叔叔，我不敢打电话给你，只好在手机给你发这封微信了。我一点一点地写，希望你给我时间。

真的，我一听到你的声音就有一种负罪感，我是个千人嫌万人恨的家伙，我不该再赌博。上个月，我拿你给的五百块钱去玩三公，输了后，我才知道，我不但输掉你给的五百块钱，还输掉你对我的关心啊。

李叔叔，你是个好人，是个好官，我永远会记住你对我的好。你每次都大包小包地提些米啊油啊来看我，就连我卖了饲料和仔鸡也没有骂我，反而帮我垫上。我真没用啊，当时我双手接过你递过来的五百块钱的时候，心里颤了一下。实话实说，我拿别人的钱从来不颤过手，就是拿你的钱才颤。我当时就下决心不能拿你的钱去博钱了，但过不了几天我赌瘾上来，就……我对不起你啊，我输掉了我的脸面，我无法面对你啊。

真没有想到，李叔叔，你比我生活还辛苦。一个月前，我们一大帮年轻人到县里参加培训，听了烧鹅王的经历和他如何做烧鹅的技术培训后，你就拉我到你家吃饭。到了你家，我才知道，你家的生活并不好过——母亲瘫痪，阿姨为了照顾你母亲辞掉了工作；孩子又在上大学，一家的开支就靠你那几千块钱的工资。而我呢，在去培训前就打定主意想向你诉苦骗些钱，我真是个畜生。你为了帮助我，大胆给我担保贷款，还从牙缝里挤出些钱来资助我；为了节省开支，你常骑着你那辆破旧的嘉陵摩托来看我。那一次，你摔瘸了腿，还风趣地对我说，你村那个跳马坡很好客啊，我到了那里就想留我下来，结果我还是跑你家做客来啦。我听后心里抖了一下。你不知道，还没铺水泥路前，那里可是出现过几次货车翻车事故的。

现在我彻底醒悟过来，赌博已害得我无依无靠——亲戚断交，亲人绝情，朋友反目，他们见了我犹如碰上鬼魅，远远躲着我。我空有一身力气，却是个空臭皮囊。我想起赌王叶汉劝人们不要迷赌滥赌的打油诗：大梦谁先觉，平生我自知；博彩缘偶遇，传世不适宜。我要向烧鹅王陶健学习，远离博彩，重新做人，做个安安分分的人。

请相信我，李叔叔，我会努力的。我和大哥决定在杭州开个阿金烧鹅王分店。陶健叔叔也给了我大力支持。我伯爷也同意了。伯爷犹如亲父，因为我，他操碎了心。我不能让他再操心了，所以在他面前我手起刀落砍下了自己的一根手指以示我戒赌的决心。我也只有这样才能断掉我的赌瘾，这是痛定思痛警示自己，也是我洗心革面的决心。让我时时保持清醒的头脑，努力做个好人。

明天我就去杭州了。李叔叔，请别再为我担心，别再为我跑来跑去了。家里的鸡已大部分可以出栏，凤尾菇没怕销，这些伯爷已全权接了过来。

谢谢你，李叔叔，你要好好照顾家人，别因我而拖累家人。请你放心，我会好好开店的，绝不辜负你和伯爷。

愿好人一生平安。

狗性与八卦钟

　　阿雷家有一只全身白绒绒的狗，两只眼睛旁却有一圈蛋形的棕色斑印，因此阿雷管它叫"熊猫"。

　　熊猫是阿雷的儿子放学回家的路上捡回来的。那时他发现瘦骨嶙峋的只有三两个月大的熊猫正在一个垃圾堆里找吃，于是走过去想逗它。小熊猫见了生人便警觉地龇牙咧嘴，接着旺旺吠了起来，不让阿雷的儿子靠近它。阿雷的儿子觉得这狗可怜，便从身上掏出自己悄悄藏下给妹妹的半块烤包——那是学校给学生吃的营养午餐。这狗太瘦弱了，如果不给它吃会死的。他这样想着，把烤包丢到它面前。小熊猫见了烤包扑了过去，三下五除二就把烤包吞进肚子里。它吃完后就蹲坐在那里，张着嘴吐着鲜红的舌头，眼睛讨好地看着他，好像在说，我还饿我还要。阿雷的儿子摸摸口袋然后摊摊手说没有了。他试着用手抚摸它的脑袋，小熊猫就用小头颅拱伸来的手。于是，阿雷的儿子就抱起它带回了家。

　　熊猫在阿雷的精心照料下不出一个月就显得彪悍健壮了。白天，它跟着阿雷跑前跑后，晚上，它就躲在门旮旯睡觉。熊猫最喜欢的是双休日，因为这两天阿雷的儿子不用回学校，他就带着熊猫到处逛，或上山或下田，捉田鼠啊追野兔啊玩抛球钻圈圈啊……玩得不亦乐乎。你看，这熊猫也特讨好主人。这天，阿雷的儿子玩掷球，他和伙伴们来到一个宽阔的草坪上，一手握着小皮球，一手拍拍熊猫的身子，说：熊猫，快接球去。说着便用力把球掷出去。熊猫见球"呼"地从它眼前飞出，它仰头盯着飞去的球撒腿追过去，眼睛始终死死地盯着半空中那个滴溜溜飞转的小皮球，待小皮球即将落下离地一米多时，熊猫也刚赶到，便稍微腾空越起，不偏不倚落到嘴边，于是张嘴一咬把球叼着。熊猫叼着球飞快跑回阿雷儿子身边，恭恭敬敬地把球送到阿雷儿子的手上。伙伴们便拍起手掌来，阿雷儿子搂着熊猫脖子自是美滋滋的，熊猫则咧着嘴吐着鲜红的舌头好像在笑……

　　半年后，熊猫已长成一条嗅觉听觉都特别灵敏的家狗。它特别听从家人的使唤，比如，阿雷去赶集，他对它说：熊猫，在家看门。熊猫便乖乖地在门口守着直至等到阿雷回来。

　　六月初的一天下午，大约三点左右，两个盗贼光顾了阿雷家。这两盗贼一个看风，一个攀爬，准备从屋后的排水管道爬上去作案。躺在屋前门口的熊猫听到响动，飞奔到屋后，见有人爬它家墙壁便边大声狂吠扑过去。看风的盗贼见一只白绒绒的狗如猛虎般扑过来，赶紧抓起身边的一根木棍。熊猫赶快收着脚步，对着他们使劲地狂吠不断。村里的人听到熊猫的叫声，都不约而同地跑了过来。那两盗贼被熊猫困在那里无法撤离，只得乖乖让赶来的人逮了送到派出所去。从此，熊猫名声远扬。盗贼再也不敢光顾阿雷的村子。

　　名声远扬的熊猫不仅能看家护院，还是捕猎能手。入秋以后，熊猫就喜欢独个往山上跑。有天晚上，阿雷正准备煮晚饭，熊猫不知从哪叼回来一只肥大的野兔。从此，隔三岔五，熊猫总有野货叼回来：野兔、野鸡、鼠狸、斑鸠……阿雷家喜不自胜。人们对熊猫更是喜爱有加，但是谁也没有想到，正是意气风发年纪的熊猫在入冬后的第一场雪便死了，死在村旁公路边的排水沟里。

村里的大人和小孩都跑到公路去看，似乎在对熊猫的死去的送别。阿雷用双手把熊猫从排水沟抬到公路上。这时，围观的村民发现熊猫身上血迹斑斑，像是被人打伤致死的。于是，有人开始骂脏话来为熊猫鸣不平，甚至有人提议出榜悬赏严惩凶手——人们觉得，村里有熊猫守着时，谁家的东西连根葱都没丢失过，它现在没了，大伙自然唏嘘不已。

阿雷蹲在熊猫旁边一言不发，他用手小心地拨开身上染着血迹的白绒毛，发现熊猫的肚子已裂开一条长长的口子，有一肠子已戳断，从伤口处露出体外。阿雷自言自语地说：是野猪害死熊猫的。人们一听，简直不敢相信。阿雷说，有一次，熊猫叼回一只十七八斤重的小野猪，它身上也有几处被野猪咬得鲜血淋漓。这次，肯定是遇上更大更凶悍的野猪，以至在搏斗中被野猪戳破肚子。它受伤后赶回家时，由于流血过多，才赶到村旁公路边便倒下了。

熊猫死后，阿雷把它埋在村旁公路边对上的那个山冈上。听村民说，死去的熊猫的魂魄依然为这里守护着，因为村里至今依然连一根葱都没有丢失过……

再说阿雷家有一个年代比较久远的八卦钟，就摆放在他家神龛旁那张专门放香烛的托板上。八卦钟外部楠木精制，上半部分呈八角形，钟面数字全是罗马文，镜片是水晶做成的。钟身长方形，钟摆精铜制造，闪着熠熠的铜光。

听阿雷说，八卦钟是他父亲在广州打工时买的。那是八十年代刚改革开放，他父亲有天逛街市，在古董市场发现了这个与众不同的八卦钟，他被这个制作精良的八卦钟给迷住了，于是就想买回来，一问价格，吓他一跳，八百块！后来经过讨价还价，最终以六百三十元成交，这也足足花了他一个多月的工资。

阿雷父亲育有二子。大儿子阿雷是个教师，他对父亲买个古董回来有些摸不着头脑。他知道父亲从来都比较节俭，不知是那条神经出问题让他爱上古董来着。不过，他觉得那是父亲的钱，父亲需要怎么花就怎么花，他无权干涉。阿雷弟弟却不同了，他是个无业青年，对父亲大手大脚花钱买个烂钟回来满肚子气。当时家境还不算好，父亲就爱上了收藏古董，以后如何是好。因此，阿雷弟弟与父亲因为这个八卦钟吵了一架。

阿雷家有个古董八卦钟在村里传开了，许多好奇的后生仔都跑他家看。这里面不乏动歪心思的。果真，不出三个月，阿雷家就有盗贼光顾。那天夜里，盗贼只偷走了八卦钟，其他东西一样不少。

因为八卦钟被盗，父亲病了。阿雷安慰父亲说，别想这么多，家里平安是福啊。弟弟对父亲说，一个烂钟丢了就丢了，权当买平安吧。父亲早已把那八卦钟当作命根子，少了它就像要了他的命，哪里听得进儿子的规劝？他每天望着放八卦钟的地方出神，好像这样看着那八卦钟就会回来似的。

看着父亲身体一日不如一日，阿雷着急起来。他隐隐约约觉得八卦钟失盗很可能与他弟弟有关。

就在近来，阿雷弟弟花钱如流水，听说他赌博欠下一大堆赌债也还清了，而且每天都与一群酒肉朋友混在一起，出入酒店宾馆。阿雷于是找到他责问，这家伙倒是直言不讳地说了，说是他叫朋友盗的，并且已经卖了。阿雷气得真想一巴掌把他打死，他严厉地警告弟弟，限他一个月之内把八卦钟要回来，否则，就不怪不认兄弟情报派出所了。弟弟历来不怕别人怂他，对哥哥的警告不当一回事。他把哥哥的话在一次喝酒时当作笑料对来偷盗的那个朋友说了，那人听后，吓出一身汗来。一个月后，也不知他那个朋友通过什么途径，硬生生把八卦钟还了回来。

后来，八卦钟也失盗过几次，但都不出半个月又被找回来或送回来了。再后来，八卦钟就没有失盗过。

阿雷父亲对失而复得的八卦钟更是珍爱有加，他每天都用一条抹布从头到脚细细地擦洗，不让它有半点灰尘。

今年阿雷父亲八十大寿当天，他叮嘱两个儿子，如果他百年归寿时，他们可以处理那个八卦钟。听说，按现在的行情，这个八卦钟至少值十五万元钱。

阿雷对父亲说，他不会处理父亲所珍爱的八卦钟的，他会把它当作传家宝一代代传下去。弟弟也说，他也不会处理父亲所珍爱的八卦钟的，他不会与哥哥争这个八卦钟，就让哥哥当传家宝好了。阿雷对弟弟的慷慨觉得很奇怪，以前他想尽办法偷去买，现在面对价格十五万的八卦钟竟拱手相让。他以为弟弟娶了媳妇改邪归正了，真叫他刮目相看。

有一天，一个古董行家听说阿雷家有一个年代久远的八卦钟，就从城里来他家看看或想收购它。

行家拿着放大镜对着那个八卦钟从头到尾仔细端详了一遍。最后，他摇摇头说：这是一个现代高仿品八卦钟，按现在的行情，这钟最多值一百五十元钱。